KB045510

소설 북의 北醫 1

소설 북의 北醫 1

최지영 장편소설

21세기북스

본 소설 속에 등장하는 의학 관련 내용은
실제와 일치하지 않거나 상당 부분 상이할 수 있으며,
상상과 허구를 더한 것임을 밝힙니다.

목차

프롤로그

2006년 11월 중국 랴오닝성 단둥시 외곽 두정 마을.

찬 바람이 종일 낮은 구릉을 타 넘던 오후, 허름한 농민복 차림의 사내가 자전거를 탈탈거리며 마을 앞 시멘트 다리에 모습을 드러냈다. 모자를 푹 눌러쓴 탓에 이목구비를 확인할 수는 없었다. 무엇에 쫓기기라도 하는 걸까. 사내는 너른 등짝이 땀에 젖는 줄도 모른 채 급히 페달을 밟고 있었다. 추수가 끝나 인적이 뜸해진 들판으로 자전거 페달 소리만이 차랑차랑 울려댔다.

저만치 낡은 녹양색 양철지붕이 내려다보이자 사내는 속도를 줄이며 숨을 골랐다. 산 밑에 자리한 외딴 토막은 탈북자들을 돕는 조선족 오 씨의 집이었다. 그곳에서 임신 5개월의 어린 아내가 사내를 기다리고 있었다. 입덧이 심한 아내는 아침에도 끼니를 걸렀다. 만두라도 사서 먹이면 입맛이 돌아올까, 사내는 위험을 무릅쓰고 시내로 나갔다가 돌아오는 길이다. 도중에 오성기를 단 군용트럭을 발견하고 가슴을 쓸어내리기도 했지만 별 탈 없이 시내를 빠져나올 수 있었다.

사내와 아내는 내일 새벽 다롄행 버스를 타기로 돼 있었다. 거기서 다시 밤기차를 타고 베이징까지 10시간을 가야 한다고 했다. 예정대로 베이징 공항에서 남조선행 비행기에 오르기만 하면 기나긴 고통도 종지부를 찍게 될 것이었다. 브로커 장 씨에게 착수금으로 인민폐 2만 위안을 건네고, 또 여권에 붙일 사진을 찍으려고 카메라 앞에 섰던 게 불과 두 달 전이었다. 장 씨는 분실 여권 구하기가 하늘의 별 따기인데 이번엔 운이 좋았다고 생색을 냈다.

'오늘만 무사히 넘기면…….'

사내는 자전거를 멈추고 새삼 여권을 꺼내 들여다보았다.

'대한민국', 금박 글자가 뚜렷한 여권에는 모르는 이의 이름이 찍혀 있었다. 중국에 왔다가 여권을 분실한 여행객이려나……. 여권을 손에 쥐던 날 사내는 아내와 손을 맞잡고 뜨거운 눈물을 흘렸다. 공화국과 강 하나를 사이에 둔 탓에 지난 6개월 동안 단 하루도 마음 편히 잠을 이루지 못했다. 거처만도 다섯 번이나 옮겨야 했다. 그렇게 한 발 한 발 열리지 않을 것 같은 문들을 열며 여기까지 왔다. 이제 하루만 더 지나면 그 모든 기억과도 작별이었다.

토막 근처에 이르자 마당에 나와 서성이는 아내가 보였다.

바깥에 나와 기다린 지 꽤 시간이 흐른 듯 석양에 비친 아내의 뺨이 발그레했다. 아내를 보자 사내는 울컥 걱정부터 앞섰다. 밖에 나와 돌아다니지 말라고 그토록 단속해 놓았건만 아내는 배가 부른 채로 강바람을 고스란히 맞고 있었다. 몸이 허약한 아내에게 강바람은 치명적이다. 호흡기가 좋지 않아 기침을 달고 사는 아내가 아닌가. 더구나 탈출할 때 다리를 다친 탓에 몸도 성치 않은데.

'저러다가 지나가는 공안들 눈에 띄기라도 하면…….'

사내는 손을 들어 아내를 부르려다가 우뚝 자전거를 멈췄다.

아무래도 아내의 태도가 석연찮았다. 사내가 내려오고 있는 언덕이 아닌, 반대편 골짜기를 향해 마구 손을 흔드는 것이었다. 반가움의 표시가 아니라 어서 도망치라는 다급한 손짓 같았다. 아내는 일부러 사내가 없는 곳을 향해 손을 흔들고 있는 것처럼 보였다. 혹시 아내에게 지금 무슨 변고라도 닥쳤는가.

사내는 자전거를 내팽개치고 달리기 시작했다.

"뿌야오똥(不要動)!"

"빠우웨이, 빠우웨이치라이(包圍, 包圍起來)!"

귀에 울리는 거친 사내들의 외침들. 집에 가까워지자 갈대숲에 가려 보이지 않던 군용 지프와 병력 수송 트럭이 보였다. 왁자지껄 중국어가 난무하는 가운데 제복을 입은 군인들 십여 명이 우르르 토막을 에워싸고 있었다. 권총을 꺼내 든 장교 하나가 아내를 무릎 꿇리고 위협을 가하기 시작했다. 그 장면을 보자 사내는 피가 거꾸로 솟는 것 같았다. 이것저것 생각할 겨를도 없이 아내를 향해 고함을 지르려는 찰나, 퍽! 누군가 둔탁한 물건으로 사내의 뒤통수를 내리쳤다.

아……. 사내는 외마디 비명을 지르며 털썩 주저앉았다.

사내는 사력을 다해 일어서다가 다시 뒤통수를 맞고 중심을 잃었다. 아내의 이름을 부르려 했지만 억센 손이 다가와 입을 틀어막았다. 숨어 있던 집주인 오 씨였다. 더는 사람이 발견되지 않자 공안들은 여인을 트럭에 태우고 다른 곳으로 이동하기 시작했다. 가축처럼 질질 끌려가는 아내의 뒷모습을 보며 사내는 피를 토하듯 절규했다. 채희, 안 돼, 채희……. 사내의 입에서 소리가 되지 못한 말들이 찬 강바람을 타고 흩어졌다. 잠시 후 사내는 까무룩 정신을 놓았다.

제1부
슬픈 악어새

"좋아요. 하지만 이 수술, 내가 한 겁니다."
얼음꽃이란 별명답게 수현의 판단은
빠르고 냉정했다. 이왕 벌어진 일,
지금은 일이 밖으로 새지 않도록
조치하는 것이 먼저였다.
관련자들을 모아 입단속을 다짐받고
환자 가족에게는 수현 자신이 수술을
한 것으로 겨우겨우 일을 수습했다.

01

끙, 사내는 쑤셔대는 삭신을 가까스로 비틀었다.

흔들리는 배 위다. 방향도 목적지도 알 수 없다. 귓가로 거친 파도가 으르렁거리며 달려들고 쪽창으로 노란 달 하나가 사슬처럼 걸려 있다. 꿈인가……. 꿈인지 현실인지 분간이 되지 않는다. 배가 흔들릴 때마다 울컥, 노란 위액이 넘어온다. 거기 누구 없소? 거기, 누구……. 입안에서 맴 돌뿐 말이 되어 나오지 않는다. 목이 마르다. 어디로 가고 있는가. 바다 저편은 지옥이려나. 비가 내리려는지 먹구름 속으로 달이 사라진다. 갑판을 오가는 발짝들, 악귀처럼 미쳐 날뛰는 바람 소리.

"약이 좀 과하지 않았습네까?"

"별일이야 있갔나. 안 그럼 돌아간다고 난리를 쳤을 낀다."

두 남자의 목소리가 지척에서 들려온다.

"그래도 저치는 운이 좋지요. 장가가 특별 부탁만 안 했어도……."

"그러게. 설치다가 황해바다 짠맛을 제대로 봤어야 하는데."

뭐라, 황해라고? 사내는 사력을 다해 몸을 일으켰다.

"야아, 여기 나 좀 보라."

"머야, 정신이 돌아왔나?"

저벅거리며 다가오는 발소리.

"여기가 오뎁네까?"

"그건 알아서 뭘 하게? 물귀신 되기 싫음 조용히 누워 기다리쇼."

"오델 가는지 알어야 기다리디! 여기 혹 배가 맞소?"

"그럼 흔들거리는 거이 배지 기차갔나? 인천 들어가는 따이공배야."

"이, 인천……, 따이공?"

사내는 기침을 하며 기억을 더듬는다.

중국 브로커들에게 따이공에 대해서 들은 기억이 났다. 정확히는 '다이궁(代工)'이라 하는 그들은 한국과 중국을 오가며 농산물과 면세품을 밀거래하는 보따리상들이었다. 단속이 헐할 땐 이따금 밀수선에 사람을 실어 나르기도 하는데, 공해에서 단속을 만나면 사람이고 물건이고 가리지 않고 바다로 처넣는다 했었지. 주변에 차곡차곡 쌓인 짐들로 미루어 보건데 밀수선 밑창에 짐짝처럼 내팽개쳐진 게 분명하다.

'그렇다면 채희는?'

사내의 자문에 대답이라도 하듯 중국 공안에 머리채를 잡혀 끌려가던 아내의 마지막 모습이 뒤통수를 때리며 달려들었다. 십중팔구 송채희는 공화국으로 다시 잡혀갔을 것이다.

사내는 명명백백해진 현실 앞에 몸을 부르르 떨었다.

"야아, 간나 새끼들, 고저 날래 이거 풀지 못하갔네?"

"이야, 너 한 번만 더 떠들면 입에 수갑을 채운다."

그러거나 말거나 사내는 다리의 결박을 풀기 위해 버둥거렸다.

"내레 사람을 두고 왔다. 제발, 배를, 배를 돌리라……."

"새끼 또 시작이구만. 다롄 뜬 지 벌써 10시간도 넘었어. 야, 좀 참으라. 죄 초치지 말구, 응?"

참으라고? 차라리 죽는 게 낫지…….

약에 취해 몽롱했던 정신이 차츰 돌아왔다. 백번 생각해도 죽는 게 낫다. 저 넘실거리는 파도 너머에 아내가 있다. 사내는 넋이 나간 모양으로 품을 뒤적거린다. 오 씨가 챙겨 넣어 준 것이려나. 다행히 아내의 위조 여권이 그대로 남아 있다. 사내는 위조된 여권을 펼치고 아내의 사진과 애처롭게 눈을 맞춘다.

"그렇지. 그래 얌전히 있음 얼마나 좋나? 참 이거, 임자 건지 확인 한번 해보라."

남자가 사내의 발치에 펜던트 하나를 툭 던지고 돌아섰다.

"장가 놈이 꼭 챙겨 주라 했다. 지 아 새끼가 눈앞서 피 토하고 자

빠져도 거들떠보지 않던 냉혈치가 바로 장가 놈 아이갔어? 근데 해가 서쪽에서 뜰 모양이지비? 그런 망할 놈 눈에도 임자 사정은 어지간히 딱했던 모양이야."

남자의 목소리가 기괴하게 일그러진다. 그리고 그 소리는 웅웅 멀어지더니 느닷없이 장면이 바뀐다. 안개처럼 뿌옇게 시야가 흐려지며 자그마한 초막 한 채가 푸르스름한 빛에 휩싸여 떠오른다.

"오데 가셨다 이제 오십네까?"

"야아, 이리 와서 내레 무어이 사왔는디 함 맞춰보라."

마당에 선 아내의 몸에 향긋한 들꽃 체취가 스며 있다.

"아, 이 냄새! 설마 만두는 아니디요?"

"아니긴. 여기 임자가 기러케도 먹고 싶다던 만두 아니네."

"근동엔 만두 가게가 없디 않습네까? 헌데 어디서 이 귀한 걸……."

"시내 안쪽까지 조심조심 들어가서리 내 결국 찾아내지 않았갔어."

사내가 자랑스레 어깨를 으쓱하자 여인은 큰 눈을 소처럼 슴벅이며 좋아한다.

"고맙습네다, 선생 동지."

"이보라우, 다신 그렇게 부르디 않기로 서로 약속했디 않나, 우리?"

여인이 얼굴을 붉히더니 속삭이듯 말했다.

"고맙습네다, 여……보……."

"고맙기는! 임자랑 요기 임자 뱃속 우리 아이도 함께 먹을 만두인데 뭘."

여인의 입술이 이마로 다가온다. 사내는 눈을 감는다. 울긋불긋 수만 마리의 나비가 봄의 허공으로 날아오르는 것 같다. 들판의 꽃들이 죄다 바람에 손을 맞대고 덩실덩실 춤을 추고 있다. 꿈이라면 영원히 깨지 말기를, 언제까지라도 이렇게 당신과 내가, 곧 태어날 우리 아이가 근심 걱정 없이 함께할 수 있다면……. 그곳이 무간지옥이라도 나는 견딜 각오가 돼 있어. 당신만 옆에 있어 준다면…….

그 순간 풍경이 흐물흐물 녹아내리더니 번쩍 눈이 뜨였다.

"아, 안 돼……!"

02

사내는 손을 휘휘 내저으며 가까스로 몸을 일으켰다.

또다시 다가갈 수 없는 꿈이었나. 등줄기로 식은땀이 고여 있다. 여기는 또 어딜까. 침대에서 몸을 비스듬히 일으켜 본다. 두꺼운 커튼 사이로 희미하게 비쳐드는 빛 한 줄기, 빛에 의지해 사내는 어둑한 방 안을 살폈다. 침대맡에 쌓여 있는 술병들, 아무렇게나 널려 있는 옷가지, 오늘도 어제 같은 하루인가……. 잠의 끝마다 따라붙은

외로움과 무기력함, 방 안의 사물들이 하나의 고체로 굳어버린 느낌이다.

늘 비슷한 꿈의 연속이다. 여인의 배를 쓰다듬어 주거나 만두를 사 자전거를 탈탈거리며 달리는 풍경, 흔들리는 배 안에서 들려오는 사내들의 거친 말투……. 삭신의 욱신거림. 꿈속에서나 현실에서나 거칠게 뛰는 심장은 좀처럼 멈추질 않는다. 매번 불길한 생각들이 들불처럼 어지럽게 머릿속을 지나가고, 그때마다 뼈마디를 무겁게 짓누르는 불안의 기호들. 눈을 뜰 때마다 매번 반복되는 그러나 움직이지 않는 하루하루.

햇볕이 비집고 들어온 자리에 초록색 여권이 놓여 있다. 입은 옷은 헤졌지만 이를 드러낸 채 웃고 있는 여권 속 고운 여인, 사내는 허전한 마음을 달래려는 듯 사진 속 여인과 눈을 맞춘다. 마치 대화를 주고받는 듯하다. 여권 옆에는 해바라기 문양의 투박한 나무 펜던트 하나가 놓여 있다. 사내는 펜던트를 냉큼 목에 건 뒤 화장실로 가 오줌을 눈다. 오줌 색깔이 누렇고 탁하다. 꿈이 반복될 때마다 깊이 잠들지 못했다. 잠이 오지 않으면 술을 마시고, 술을 마시면 반복해서 꿈을 꾸는 날들.

변기 뚜껑을 덮고 비누 없이 가볍게 세수를 해본다. 거울에 비친 초췌한 사내의 얼굴을 들여다보다가 일회용 면도기로 며칠 동안 까칠해진 턱수염을 깎는다. 간밤에 마신 술 때문인지 머리가 지근거린다. 수염을 밀고 귀 밑에 아무렇게나 뻗친 터럭도 정리한다. 거울에 비로소 사람 몰골을 갖춘 사내 하나가 비친다. 빗으로 단정히 머리를 빗고 나서, 물을 끼얹어 거울에 반사된 자신의 얼굴을 지워 버린다.

셔츠를 대충 걸쳐 입고 침대 밑 수납장을 뒤적거린다. 구멍 난 양말 한 켤레를 찾아 신고 지갑의 현금을 세고 있을 때 가까이서 큼, 하는 인기척이 다가온다. 급히 상체를 일으킨 뒤 벽에 바싹 붙어서 쪽창으로 눈을 가져간다. 찾아와 해코지할 사람이 없음에도 인기척이 들리면 버릇처럼 몸을 사리게 된다. 7년 전, 국경을 넘을 때부터 지금까지 계속되는 생존 본능이다. 아마도 태어나는 순간부터 평생을 그렇게 살도록 결정되었는지도 모르겠다. 운명에 문신처럼 새겨진 벗어날 수 없는 숙명.

"큼, 안에 사람 있는가?"

낯선 목소리 하나가 재촉하듯 쪽창을 비집고 들어왔다. 사내는 문틈에 긴장을 집중시키며 밖을 살핀다. 사내는 안심한다. 상대는 노인이다. 보통 키에 깡마른 몸, 도수 높은 뿔테 안경, 어떤 식으로든 적수가 될 수 없는 풍모다. 상대는 구부정한 어깨를 이리저리 돌려 가며 마당 곳곳을 살피고 있다. 어딘지 낯이 익다. 그러나 기억나지 않는다. 사내는 문을 벌컥 열어젖힌 뒤 뒤축이 접힌 운동화에 발부터 집어넣는다. 반갑게 다가오는 상대를 보자 비로소 기억 하나가 가물가물 틀었던 똬리를 풀고 대가리를 쳐든다.

"누굴 찾으십니까. 아, 이게 누구, 혹시……?"

노인이 한 발짝 더 다가서며 너털웃음을 터뜨렸다.

"큼, 젊은 사람 기억력이 이래서야 쓰나. 3년도 안 됐는데 말야."

노인이 앞섶에서 주섬주섬 명함 한 장을 꺼냈다. '노태수의원, Dr. Roh's hospital'.

명함은 닳고 닳은 화투장처럼 꼬질꼬질하다. 안산 어디라고 쓰인 병원 주소는 담뱃진이 묻어 알아볼 수조차 없다. 남쪽에서 수도 없이 보아 온 세련되고 잘 차려입은 엘리트들과는 거리가 멀어 보이는 차림새. 그러나 구렁이처럼 집 안 곳곳을 살핀 뒤 사내의 꾀죄죄한 몰골 위에서 하품하듯 머물러 있는 노인의 눈빛은 꽤 진지했다.

"선생께서 어쩌자고 이 구질구질한 동네엘 납셨습니까?"

기억이 점점 분명해진다. 헌데 이 노인네가 왜 날 찾아왔지?

"껄껄, 맞아. 자네 같은 인재가 숨어 있기엔 아까운 동네지. 나가세, 점심을 안 먹었을 테니 가서 뭐라도 먹으면서 이야기함세."

잡았던 손을 놓으며 노태수가 대답했다.

"죽지 못해 사는 잡놈을 두고 인재라니, 선생께선 눈이 어두워지신 모양입니다."

노태수의 뒤를 쫓으며 사내는 기억을 오려 붙인다. 약 3년 전 봄, 새터민을 대상으로 하는 '북한이탈주민 보건의료인 자격심의위원회'의 심의위원이던 노태수와 처음 인연을 맺었다. 탈북 의사들이 남쪽에서 의사 국가고시를 치르기 전, 그들에게 일차적으로 시험 적격성을 테스트하여 응시 자격을 부여하는 자리였다. 그날, 사내의 남다른 실력을 눈여겨본 노태수가 서울의 한 의료원이 마련한 '새터민 의료진 교육 지원사업'에 그를 소개했고, 그 덕에 사내는 의사 국가고시에 최종 합격할 수 있었다.

"뭘 먹지?"

노태수가 왼쪽으로 꼬부라진 길 중간에서 물었다.

"따라오시죠. 저희 동네에 납셨으니 적당한 곳으로 안내해 드리겠습니다. 혹시 단고기 좋아하십니까?"

"단고기? 아아, 보신탕……. 그거 좋지! 간만에 먹어 볼까?"

두 사람은 한국어와 중국어가 마구 뒤섞여 들려오는 골목으로 얼마간 전진했다. 최근 몇 년 사이 중국인들이 몰려들면서 가리봉 시장은 새롭게 활기를 띠고 있었다. 한글과 한자가 어지럽게 뒤섞인 간판에, 심지어 대륙식 간체자가 난입하여 더 혼란스러워 보였다. 중국 불법 체류자들이 너 나 할 것 없이 숨어든 듯한 모양새가 가게 간판에 그대로 묻어났다.

시장 골목을 50미터쯤 가로지르다가 사내는 방향을 바꾸었다. 마주치는 사람과 어깨를 부딪칠 정도로 좁은 골목이었다. 골목에 발을 들이자마자 대변에 역한 비린내가 숨을 턱 막히게 했다.

"큼, 인육이라도 팔겠는걸……."

노태수는 짐짓 태연한 척하며 뒤를 따랐다. 내장을 쏟아낸 개고기들이 서너 마리씩 가게 처마마다 걸려 있었다. 신발에 핏물이 묻을까 봐 노태수는 작은 웅덩이 하나를 폴짝 뛰어 건넜다. 수십 마리의 미친개들이 캉캉 짖으며 금방이라도 맞은편 골목에서 뛰쳐나와 허벅지에 누런 이빨을 박을 것 같았다.

사내는 '평양옥'이라는 간판이 달린 가게 문을 드르륵 열고 들어갔다. 밖에 개고기를 내걸지는 않았지만, 안으로 들어가자마자 푹 삶은 수육 냄새가 대번에 코끝을 건드렸다. 촌스러워 보이는 꽃무늬 벽지를 따라 다섯 개의 식탁이 가지런히 놓인 작은 식당이었다. 새터민으로 보이는 주인 여자가 사내를 알아보고는 가볍게 눈인사를 건넸다. 점심시간이 지나서인지 다른 손님은 없었다.

"아주머니 여기 탕 두 개. 참, 수육 좀 드시렵니까?"

"아닐세. 아침 먹은 지가 얼마 안 돼서 말야."

사실 노태수는 개고기가 썩 당기지 않았다.

"이 동네 처음 와 보시죠? 여긴 죄다 이렇습니다. 조선족들이 먼저 터를 잡았는데 최근에는 새터민들도 많이 유입되고 있죠. 동포나 친지들 소식을 전문으로 알려주는 데도 여러 곳 되고. 돈만 주면 북쪽과 관련해선 뭐든 다 합니다."

사내가 묻지도 않은 말을 늘어놓으며 씩 웃었다. 자신의 속내를 드러내지 않으려는 사람들은 보통 두 가지 방식으로 상대를 대한다. 말이 많거나, 말수가 적거나.

"쐬주 하려나?"

"소주 좋죠. 아줌마, 여기 참이슬 하나."

"그래, 그동안 어떻게 지냈나?"

"후웃, 별수 있습니까? 그저 그렇습죠, 뭐."

노태수는 지난 몇 년 사이 이 남자가 많이 변했다고 생각한다. 거친 사람들이나 대할 때 쓰는 껄렁거리는 말투는 예전에 그가 알던 사내의 것이 아니다. 피아노를 배우는 게 더 어울렸을 거라고 잠시 생각하게 만들었던 길고 고운 손, 큰 눈망울 뒤에 감추어진 진지한 눈빛, 깔끔하게 면도 된 턱과 상대의 눈을 정면으로 응시하면서 똑바로 대답할 때의 정확하면서도 울림을 주는 목소리, 그러나 불과 3년 사이 앞에 앉은 사내는 같은 사람이라고는 도저히 믿기지 않을 만큼 망가진 티가 났다.

"자격증까지 갖췄는데 일자리가 그래 없나?"

주인 여자가 뜨거운 탕 두 그릇과 소주를 쟁반에 담아 왔다.

"보시는 그대로죠. 풋."

노태수는 고개를 끄덕이며 수저를 집었다. 사내를 찾아볼 때부터 이미 저간의 사정은 짐작하고 있었다. 그간 백여 명 가까운 북한 의사들이 남쪽으로 넘어와 정착했지만 그중 국내에서 의사 자격을 얻은 이는 채 스무 명이 되지 않는다. 의사 고시에 합격해도 아주 특별한 경우가 아니면 그들을 인턴으로 받아주는 병원도 드물다. 그것은 다른 의료 분야, 이를테면 간호사나 한의사도 마찬가지였다. 떨어져 살던 세월만큼이나 남쪽과 북쪽은 의학 체계부터가 서로 달랐다. 의학 용어만 해도 영어나 라틴어 일색인 남쪽과 달리 북한은 러시아어와 순수 우리말을 병용한다.

"차라리 잘됐군. 이봐 박 선생, 가서 나랑 일하는 건 어때?"

"취직자리 알아봐 주시려고 3년 만에 찾아오신 거 같지는 않은데……."

사내가 심드렁하니 대답했다.

"맞아, 시시껄렁한 일자리 따위 물고 오는 거면 애써 자넬 찾지도 않았어."

3년 만에 전화도 없이 도깨비처럼 불쑥 나타난 노인, 그가 하려는 제안이란 무얼까. 사내는 호기심 어린 눈으로 노인의 말에 집중했다. 노인은 김이 펄펄 이는 탕 위에 고명 삼아 얹은 수육 서너 점을 남김없이 먹어 치울 때까지 다음 이야기에 뜸을 들였다.

"자네 혹시 세이버 수술이라고 들어봤나? 난 자네가 의사고시 자격시험을 보기 위해 방문했을 때 손놀림을 유심히 살핀 바 있네. 바로 완벽하게 내가 찾던 그 손이었지. 세이버 수술을 위해선 손으로 병변을 정확히 짚어내는 능력이 필요한데 자네가 그 적임자라는 판단이 들어서 말야……. 어떤가, 구미가 좀 당기나?"

수술이란 말에 사내는 자신도 모르게 눈가 근육이 살짝 흔들렸다. 하지만 애써 별 흥미가 없어 보인다는 듯이 목소리를 가다듬어 되물었다.

"스카우트하러 오신 건가요? 세이버란 수술은 처음 듣는데."

그가 모르는 건 당연했다. 심장 수술의 일종인 세이버 수술은 노태수가 젊은 시절 고안한 획기적인 좌심실 재건술이었다. 병변을 잘라내고 심장의 남은 절개 부위를 봉합하는 바티스타 류의 수술과 달리, 최소화시킨 수술 부위에 첩포(pericardium patch)를 대 쌈지봉합을 시행하는 새 수술법이었다. '세이버(saver)'라는 단어가 의미하듯 죽어 가던 심장도 살려낼 기적의 수술법이었지만, 난이도가 높은 탓에 성공 가능성은 낮았다. 창안자인 노태수 자신조차 의욕적으로 수술에 도전했다가 수술 직후 환자가 연이어 죽는 바람에 사기꾼으로 몰려 병원에서 퇴출당한, 아픈 기억을 지닌 수술이었다.

"우선 한 잔 쭉 들이켜고 얘기를 더 진행해 봄세……."

사내를 꼼꼼히 살피며 노태수는 3년 전 그날로 기억을 옮겨 갔다. 의사 국가고시 응시 자격을 얻고도 실습할 곳을 찾지 못해 허둥대던 순박한 새터민 의사 박훈, 그를 '새터민 의료진 교육 지원사업'에 소개해 주고 얼마 뒤 노태수는 친구 의사로부터 믿기 어려운 목격담을 들었다. 심장을 절개하고 봉합하는 박훈의 손놀림이 정말 빠르고 간결하다는 칭찬이었다. 노태수는 실습이 진행 중인 병원으로 달려가 직접 수술을 참관했다. 역시나 놀라움 그 자체였다. 수술대 위에서 박훈의 손놀림은 경력 20~30년의 의사들보다도 더 간결하고 정확했다. 눈으로 보고도 믿기지 않는 솜씨였다.

우연찮게 목격한 새터민 의사의 손놀림이 노태수에게 새로운 희망의 불씨를 지폈다. 사내는 알코올로 썩어 가는 자신의 손을 대신할 적임자였다. 분위기가 무르익기만 하면 언제든 저 사내를 이용해 세상을 놀라게 하자. 아무에게도 말하지 못하고 십수 년 세월 동안 마음속 깊은 곳에 꼭꼭 처박아 두었던 상처를 치료할 시간이 다가온 것이라고 그는 믿었다. 잊힌 수술법을 복원하여 극적인 반전의 계기를 마련하거나, 반대로 웃음거리가 되거나, 이 젊은 새터민 의사의 손에 노태수는 자신의 남은 운을 몽땅 걸어 볼 참이었다.

"으째 대답이 읎노? 오랜만에 수술을 하라니까 겁을 집어먹은 겐가? 후후, 거 째는 거라면 걱정 말어. 내가 가르칠 테니. 참, 자네 북에 있을 때 요덕에서 보건의로 근무했다던가?"

박훈의 표정이 단박에 딱딱하게 굳어졌다.

"그 얘기라면 더는 하고 싶지 않습니다."

"허허, 미안허이, 그건 그렇다 치고. 뭘 망설이지? 물불 가릴 처지가 아닐 텐데……. 혹시 돈 때문인가? 거 얼마면 되겠어? 한 5억, 10억?"

"뭐요?"

"그래, 10억, 그 정도면 되겠나?"

노태수가 한껏 폼을 잡으며 자신 있게 뱉었다.

"사람 자꾸 놀리면 일어서서 나가렵니다."

갑작스러운 돈 얘기에 박훈은 빈정이 상했다. 노태수의 제안을 얼른 수락하지 않은 건 전후 사정도 없이 나타나 들어 본 적도 없는 수술을 입에 오르내렸기 때문인데, 밑도 끝도 없이 돈으로 사람을 떠보는 품새가 더더욱 마음에 들지 않았다. 정성을 다해 환자를 살려 놓아도 칭찬만 잔뜩 늘어놓은 뒤 소용이 다하면 슬그머니 해고를 하기 일쑤였던 남쪽 병원들, 북에서 온 그는 실력 여부를 떠나 필요할 때 소모품처럼 쓰이는 이방인이었다. 그 점은 자신에 호의적이던 노태수라 해도 다르지 않을 것이었다.

"큼, 기분이 상했다면 사과를 함세."

"10억이라니, 솔직히 좀 뜬금없다 싶군요."

"그럴지도 모르겠네. 미리 전화라도 하고 왔어야 하는 건데. 한데 말야, 농담하자고 먼 길 찾아온 건 분명 아냐. 자네가 오케이만 한다면 1년 안에 약속한 금액을 지불할 수 있으니깐. 약간의 까다로운 조건이 붙어 있긴 하지만."

정말로 1년 안에 5억, 아니 10억을 줄 수 있다고?

사내는 수저를 내려놓으며 앞에 앉은 노인을 천천히 훑었다. 노태수의 말이 사실이라면 망설일 이유가 없는 금액이었다. 사내에게는 지금 당장 누구보다도 돈이 필요했다. 거액일수록 좋았다. 10억이면, 아니 5억만 되어도 공화국으로 다시 끌려간 아내를 어찌어찌 구해 올 수 있는 금액이었다. 북한이 알게 모르게 개방 정책을 취하고 밀수가 급증하면서, 자본주의는 노동당 간부들로부터 말단 국경 수비대원에 이르기까지 깊게 뿌리를 내리고 있었다. 이미 공화국은 돈만 있으면 뭐든지 가능한 곳이 되었다. 오죽하면 김정일의 송장조차 금수산 궁전에서 쥐도 새도 모르게 빼내 올 수 있다는 불경한 허풍이 통할까.

하지만 정말로 그 돈을 내 줄 참인가. 누가, 왜……?

"들어나 보죠. 대체 누가 그렇게 큰돈을 준답니까?"

"최고로 공신력 있는 기관에서 지불 보증을 했어. 단, 그쪽도 조건이 있어. 1년, 아니 대략 10개월 안에 열 번의 수술을 단 한 차례의 실패도 없이 성공해야 한다는 것. 한 번이라도 실패하면 돈은 가차 없지."

"아까 그 세이버 수술로요?"

"물론이지! 가세, 가서 보란 듯이 열 번의 수술을 성공시키게."

수저를 쥔 노태수의 손이 떨리는 걸 박훈은 놓치지 않았다.

"전, 가고 싶지 않군요."

박훈은 더 들어볼 필요도 없다는 듯 단호히 고개를 저었다.

"왜, 돈이 싫어? 아니면 딴 문제라도 있는 거야?"

"전 이제 사람 목숨 달린 위험한 수술은 안 합니다."

노태수는 당최 이해가 가지 않는다는 표정으로 물었다.

"뭐? 외과 의사가 목숨 걸린 수술 안 하면 뭘 하게? 목숨을 살리는 일을 해보겠다는데 자세히 들어보지도 않고 불신부터 하니 정말 유감일세……. 뭐, 전에도 다들 그 모양이었지. 몇 번의 결과만으로 전부를 판단했어. 새로운 기술 따윈 아예 받아들일 준비가 안 돼 있었던 거라고. 자넨 혹시 실패가 두려운 건 아닌가?"

"아뇨, 영감님 말씀이 사람 목숨을 판돈으로 걸고 도박판 한번 크게 벌려 보자는 소리로 들려서요."

노태수가 피식 웃으며 양손을 펼쳐 보였다.

"거 가만 보아하니 이북에서도 히포크라테스 선서나 달달 외는 초짜 의대생이 많은 모양이구만. 생명을 판돈으로 거는 게 아니고 생명을 구하는 도박이야. 어차피 이래저래 죽을 환자들을 살리자는 좋은 뜻이지."

"그래도 도박이란 게 맘에 들지 않습니다."

"그러지 말고 통장번호 불러 봐. 계약금부터 화끈하게 쏴 주지."

박훈은 요지부동 미온적이었다.

"제 이름으론 통장 그런 거 없습니다."

"허어, 대한민국에서 은행 통장 하나 없이 산다, 나름 멋지군! 천재다워, 큼큼. 그럼 오늘이나 내일 당장 은행에 달려가서 계좌부터 하나 트지 그래. 원하는 만큼 섭섭잖게 계약금을 줄 수도 있어. 생각할 시간은 얼마나 주면 될까?"

"글쎄요. 과연 그럴 필요가 있을지……."

"있는지 없는지는 햇볕도 들지 않는 골방에 가서 생각해 보고."

노태수는 더 할 말이 없다는 듯 수저를 탁 내려놓고 일어났다.

"가시게요?"

"가야지, 내가 오기만을 목 빼고 기다리는 환자가 몇인데. 자넨 이 길로 은행부터 가고, 알겠나? 생각하더라도 계좌 터 놓고 생각을 시작하게."

노태수는 뒤도 돌아보지 않고 특유의 팔자걸음으로 멀어져 갔다.

세이버라고? 박훈은 쓴웃음을 지으며 주머니에 손을 찔러 넣었다. 뜬금없이 찾아와 통장을 트라니. 별 이상한 노인네도 다 있다는 생각이 들었다. 저 노인네, 몇 년 사이 정신이 살짝 이상해진 건 아닐까? 충분히 그럴 수 있었다. 자신의 수술법이 세상의 지탄을 받았다면, 지금까지 그 트라우마에 갇혀 살고 있을 가능성이 컸다. 자신을 대신할 손을 찾아 수술을 완성하겠다는 과대망상. 그 망상이 노태수로 하여금 세이버 수술 재건이라는 엉뚱한 일을 꾸미고 다니게 하는 건 아닐까.

03

잠시 후 박훈은 돈 '전(錢)' 자가 쓰인 낡은 깃발이 추녀 밑에 매달린 어느 가게 앞에서 가던 걸음을 멈췄다. 최근 들어 시장 곳곳에 생겨나기 시작한 환전상이었는데, 그중 오래된 축에 드는 집이었다. 겉보기엔 환전상 모양새를 하고 있지만 사실 취급하는 일들은 다 달랐다. 마약이나 약재를 비밀리에 취급하는 치들도 있었고, 탈북자들과 브로커를 연결하며 북한 소식을 전문으로 취급하는 비밀 저널을 자처하는 곳도 있었다. 이를테면 방금 박훈이 문을 열고 들어간 가게도 그런 곳 중의 하나였다. 매일같이 인천으로 나가는 보따리장수들에게 은행보다 싼 수수료로 위안화나 달러를 환전해 주기도 하고, 때론 조선족이나 새터민을 대상으로 직업을 알선해 주기도 하는 그런 곳.

"삼촌 왔어?"

안쪽 살림방 문이 열리며 창이 빼꼼 고개를 내밀었다. 열 살, 혹은 열한 살쯤 되었을까. 창의 손에는 접다 만 종이 비행기가 들려 있었다.

"아저씬 어디 갔냐?"

아저씨란 가게 주인인 리 씨를 지칭한다. 창은 리 씨 바로 밑의 동생이 낳은 아들이었다. 사정이 생겨 리 씨만 먼저 탈북하고 동생 가족은 북에 남았다. 창은 탈북 당시 태국에서 국경을 넘다가 다리를 심하게 다쳐 아직도 그 후유증으로 왼쪽 다리를 약간 절었다. 하나원을 나온 뒤 초등학교에 입학했으나 적응을 못하고 자퇴한 뒤, 지금은 리 씨의 가게에 머물며 허드렛일을 돕고 있었다. 다소 과묵한 제 큰아버지에 비해 들를 때마다 허물없이 대해 주는 박훈을 창은 마치 친삼촌이라도 되는 양 따랐다.

"은행 간댔어."

"그래? 요새 장사 제법 되는 모양이네."

박훈은 의자에 앉으며 새삼 가게 안을 살폈다. 대여섯 명만 앉아도 꽉 끼는 느낌이 드는 다섯 평 남짓한 공간이다. 음식점 스티커들 사이로 어지럽게 적혀 있는 전화번호를 살피며 박훈은 방금 창이 빠져나온 방 안을 흘깃거렸다. 안쪽에 붙은 살림방도 세평을 넘지 않았다. 리 씨는 그곳에서 조카 창과 숙식을 해결하며 지독하게 돈을 모았다. 대부분은 가게 안에서 찾아오는 손님을 맞지만, 단골의 전화를 받으면 건물 앞에 세워 둔 낡은 자전거를 삐걱거리며 몇십 분씩 가게를 비우곤 했다.

"삼촌, 사탕 줄까?"

창이 왼쪽 다리를 주무르며 주머니를 부스럭거렸다.

"됐어. 이쑤시개나 하나 찾아 줘."

박훈은 리모컨을 찾아 선반에 놓인 텔레비전을 켰다.

카메라 플래시를 받으며 입국하는 정부 인사들이 화면에 비쳤다. 마이크를 든 여자 리포터가 남북 경협 확대를 위해 북한 측 인사를 만나고 온 정부 관계자들의 동정을 보도했다. 리포터가 뉴스를 전하는 사이 화면이 개성공단을 비추었다. 박훈은 홀린 듯 뉴스에 집중했다. 남북 경협 확대라……. 오랜 긴장 관계가 깨지고 남북 관계가 다시 화해 모드로 접어든다는 신호일까. 그렇담 잘됐군. 분명 나쁜 뉴스가 아니었다.

"훈이 왔네. 야아, 니 밥은 먹고 다니냐?"

마침 리 씨가 드르륵, 가게 문을 열고 들어왔다.

"방금 잘 얻어먹고 왔습니다. 꿈자리가 뒤숭숭하더니 어떤 노인네가 나타나서 엉뚱한 소리를 한참 늘어놓다가 갔지 뭡니까."

"엉뚱한 소리라니? 참, 창아 밥 안 먹었지? 짬뽕밥 두 개 시켜라."

리 씨는 점퍼를 벗고 중국집 전단지 하나를 창에게 던졌다.

"어딜 급히 갔다 와요?"

"응, 안 좋은 소식이 있어서."

리 씨가 창의 눈치를 살피며 조용히 말했다.

"음, 또 꼬인 모양이군요?"

"그래, 내가 비법 월경한 뒤 2개월 있다가 죄다 정거리 교화소로 끌려간 모양이야. 6개월 맞았다는데 내가 남쪽에 정착한 게 알려져 다시 3년 형을 더 받았대."

"당분간은 나오기 어렵겠네요."

"그렇지. 상황은 더 지켜봐야 알겠지만."

국경을 넘다 적발되면 통상 교화소로 끌려가게 되는데, 워낙 탈북자가 많아 특별히 죄를 짓지 않은 단순 탈북은 두세 달이면 풀려난다. 두 번 걸리게 되면 6개월 형을 받고 세 번째 걸리면 3년 형을, 네 번째 걸리면 5년 이상 중형을 받거나 정치범 수용소로 보내지도록 돼 있었다. 그래도 리 씨의 동생은 운이 좋은 편이었다.

"정거리면 함경북도 회령 아닙니까? 일단 무사해서 다행이긴 한데 가족들 다 데리고 빠져나오려면 돈이 꽤 들겠는데요……."

"맞아. 1, 2억 가지고는 어림도 없지. 혹시 돈 있어? 형을 낮추는 일이 당장 급한데 간부들을 움직이려면 3천은 줘야 한다네."

"3천요? 정말 그 돈이면 형수님과 가족들 안전이 보장된대요?"

"우선 담장 밖으로 옮기고 봐야지. 그편이 넘어올 때 돈도 덜 들고……."

"채희 소식은 어떻게 됐나요?"

"미안하지만 그쪽은 알아낸 게 없어. 위쪽에서 쎄게 굴어서 국경경비대 쪽 정보가 막혔다지 뭐야. 아직 살아 있다는 얘기니까 조금 더 기다려 보자."

"정말로 3천이면 될까……."

박훈은 노태수가 남긴 명함을 문지르며 생각에 잠겼다.

"채희 말인데 완전히 빼 오려면 전부 얼마나 들까요?"

"정치범 쪽으로 떨어졌음 내 쪽보다 곱에 곱절은 더 들걸? 나야 소식이라도 뚫렸지만……. 참, 아까 누가 찾아왔었다고?"

"예, 작은 개인 병원 하는 분인데 느닷없이 심장 수술을 하자고……."

"그럼 잘된 거잖아. 뭘 망설여?"

"그게 사실 좀 터무니없다는 생각이 들어서요."

"돈은 준대?"

"예, 통장 만들면 계약금을 쏴 주겠다는데 그것도 미심쩍고……."

"돈 들어오는 거 보고 응하면 되지. 가서 당장 통장부터 만들어."

밖에서 중국집 배달 오토바이 멈추는 소리가 났다.

"생각해 보죠. 참, 이것 좀……."

박훈이 청바지 뒷주머니에서 반으로 접힌 편지를 꺼냈다.

"또야? 야, 이제 그만하라. 한두 푼 드는 일도 아니고……. 아님 있는 데라도 알아내고 편지를 내던가. 이거야 쌩돈 갖다가 양아치들한테 바치는 꼴 아니냐?"

박훈이 손에 든 것은 채희에게 보내는 편지였다. 편지는 리 씨의 손을 거쳐 브로커에게 전달되는데, 답장이 온 적은 한 번도 없었다. 편지가 제대로 전달되는지조차 확인할 길이 없다. 그러나 박훈은 매번 가망 없는 그 일에 돈을 쓰고 있었다.

"지푸라기라도 잡아 봐야죠."

"믿을 놈 하나도 없다니깐. 그러다가 편지가 적발되기라도 하면 채희가 더 위험해질 수도 있어."

단속이 헐할 때는 북한을 몰래 왕복하며 편지나 물품 같은 것을 전해 주는 사람들이 더러 있었다. 북한 내에서 '달리기'로 불리는 그들과 연결된 중국 브로커들과 접속하면 운이 좋을 경우 북한의 가족과 편지를 주고받을 수도 있다. 그러나 성공 확률은 가뭄에 콩 나듯 했다. 사기꾼들이 많아 대개는 돈만 떼이기 일쑤였다.

"참, 그건 그렇고, 내 부탁 하나만 들어주라."

"부탁이요?"

"응. 모레 어디 안 가지? 아는 동생 하나가 남산 밑 예장동에서 생수 대리점을 하고 있거든. 근데 교통사고를 당해서 무릎을 좀 다쳤나 봐. 이틀 정도면 낫는다니까 대신 일 좀 도와줘. 병원 한 군데랑 공장 두 곳은 제 날짜에 대야 하나 봐. 어렵게 거래처 뚫었는데 빼앗길 순 없잖아?"

박훈은 알았다며 고개를 끄덕였다.

"미안하다. 의사 선생님께 생수 배달을 시켜서."

리 씨가 사람 좋게 웃으며 박훈의 어깨를 툭 건드렸다.

04

엘리베이터가 간밤의 묵은 공기를 걷어내며 빠르게 상승한다. 투명 유리 밖으로 증축이 진행 중인 소아과 건물과 그 너머, 봄이 한창인 남산 한 자락이 보였다가 안 보였다가 한다. 건물이 한 층씩 높아질수록 남산은 더욱 납작해지는 느낌이다. 병원 밖 8차선 대로에는 어제와 다름없이 차들이 매연을 뿜으며 지나가고, 잊을 만하면 구급차가 사이렌을 지글대며 달려든다. 이 모든 풍경이 한 자리에서 조망되는 신관 14층에 흉부외과 과장직을 겸하고 있는 부원장의 집무실이 있다.

부원장실은 동우의료원 안에서 여왕벌이라는 별명으로 불리는 문성주 교수의 벌집과도 같은 곳이었다. 여왕벌 신드롬. 조직 안에서 인정받는 여성은 자기 하나만으로 충분하다는 생각. 여왕벌이 벌집 안에서 유일한 권력을 갖는 것처럼 여성 리더가 조직 내에서 쌓아 올린 자신의 권위를 다른 여성과 나누고 싶어 하지 않는 성향을 말하는 이 말은 문성주에게 딱 들어맞는 설명이었다.

'무슨 일일까? 나를 굳이 이리로 부른 이유가…….'

거울에 비친 안색을 살피며 수현은 고개를 갸웃했다. 방을 나설 때부터 아랫배가 아프기 시작하더니 좀처럼 가라앉지 않았다. 예정일이 되지도 않았는데 생리통이 시작된 것이다. 이상하게도 문성주가 호출할 때면 자주 생리가 터졌다. 그 사실이 짜증 나 민수현은 코 옆 작은 뾰루지 하나를 잡아 뜯었다. 작년에도 눈 밑 뾰루지 하나를 잘못 뜯었다가 흉터가 남아 한동안 화장으로 가리고 다녔다.

엘리베이터 문이 열리자 택배기사가 냉큼 먼저 올라탔다. 수현은 눈살을 찌푸리며 14층 복도에 발을 내려놓았다. 지은 지 3년째로 접어드는 신관 건물은 언제 와도 새 왕궁처럼 산뜻하다. 특히 이곳 14층 복도에 깔린 푹신한 카펫은 엘레베이터 앞에 설치된 크리스털 조명과 함께 호텔의 편안함을 연상시켰다. 3년 전 신관이 건립되고 나서 병원의 주축 부서들이 대부분 신관으로 옮겨갈 때 흉부외과는 몇몇 인기 없는 과들과 함께 구관인 본관 건물에 남았다. 병원 조직 개편을 주도했던 전임 병원장은 심장 수술 따위는 한 번도 해본 적이 없는 피부과 전문의 출신이었다. 그 일은 공교롭게도 문성주가 1년간 미국으로 연수를 떠난 해에 벌어졌다. 한 차례 개보수를 했다지만 40년 가까이 된 낡은 건물에 그대로 남게 되었을 때, 흉부외과에 적을 둔 사람이라면 누구든 문성주가 나서서 이사 문제를 해결해 줄 거라고 믿었다. 그러나 문성주는 이상할 정도로 그런 일에는 소극적이었다.

연구실 팻말 아래서 수현은 옷매무새를 매만졌다.

"민수현입니다."

그녀는 고개를 꾸벅하면서 문을 밀고 들어갔다.

"제시간에 딱 맞춰 오는 버릇은 여전하네."

커피머신 앞에 섰던 문성주가 벽시계를 힐끗하며 어울리지 않는 미소를 보냈다. 담배만큼이나 커피를 좋아하는 문성주는 언제나 최고급 원두를 직접 갈아 마신다. 170센티미터 가까이 되어 보이는 큰 키에 메두사처럼 긴 목을 지닌 여자였다. 오늘은 무슨 일로 나를 불렀을까. 지시를 내릴 수 있는 다양한 수단을 두고 부러 이 높은 곳까지 사람을 불러올리는 이유는 아마도 자신의 권위를 은연중에 상대에게 심어 주기 위해서겠지. 수현은 탁자 유리에 비친 제 얼굴을 살짝 웃는 낯으로 바꾸었다.

"직접 타 주시게요?"

"물론, 아끼는 제자에게 커피 한 잔 못 타 주겠니?"

시선이 종아리에 와 닿는가 싶더니 이내 칭찬이 이어졌다.

"구두가 참 예쁘다, 너."

아침부터 너스레를 떨어 대는 문성주 앞에서 수현은 대번에 머릿속이 헝클어진다. 분명 무슨 꿍꿍이가 있는 게 분명하다. 자주는 아니지만 지난 겨울에도, 여름에도 이따금 수현을 불러 난처한 일들의 처리를 맡기곤 했었으니까. 아끼는 제자에 대한 신뢰와 믿음으로 가장했지만, 철저히 계산된 행동이란 걸 수현은 오래전부터 꿰뚫어 왔다.

문성주는 수현의 박사 학위 지도교수였다. 석사 때부터 지도교수로 인연을 맺어 온 것이 어느덧 10년이나 되었다. 상대의 눈빛만 봐도 서로의 의중을 들여다볼 수 있는 세월이다. 그러나 이 늙은 여왕벌은 다르다. 어떤 경우에도 제 생각을 상대에게 들키는 법이 없다. 공적인 자리에서 사적인 의견을 내뱉는 법도 없다. 때론 교활하도록 엄하게, 때론 상대의 약한 부분을 긁어 주면서 제 사람들을 쥐고 흔드는 것이 주특기였다.

'아마도 커피가 다 식기도 전에 본색을 드러내겠지.'

수현은 긴장을 풀지 않으며 커피를 홀짝거린다.

말단 인턴으로 들어와 부원장의 지위에 오르기까지, 문성주의 전설적인 처신은 다양한 버전으로 의국 안에 회자되고 있었다. 윗사람들에게 실수가 없는 사람일수록 아랫사람들에게 그만큼 혹독함을 요구하는 법이다. 특히 같은 여자들에게 유독 엄격함이 더했다. 직계 제자들 대부분이 제풀에 지쳐 떨어져 나갔지만 수현은 문성주가 선심 쓰듯 던져 놓은 낡은 끈 하나를 악착같이 붙잡고 있었다. 그녀에게 문성주는 자신이 걸어가야 할 롤 모델인 동시에 또한 짓밟고 넘어서야 할 가장 험난한 산이었다.

"올해는 가뭄이 작년보다 덜한 것 같아."

문성주는 쓸데없는 얘기로 시간을 허비했다.

"그러게요. 참, 하실 말씀이란 게 뭐예요? 곧 수술이 잡혀서……."

수현은 이런 시답잖은 대화로 시간이 낭비되는 게 싫었다.

"긴히 할 얘기가 있는데……."

문성주가 꼬았던 다리를 풀며 의자를 당겨 앉았다.

"수현이 너도 짐작은 하겠지만 새 정부에서 은밀히 남북 합작 병원 설립을 추진해 오고 있어. 아마도 제대로 추진만 된다면 바뀐 정부의 최대 치적이 되겠지."

긴히 할 얘기는 무슨……. 수현은 속으로 콧방귀를 뀌었다. 정부에서 공식 발표를 하지 않았을 뿐이지 이미 알려질 대로 다 알려진 이야기다. 발표를 미루는 이유는 아직 정식 합의가 이루어지기 전이기도 하지만, 다가오는 총선 전야에 전략적으로 뉴스를 활용할 계획이기 때문이다. 장례식장에 누운 송장도 알 만한 이야기였다.

"그렇다면 혹시 교수님께서 그쪽으로?"

"넌 너무 앞서 가서 탈이야. 그건 아직 중요한 문제가 아니야. 더 중요한 건 누가 주축 병원이 되느냐 하는 거지. 북한에 병원다운 병원이 단 한 개도 없다는 사실을 상기해 봐. 남북 합작 병원을 선점하기만 하면 북한은 우리 의료원의 가장 큰 블루오션 지역이 될걸? 병원의 위상도 한 단계 끌어올릴 수 있고."

나름대로 일리가 있는 설명이었다. 수년간 경색되었던 남북한 관계는 집권 2년 차로 접어든 북한의 김정은이 대결 구도를 풀고 개혁과 개방을 표방하면서 실로 오랜만의 해빙 무드를 맞았다. 그 일환으로 정부 여당에서는 새로운 화해 협력 시대의 재개를 위해 개성공단 내에 남북한 합작 메디컬 센터를 건립하는 프로젝트를 은밀히 추진해 왔다. 말하자면 며칠 전 문성주를 위시한 남측 병원 관계자들이 북한을 열흘이나 방문하고 돌아온 것도 그 이유 때문이었다. 문성주 일행이 방북해 있는 동안 정부에서도 발 빠르게 후속 조치를 진행했다. 국내 의료 기관을 대상으로 가칭 개성의료센터를 이끌어 갈 남측의 대표 병원, 즉 주축 병원의 선정 작업을 은밀히 진행해 왔던 것이다.

이미 물밑에서 대표 병원 선정을 위한 치열한 경쟁이 펼쳐지고 있었는데, 그러한 사실은 북한을 방문하고 돌아온 의료진의 면면만 보아도 알 수 있었다. 방북 의료 대표단 구성은 국내 3차 의료 기관 45개 병원 가운데 랭킹 1위인 세종의료원과 2위인 동우의료원에서 뽑은 의사들이 반수 이상을 차지했고 3, 4, 5위의 병원에서 나머지 의사들이 선정되었다. 방북 대표단은 북측 의료인들과 접촉해 크고 작은 회의를 여러 차례 가졌으며, 개성공단 내 의료 센터 부지를 돌아보는 등의 일정을 소화했다. 개성공단에서 4킬로미터쯤 떨어진 천혜의 지역에 마련된 남북 합작 병원 부지는 정식 계약만 체결되면 당장 내년에라도 착공이 가능할 정도로 부지 접근성이 좋았다.

"이사장님이 이번 일에 특히 관심이 많으셔. 모두가 알다시피 세종의료원에 밀려 십수 년째 2위 구도가 깨지지 않고 있잖아? 여기서 아웅다웅할 게 아니라 새 날개를 달자는 거지. 몽골과 서남아시아에도 협력 병원을 세울 계획이야. 서울의 동우의료원을 주축으로 아시아 전역을 연결하는 글로벌 마스터 플랜이 완성되는 거지. 병원 평가란 어차피 매출액도 중요하지만 세계적인 시스템도 중요하니까.

문제는 상대인 세종도 만만찮다는 거야. 로비력이나 자금력이 우리에 비해 결코 뒤지지 않아. 이번에 가서 보니까 기자들 인터뷰도 세종의료원 관계자들에게 집중되는 것 같았어. 우린 그걸 뒤집어야 해. 아직 시간이 충분하잖아?"

"어떻게 뒤집는다는 거죠?"

"언론이야. 언론에 동우를 노출시켜야 해. 빅 이슈를 통해서."

개성의료센터라고? 언론의 이슈를 통해……. 이 여잔 또 무슨 수작을 꾸미자는 거지? 머리로 따지자면 흉부외과에서 둘째가라면 서러울 정도로 총명한 수현이지만 문성주의 말이 오늘따라 귀에 잘 들어오지 않았다. 저 여자는 십중팔구 개성의료센터로의 영전을 꿈꾸고 있을 것이다. 그렇게 되려면 동우가 주축 병원이 되어야 한다. 주축 병원이 되기 위해서는 여론몰이가 필요하다. 어떻게?

"교수님에게 그 일이 그럴 만한 가치가 있는 건가요?"

"나야 동우에 뼈를 묻을 것도 아니고. 너한테 솔직히 말하지만 그게 내 말년의 바람이기도 해. 개성의료센터 말야. 또 내가 이 자리를 물려줘야……. 뭐 그 경력이 바탕이 돼 말년에 장관이라도 한자리 꿰차면 더 좋고."

특유의 줄다리기가 시작되고 있었다.

"솔직해서 좋으시군요. 그러니까 이제부터 세종의료원을 제치기 위해 우리가 할 수 있는 일들을 생각해 달라, 그런 얘긴가요?"

"엑설런트! 사실 우리 병원 상황이 그리 녹록지가 않아. 현실에 안주하고 있다고나 할까. 특별한 이슈가 없잖아. 다들 타성에만 젖어 있고. 뭔가 돌파구가 필요한 시점이지. 요즘은 뭐든 이미지로 먹고사는 시대니까 이벤트를 만들어."

"생각해 보겠습니다."

수현은 시계를 들여다보며 일어날 준비를 했다.

"이틀의 시간을 줄 테니 무엇이든 아이디어를 짜내 봐. 수현이 네가 가진 총명함을 제대로 발휘해 보란 말야. 사람이란 말이지. 살다 보면 승부를 걸어야 할 때가 있어. 너나 나나 바로 지금이 그 특별한 순간일지도 몰라. 어서 가 봐."

승부를 걸어야 할 때? 문을 닫으며 수현은 피식 웃었다.

난데없이 이벤트라니. 갈수록 태산이란 이런 때를 두고 하는 말인가. 이벤트라면 비싼 월급 주고 뽑아 놓은 병원 홍보과 직원들도 있고 이벤트만 전문으로 기획하는 홍보 기획사도 널려 있지 않은가. 하루에도 수십 번씩 울려 대는 호출 소리를 들으며 병실과 수술실로 바삐 뛰어다녀야 하는 처지를 뻔히 알면서도 수수께끼 같은 소리를 늘어놓는 문성주가 수현은 도무지 이해가 되지 않았다. 맞아, 저 여자, 정년이 다가오자 노망이 난 건지도 몰라. 아니면 정기적으로 맞는 에스트로겐 주사 탓에 멍청해진 거 아냐?

퍼뜩 떠오르는 생각이 있었다. 병원의 핵심 수입원 중의 하나인 24개 소아 관련 진료 부서를 진두지휘하는 소아과 과장 겸 동우의료원 진료부장 황인혁 교수. 그는 문성주의 오랜 라이벌로 알려져 있다. 그러자 단서 하나가 슬며시 고개를 들었다. 개성의료센터 주축 병원 선정이라는 상징적인 과제를 받아 놓고 혹시 황인혁 교수와 내부적으로 경쟁하는 것은 아닐까. 문성주의 본거지나 다름없는 흉부외과가 어떤 식으로든 이슈를 만들어낸다면, 그 공은 고스란히 문성주에게 돌아가게 된다. 어쩌면 문성주의 진짜 목적은 그것인지도 몰라. 외부가 아닌 내부의 적을 제압하는 것! 거기에 여성이라는 프리미엄까지 얹으면 황인혁 교수에게 판정승을 거두는 것은 어렵지 않은 일이 되겠지. 보톡스를 맞아 탱탱해진 볼때기가 억지웃음을 지을 때마다 볼썽사납게 움직이던 문성주의 얼굴 근육이 떠올라 수현은 구역질이 올라왔다. 엘리베이터에서 내리자마자 그녀는 화장실로 뛰어갔다.

05

밀물처럼 치고 빠지는 환자를 상대하다 보니 어느새 오전 시간이 훌쩍 지나갔다. 바쁜 와중에도 머릿속엔 문성주가 뱉은 말들이 기름기를 품은 채 떠다녔다. 몇 가지 아이디어가 떠오르기는 했다. 하나원과 협력하여 새터민을 대상으로 무료 심장 진찰을 해 주는 이벤트를 벌인다든지, 개성공단 근로자들을 대상으로 건강 진단을 실시하는 안건이었다. 그러나 그 정도라면 문성주의 머리에서도 나올 수 있는 아이디어였다. 그것들을 뛰어넘는 아이디어를 내놓지 못하면 결코 문성주를 만족시킬 수 없었다.

민수현은 메스꺼운 속 탓에 점심 식사 대신 지하 매점에서 바나나 우유 하나를 사 들고 신관과 본관을 잇는 구름다리 밑 담쟁이 넝쿨이 우거진 작은 쉼터로 향했다. 문성주와 일대일로 대면하는 날이면 어김없이 치러야 하는 홍역이었다. 쉼터는 안이 잘 들여다보이지 않아 애연가들이 자주 찾는 병원 내 몇몇 장소 중의 하나가 되어버린 곳이다. 네 개의 벤치 가운데 수현은 버릇처럼 제일 안쪽 벤치에 앉아 휴대폰을 꺼냈다. 한바탕 수다라도 떨고 나면 우울한 기분이 가라앉을까 해서였다.

다행히 한재준은 전화를 받았다. 밥을 먹으러 병원 밖으로 이동하는 중이라며 바쁜 티를 내는 게 못마땅했지만 잠깐 전화를 하기에는 나쁘지 않았다. 바쁜 척을 할 때는 언제고 한재준은 대뜸 북에서 돌아온 문성주의 동정부터 물었다. 수현은 아침에 떨어진 문성주의 지시를 미주알고주알 전해 주었다. 한재준은 자신의 처지 역시 비슷하다면서 혀를 찼다. 아침 일찍 개성의료센터 건으로 직책교수들이 죄다 소집되고 주축 병원 선정을 위한 후속 대책을 마련하라는 지시가 떨어졌다는 것이다.

"그런데 동우가 세종의 상대가 될까?"

전화를 끊으려는데 한재준이 도발을 해 왔다. 한재준은 동우와 경쟁 관계인 세종의료원 흉부외과 조교수로, 이사장의 아들이라는 확실한 백그라운드를 가지고 있었다.

"흥, 뭐예요. 한번 해보자는 건가?"

장난처럼 던진 한재준의 말이 수현을 자극했다.

"동우가 작전을 개시한 마당에 세종도 앉아서 당할 순 없잖아."

두 사람은 그런 관계였다. 허물없이 서로의 고민을 털어놓다가도 어쩔 수 없이 자신들이 속해 있는 이질적인 두 경쟁 집단을 대표하기도 해야 하는…….

"어떻게요? 북한에 공짜로 병원이라도 지어 주려남?"

"못 할 것도 없지 뭐."

수현은 기가 죽었다. 상대는 자신감에서 우러나온 말이었다.

"농담 그만하고 아이디어 내 봐요. 딱 이틀뿐이라니깐."

한재준이 웃으며 무슨 말인가를 하는 순간이었다. 갑자기 둔탁하고 묵직한 손길이 날아와 수현의 팔을 후려쳤다. 휴대폰이 바닥으로 떨어지며 탁, 배터리가 분리됐다. 누군가 싸움을 걸어왔다는 생각에 수현은 암고양이처럼 날카롭게 발톱을 세웠다. 허물없이 나누던 대화가 끊겼다는 생각보다 더 수현을 화나게 한 건 병원 내에서 의사인 자신에게 누가 이토록 무례한 행동을 할 수 있는가 하는 점이었다.

킬킬킬. 특유의 기분 나쁜 웃음과 함께 다가온 이는 뜻밖에도 마취의 금봉현이었다. 금봉현은 휴대폰을 주워 올려 배터리를 결합한 뒤 슬그머니 돌려주었다.

"이봐요, 당신! 예의 없이 대체 이게 무슨 짓이에요?"

수현이 벌레를 쳐다보듯 날카롭게 쏘아붙였다.

"예의가 없다? 그거 좋지. 그럼 정중히 사과를 하지. 하지만 민 선생, 댁도 잘한 건 없는 것 같은데. 안 그러쇼? 킬킬."

수현은 정신이 멍해질 정도로 약이 올랐다.

"무슨 근거로 그런 소릴 떠드는 거죠? 내가 댁한테 피해 준 거 하나라도 있나요?"

금봉현이 몇 가닥 남지 않은 앞머리를 무심코 쓰다듬었다.

"민 선생께 정중히 충고 하나 할까? 연애하는 상대한테 병원 내부 비밀을 그렇게 죄 꼬치꼬치 일러바쳐서야 어디 쓰겠나? 특히 그 남자가 경쟁 병원의 거물이시라면 더욱 조심해야지, 안 그렇소? 아, 아니 뭐, 몸까지 진하게 섞는 사이라면야 또 몰라도, 킬킬킬."

수현은 말문이 막혔다. 금봉현이 팔을 내리쳐 전화를 중단시킨 이유가 자신의 실수에 있었기 때문이다. 얼굴이 벌게져서 아무런 말도 못했다.

"너무 신경 쓸 것 없수다. 못 들은 걸로 할 테니까. ……참."

휘적휘적 걷던 금봉현이 이마에 햇볕을 한 움큼 달고 돌아섰다.

"휴대폰에 문제가 있다면 당장 연락 주시오. 이것도 인연이니 최신형 스마트폰으로 무상 교체를 해 드리게. 그럼 나는 바빠서 이만."

수현이 반사적으로 그를 불러 세웠다.

"이봐요, 잠깐만! 댁이 대체 뭔데 내 사생활 비밀까지 다 아는 척

그딴 소릴 하는 거죠? 남의 통화 엿듣는 거, 그게 당신 취미예요?"

금봉현이 느릿느릿 걸어와 수현의 어깨를 손가락으로 찔렀다.

"말을 함부로 하시네. 저쪽 벤치를 보쇼. 나는 민 선생과 등을 맞대고 앉아 있었을 뿐이야. 더구나 나는 당신이 나타나기 전부터 저곳에 있었지."

정말로 벤치는 두 개가 서로 뒷부분을 맞댄 형태로 배치돼 있었다. 병원 관계자는 물론 환자들까지 수시로 들고 나는 장소였으므로 뒤편에 누가 앉아 있는지 미처 신경을 쓰지 못한 건데, 하필이면 그곳에 마취의 금봉현이 앉아 있었을 줄이야.

수현은 자신의 실수를 인정했다.

"그래요. 내가 조심성이 부족했던 걸로 합시다. 됐죠?"

수현은 가급적 금봉현과 얽히고 싶지 않았다.

마취의 금봉현을 둘러싸고 병원 내에 떠도는 소문을 그녀 역시 모르지 않았다. 큰 수술을 맡아 가끔 기대 이상의 실력을 발휘하기도 하지만, 때론 평범한 실수를 저질러 곧잘 시말서를 쓰기도 하는 인물. 늘 허허실실 웃음을 흘리고 다니며 간호사들 젖가슴이나 흘끔거리는 40대 후반의 노총각으로 병원 내 구조 조정 소문이 돌 때마다 정리 대상 1순위로 거론되곤 하는, 그러나 어찌 된 이유인지 불사조처럼 꿋꿋하게 버텨 온 병원 보도블록에 아무렇게 눌어붙은 껌딱지 같은 존재, 그게 마취의 금봉현이었다.

사생활 또한 철저히 베일에 가려져 있었다. 수현이 아는 한 그는 늘 혼자였다. 밥을 먹을 때도, 퇴근을 할 때도 그가 동료들과 함께 하는 것은 좀처럼 보지 못했다. 회식이나 경조사에도 일체 모습을 드러내지 않는 병원 내 아웃사이더였다. 타인의 시선이야 어찌 됐든 금봉현은 특유의 비칠대는 걸음으로 병원 곳곳을 킬킬거리며 돌아다녔다. 청소하는 아줌마들을 상대로 뜬금없이 날씨 이야기를 주고받는가 하면, 병원 내 관상수 가지치기를 하는 인부들과 섞여 작업을 돕는 장면이 목격되기도 했다. 머리카락은 좀처럼 손질을 하지 않아 아무렇게나 흘러내렸고 턱수염과 콧수염도 생각이 나면 면도를 할 정도로 자신을 가꾸는 일에 무관심한 인간이었다.

전에 불거졌던 성추행 사건 역시 금봉현에게 돌이킬 수 없는 꼬리표가 됐다. 약 1년 전쯤, 금봉현이 말기암 환자와 입을 맞추다가 불시에 들이닥친 환자의 남편에게 들킨 일이 있었다. 그 일로 금봉현은 정직 처분을 받고 한동안 병원에서 쫓겨났다. 모두가 이상하게 생각했던 것은 금봉현이 어떤 변명도 늘어놓지 않았다는 점이다. 남편에게 멱살을 잡히고 따귀를 맞았지만 순순히 입을 맞춘 사실을 시인했다. 누가 그 일을 묻기라도 하면 그저 알 듯 말 듯 미소를 지은 채 자리를 뜰 뿐이었다.

"그건 그렇고 본의 아니게 이야기를 엿들어서 하는 말인데."

금봉현이 허공을 보며 중얼거렸다.

"그거, 문 교수가 내줬다는 숙제……."

숙제라는 단어에 기분이 상했지만 수현은 귀가 뜨였다.

"뭘 안다는 거죠? 무슨 말씀이에요?"

"꺽다리 부원장을 만족시킬 대안을 아직 찾지 못했다면 내가 도움을 줄 수도 있을 것 같은데……. 보아하니 별다른 묘안도 없는 것 같고."

"금 선생에게 무슨 대안이라도 있다는 얘긴가요?"

"대안이라, 그거 좋지. 하지만 그 정도는 아니고 힌트 정도는 줄 수 있을 것 같은데, 혹시 세이버 수술이라고 들어 봤나?"

"세이버 수술요?"

분명 들은 기억이 있었다. 일부 흉부외과의들 사이에 쉬쉬하면서도 전설처럼 전해 내려오는 이야기. 지금으로부터 19년 전 흉부외과에 노태수라는 천재가 있었다. 심장 수술의 최고 난이도를 자랑하는 바티스타 수술이 나오기도 전에 그보다 한 단계 앞선 수술을 개발했던 인물, 그러나 완벽한 수술 성공에도 불구하고 어떤 이유에선지 수술 직후 환자들이 죽어 나갔고 자신의 결백을 주장하던 그 천재는 모든 책임을 뒤집어쓴 채 동우를 떠나야 했다. 누구도 공식적으로 그 이야기를 꺼내지는 않았지만, 술자리와 술자리를 떠돌며 하나의 전설이 되어버린 이야기. 아직 성공 사례가 단 한 차례도 보고된 바 없는 최고 난이도의 심장 수술. 전설 같은 그 스토리를 금봉현의 입으로 듣게 되다니.

"자세히 얘길 좀 해봐요. 세이버가 뭐 어쨌다는 건지."

"세이버에 대해 떠도는 얘긴 민 선생도 들었을 테고, 내가 볼 때는 그 방법밖에 없는 것 같군. 그 세이버 수술 말이야."

그걸 다시 부활시켜서 언론의 이목을 붙잡는다는 건가.

"그 수술은 실패한 거잖아요. 그걸 어떻게?"

"크하하하하."

금봉현이 걸음을 멈추고 큰 소리로 웃어 댔다.

"그건 실패한 수술이 아니지. 실패로 기록된 거야. 문제는 손이야. 젊은 노태수를 능가하는 손놀림 빠른 의사를 찾는 것, 그게 성공의 관건이지."

잔잔하던 수현의 심장이 달아오르기 시작했다.

"이봐요. 그러지 말고 알기 쉽게 설명을 해 줘요."

"킬킬킬. 그런 건 똑똑한 민 선생이 알아서 해야지. 어쨌든 노태수가 다시 온다면 모를까 불가능한 수술이지. 세이버에 도전장을 내미는 즉시 자기 자리를 걸어야 할 테니까. 아, 참, 어쩌면 노태수 그 미친 영감탱이가 다시 나타날지도 모르겠군. 아침에 화장실에서 비슷한 노친네를 본 것 같기도 하거든. 킬킬킬."

금봉현은 더 할 말이 없다는 듯 휘적휘적 걸음을 옮겨 갔다.

사실 금봉현이 그 이야기를 꺼낸 이유는 따로 있었다. 아침에 화장실에서 우연히 노태수를, 아니 노태수 비슷한 노인을 목격했던 것이다. 모자를 푹 눌러쓴 상대는 극도로 주변을 살피며 노출을 꺼려하는 것 같았다. 벌써 20년 가까운 세월이 흘렀다지만 병원에서 쫓겨 나갈 때의 퀭한 눈동자를 노태수는 아직도 간직하고 있었다. 그의 방문이 내심 반가웠지만 금봉현은 아는 척을 하지 않았다. 어떤 목적을 가지고 병원을 찾아왔든 상대가 자신의 존재를 노출하고 싶어 하지 않는 이상 좀 더 두고 보자는 생각에서였다.

"정말인가요? 손 빠른 의사라면 수술에 성공할 수 있어요?"

금봉현이 고개를 털레털레 흔들었다.

"보아하니 점심도 굶은 것 같은데 든든하게 속부터 채우쇼. 위장이 튼튼해야 수술할 때 버틸 수 있지. 참, 이건 내가 챙겼는데. 정보를 줬으니 이 정도는 받아야 할 것 같아서."

벤치에 내려놨던 바나나 우유가 금봉현의 손에 들려 있었다.

"흥, 원래 손버릇이 나쁜 사람이군."

"그리고 세이버 수술 말인데, 문 교수, 그 미친 여왕벌과는 절대로 상의를 하지 않는 게 좋아. 그냥 민 선생 혼자 밀고 나가야지, 그 여자가 알면 외과가 무너져라 난리법석을 떨걸."

"그건 또 무슨 뚱딴지같은 소리예요?"

"나중에 두고 보라니까. 자, 그럼 수고하시고."

수현의 시야에 더는 금봉현이 들어오지 않았다. 막혔던 혈관이 펑 터지며 더운 피가 죄 심장으로 흘러드는 것 같았다. 세이버 수술이라고? 어쩌면 답이 될 수도 있을 것 같았다. 지금은 19년 전과 의료 환경 자체가 많이 변했으니까. 과거의 사소한 실수쯤은 얼마든지 찾아내서 보완할 자신이 있었다. 그런데 손 빠른 의사라니. 어디서 그런 의사를 구한단 말인가. 나름대로 흉부외과의 에이스를 자처하는 수현으로선 다른 의사를 찾아야 한다는 금봉현의 노골적인 조언이 내심 불쾌했다.

수현은 신관 지하 1층에 마련된 의학도서실로 뛰어갔다. 혹시라도 관련 논문이 나와 있는지 찾아보기 위해서였다. 하지만 논문은 전무했다. 인터넷 검색창을 활용해 보았지만 어디에도 세이버 수술에 대한 이야기는 찾아볼 수 없었다. 병원 안에서 쉬쉬하며 전해 내려오는, 말 그대로 전설 같은 이야기일 뿐이다. 어쩌면 실제와 달리 과장된 이야기인지도 몰랐다. 우선 노태수란 인물이 실제로 이곳에 근무했는지 알아내고, 그다음 당시의 의료 기록을 다 뒤져서라도 세이버 수술에 관한 자료를 찾아내자고 수현은 결심했다. 금봉현의 말대로 사장되었던 세이버 수술 카드를 꺼내 든다면, 동우는 단박에 이슈메이커로 언론을 장식할 것이다. 문성주가 노리는 게 바로 이런 것 아닐까.

'한데 금봉현은 어째서 문성주와 상의를 하지 말라고 했지?'

금봉현의 마지막 말이 가시처럼 목에 걸렸다.

수술에 성공하기만 하면 파급력은 상상을 초월할 것이었다. 하지만 후폭풍도 만만찮을 터였다. 창안자인 노태수가 자리를 내놓고 물러난 것만 보아도 알 수 있다. 금봉현의 조언이 틀리지 않다는 것도 수현은 인정해야 했다. 아무리 수현이 흉부외과의 에이스 서전이라 해도 수술에 성공한다는 보장은 어디에도 없으니까. 세이버보다 쉽다는 바티스타 수술조차 완벽하게 성공하지 못하는 의료 환경이 아닌가. 섣불리 나섰다가 자칫 환자를 사망하게 하기라도 한다면 어렵게 쌓아 올린 것을 죄다 잃게 될 것이다.

하지만 다른 사람을 내세운다면?

그것은 분명 좋은 대안이 될 수 있었다. 언론의 스포트라이트는 1차적으로 수술에 실패한 의사에게 쏠릴 것이고, 수현 자신은 위험을 피해 갈 수 있게 된다. 반대로 운이 좋아 수술에 성공하면 그 공과는 나누어 가질 수 있다. 다 좋다. 하지만 그런 의사를 어디서 구한단 말인가. 시간과의 싸움이기도 한 심장 수술에서 빠른 손놀림과 판단력을 지닌 천재적 집도 실력을 가진 외과의, 수현이 아는 한 그런 의사는 동우에 존재하지 않았다. 창안자인 노태수 자신조차 실패한 수술인데…….

'차라리 문성주를 만나 의견을 묻자. 금봉현의 충고야 어찌 됐든 그는 내 지도교수니까. 세이버 수술이라면 그도 무턱대고 반대하지는 않을 테지…….'

우뚝 솟은 신관을 올려다보며 수현은 입술을 깨물었다.

06

민수현은 하루가 다 가도록 문성주를 만나지 못했다. 계획에 없던 응급수술이 밀려들었기 때문이다. 점심시간이 끝나 갈 무렵, 인근

공사장에서 낙상해 철근에 가슴을 다친 인부가 실려 왔다. 다행히 심장을 건드리지 않아 고인 피를 제거하는 선에서 수술이 마무리됐다. 퇴근 무렵에는 하복부 지방 제거 수술 도중 심박이 정지한 환자가 구급차에 실려 왔다. 마취약에 의한 부작용이었는데 환자는 끝내 깨어나지 않았다. 뒤늦게 달려온 환자 가족이 소란을 피운 탓에 외과 병동은 저녁 내내 어수선했다.

소란한 분위기는 다음 날에도 이어졌다. 오후 2시쯤 갑자기 한 여자가 본관 옥상으로 올라가 투신했다. 여자의 투신은 우발적이었다. 처음에 여자는 본관 옥상에 올라가 병원장을 만나게 해 달라고 시위를 벌였다. 그러다가 119 대원들이 접근하자 느닷없이 난간을 넘어 뛰어내린 것이다. 다행히 여자는 현관 주변에 심어 놓은 은행나무에 걸렸고 새파란 은행잎을 흠뻑 뒤집어쓴 채 바닥으로 떨어졌다. 나뭇가지가 완충작용을 한 탓에 목숨을 건졌지만, 가지 하나가 심장을 건드리고 말았다.

그녀는 602호 환자의 모친이었다. 602호 환자는 병원의 골칫거리였다. 선천적 좌심실 이상으로 내원했던 스물여덟의 그 청년은 어차피 수술이 불가능한 환자였다. 병원에선 그 환자를 대상으로 다국적 제약 회사 네베로스(Neveros)가 새로 개발한 신약을 시험해 왔다. V-237로 명명된 그 약은 줄기세포에서 뽑아낸 신물질로 심장 재생력이 뛰어나다고 알려져 있다. 하지만 선전과 달리 신약 투여 2회 만에 환자가 의식을 잃고 말았다. 신약 치험 사고로 아들이 코마 상태에 빠지자 602호 환자 가족은 두 달째 병원을 상대로 진상 규명 시위를 벌여 왔다. 여기에 몇몇 반골 기질의 내부 의사들이 동조하고 나섰고 인터넷 진보 매체에서 이를 취재하느라 한바탕 들쑤시는 등, 병원 경영진으로선 여간 골칫거리가 아닐 수 없었다. 신약 치험 사고가 그리 새삼스런 일은 아니지만, 네베로스가 동우의료원과 오랜 기간 유대를 이어 왔다는 것이 문제였다. 병원은 뒷거래 의혹을 받을 수밖에 없었고 실제로 몇몇 의사의 실명이 언론 매체에 오르내렸다. 병원으로선 하루빨리 이번 일이 해결되기를 바랐다. 개성의료센터 주축 병원 선정을 앞두고 부정적인 여론이 확산되는 것을 원치 않았기 때문이다. 환자 가족을 불러 적당히 타협점을 찾고 싶었지만, 그들은 아들을 살려 놓지 않으면 병원에서 한 발짝도 움직일 수 없다고 버텼다. 환자의 모친이 뛰어내린 것은 이러한 사건의 연속선상이었다.

아침 늦게 퇴근한 수현은 단골 사우나에서 몸을 풀다가 담당 환자에게 문제가 생겼다는 연락을 받았다. 수현은 물기를 닦아내는 둥 마는 둥 허겁지겁 옷을 챙겨 입었다. 그런데 이건 또 무슨 일인가. 가까스로 병원에 도착했을 때는 이미 상황이 끝나 있었다. 불과 1시간 전만 해도 숨을 거두기 직전이라던 환자는 이미 수술을 마치고 회복실로 옮겨져 있었다. 그러니까 그녀가 도착하기 전 누군가 응급실로 치고 들어와 수술을 끝내고 홀연히 가버린 것이다. 불법으로 수술을 하고 사라진 사내는 놀랍게도 생수 배달원이었다. 수현은 기겁했다. 뭐야? 생수 배달원이 응급실에서 위급 환자를 수술했다니, 간호사들도 같이 있었을 텐데 그게 가능한 일인가.

"진짜라니까요!"

거듭해서 묻는 수현에게 간호사가 볼멘소리로 대답했다. 수현이 도착하기만을 기다리고 있을 무렵 환자의 용태가 급격히 악화되었고, 마침 응급실 정수기에 생수통을 갈던 생수 배달원 사내가 환자의 상태를 확인하더니 말릴 틈도 주지 않고 환자에게 응급처치를 시작했다는 것이다. 간호사가 사내를 막아섰지만 환자를 죽게 놔둘 셈이냐며 버럭 호통을 쳐 대는 통에 기가 죽어 꼼짝도 할 수 없었다고 한다. 그러는 사이 사내는 강한 카리스마로 수술을 강행했고, 간호사들은 주술에 걸린 듯 사내를 도울 수밖에 없었다는 만화 같은 이야기였다. 간호사가 정신을 차렸을 때는 이미 상황이 종료된 뒤였다.

"좋아요. 하지만 이 수술, 내가 한 겁니다."

얼음꽃이란 별명답게 수현의 판단은 빠르고 냉정했다. 이왕 벌어진 일, 지금은 일이 밖으로 새지 않도록 조치하는 것이 먼저였다. 관련자들을 모아 입단속을 다짐받고 환자 가족에게는 수현 자신이 수술을 한 것으로 겨우겨우 일을 수습했다.

"참, 아까 거기 이런 게 떨어져 있었어요."

응급실을 나서는데 간호사가 주머니에서 뭔가를 꺼냈다.

"이건 목걸이 같은데? 아니, 무슨 메달인가?"

수현은 둥근 나무 조각을 손바닥에 올려놓고 이리저리 살펴보았다. 간호사가 건넨 물건은 직접 손으로 만든 듯 투박해 보이는 목걸이의 일종이었다. 오백 원짜리 동전보다 조금 더 큰 크기의 해바라기 모양이 나무로 조각돼 있었고, 그 한가운데 팥알 크기의 까만 흑요석이 박혀 있었다. 비록 작고 조잡하지만 열여덟 개의 해바라기 꽃잎이 정교하게 표현되어 있었다. 둥근 꽃잎 테두리 중앙에 자리한 흑요석은 산이나 개울가에서 쉽게 주울 수 있는 것이었다. 흑요석에는 매끄럽게 연마된 흔적이 고스란히 남아 있었다. 보기에 따라서는 사람의 눈동자 같았다. 목줄은 처음 보는 것이었는데 수현은 그것을 오래 관찰한 후에야 야생에서 자라는 마(麻)의 한 종류란 걸 알 수 있었다.

"별일이야, 70년대도 아니고 누가 이런 걸로 목걸일 만들었을까?"

호기심이 생긴 수현이 재차 물었다.

"이거 그 사람이 놓고 간 것 맞아요?"

"경황이 없어서 자세히 기억은 안 나지만, 수술을 하다가 목걸이가 환자 몸에 닿자 빼서 옆 침대에 놓아두었던 것 같아요."

간호사가 믿어 달라는 표정으로 대답했다.

"그래요? 그럼 내가 잠시 보관하고 있을게요."

수현은 부리나케 지하 2층 안전관리실로 달려갔다.

다행히 CCTV엔 사내의 얼굴이 다양한 각도에서 여러 장면에 걸쳐 찍혀 있었다. 특히 응급실 출입구로 들어서는 장면은 선명도가 높아서 사내의 얼굴 윤곽이며 이목구비까지 뚜렷했다. 호리호리한 체격에 어딘지 섬세해 보이는 얼굴, 표정없는 눈과 그 밑의 오뚝한 콧날. 그런데 기이하게도 사내가 눈에 익었다. 저 사내 본 적이 있다. 화면을 들여다보며 수현은 기시감에 휩싸였다. 분명 지난 삶의 어느 순간엔가 스쳐 가듯 인연을 맺은 사내였다. 그러지 않고서는 잔상이 뇌리에 남아 있을 리가 없었다.

"이상해. 분명히 어디선가 본 적이 있어."

퇴근 무렵 수현은 편집된 동영상을 USB에 담아 집으로 가져왔다. 자신도 알 수 없는 이상한 집착 속에서 잠들기 직전까지 영상을 몇 번이나 되돌려 보았다. 기억은 되살아날 듯 말 듯 약만 올렸다. 그러다가 잠깐 선잠이 들었던가. 침대에 누웠던 수현은 꿈처럼 재생되는 어떤 장면을 떠올리고는 소스라치며 일어났다. 시체와 시체 사이를 넘나들며 믿을 수 없는 속도로 환자를 지혈하고 봉합하던 청년, 눈을 뜨고도 믿을 수 없었던 신기의 솜씨. 야수처럼 내뱉던 거친 숨소리와 아직도 기억이 생생한 땀 냄새. 수현의 기억이 가 닿은 곳은 2004년 북한 용천역 폭발 사고 현장이었다.

2004년, 북한 용천에서 원인 미상의 대형 폭발 사고가 일어났다. 당시 수현은 대한민국 의료지원팀의 일원으로 용천에 파견되어 우연히 북한 평양의과대학 의료단의 수술 현장을 목격한 적이 있다. 그날 수현은 복부 대동맥이 완전히 절단된 환자를 야전 수술대에 눕혀 놓고 혼자 사투를 벌이고 있었다. 복부를 열었지만 파편이 곳곳에 박혀 출혈사는 시간문제였다. 복부 대동맥부터 복구해야 했는데, 충분한 혈액도 마땅한 의료 기구도 뒷받침되지 않은 상황에서 환자를 살려낸다는 것은 생각도 할 수 없었다. 수술을 포기하고 배를 덮는데 옆 침상의 젊은 북한 의사가 수현을 제지했다.

"동무, 잠깐만 기다리시오."

환자의 상태를 확인하더니 젊은 의사는 주저 없이 복부를 열고 동맥을 복구하기 시작했다. 별다른 수술 장비가 없는 상태에서 오로지 손가락의 감각에 의지해 정확히 환부를 장악해 나갔다. 믿기 어려울 정도로 정확한 솜씨였다. 사내는 불과 7분도 안 돼 응급처치를 마친 뒤 수현에게 환자의 뒤처리를 부탁했다. 송장이나 다름없던 환자의 얼굴에 다시 피가 도는 걸 확인하면서 수현은 온몸에 전율을 느꼈다. 의대 수석 졸업에 빛나는, 자부심 하나로 똘똘 뭉친 그녀였기에 충격은 더욱 컸다.

카메라에 촬영된 생수 사내의 솜씨 역시 그때와 유사했다. 저 정도면 흉부외과의 에이스인 자신과 비견해도 전혀 밀리지 않았다. 아니, 오히려 자신을 훌쩍 넘어서는 실력이었다. 설마 진짜 그 사람일까. 화면을 반복해서 틀어보던 수현은 그러나 고개를 갸웃하며 침대로 돌아왔다. 빠른 손놀림과 정확한 판단, 아무리 봐도 역시 그였다. 저 사내라면 세이버 수술을 집도할 수도 있을 것이다. 하지만 평양의 촉망받던 외과의가 어떻게 남한에서 생수 배달원 노릇을 하고 있단 말인가. 혹시 탈북이라도 한 걸까.

수현은 고개를 저으며 오피스텔 밖으로 시선을 돌렸다.

이름 모를 새 한 마리가 어둠을 가르며 멀어지고 있었다.

07

택시는 15도쯤 경사진 언덕길에서 끽, 하며 멈췄다. 부암동 골짜기, 문성주의 2층 단독주택 앞이었다. 북한산 골짜기를 따라 비슷한 스타일의 집들이 두서너 채씩 모여 있는 주택지였다. 아직 안에서는 어떤 기척도 들려오지 않았다. 민수현은 기초화장만 하고 나온 얼굴에 파운데이션을 약하게 두드린 뒤 느슨해진 운동화 끈을 조였다. 아직 해가 뜨기 전이어서 와 닿는 바람이 선선했다. 2년 전에도 문성주의 집을 방문한 적이 있었는데 그날도 이런 아침이었다.

15분 정도 기다리자 자동으로 제어되는 주차장 출입문이 소리 없이 입을 벌렸다. 최신형 은색 아우디가 구렁이처럼 주차장을 빠져나왔다. 유리가 선팅이 돼 있어서 문성주가 타고 있는지는 확인할 수 없었다. 수현은 자동차가 속도를 내기 전에 재빨리 유리문을 두드렸다. 차가 멈추고 놀란 문성주가 토끼 눈을 하고서 얼굴을 내밀었다. 수현은 애써 밝은 목소리로 꾸벅 인사를 건넸다.

"안녕하세요, 교수님. 이제 출근하시나 봐요?"

문성주는 즉시 대답을 하지 않고 블라우스에 짧은 치마 차림의 수현을 요모조모 뜯어보았다. 좀처럼 이 상황이 이해되지 않는다는 표정이었다.

"수현이 네가 아침부터 여긴 웬일이야? 그 차림은 뭐고?"

"병가를 내려고요."

문성주의 표정이 싸늘하게 바뀌었다.

"지금 나랑 장난하자고 온 거야? 그 짧은 스커트는 뭐고. 아침부터 선이라도 보고 온 모양인데 당장 옷 갈아입고 출근해. 아님 남들 보기 전에 냉큼 차에 오르든가."

수현은 주저 없이 뒷문을 열고 들어갔다.

"큰길로 나가서 도로변에 내려주세요. 거기서 택시를 타게."

"할 얘기라도 있나? 아님 술이라도 먹은 거야?"

문성주가 느리게 차를 구동하며 물었다.

"전에 내 주신 문제에 답을 드리려고요."

"그 답을 왜 여기서 들어야 하지?"

"세이버 수술, 그게 교수님이 내신 문제에 대한 저의 해답입니다. 이틀의 시간을 주셨으니 시간이 없어서요. 지금 당장 노태수를 만나고 오겠습니다."

문성주가 급브레이크를 밟으며 차를 멈췄다.

"뭐, 노태수? 누가 너한테 그따위 이름을 알려줬니?"

"누가 알려주다니요? 병원 화장실 청소 아줌마들까지 다 아는 무용담입니다. 이제 세상이 바뀌었어요. 비록 오래전 실패한 수술이라고는 해도, 다시 꺼낼 때가 된 거죠. 우선 602호 환자부터 집도를 하도록 손을 써 주세요."

문성주는 어이가 없는지 쓴웃음을 지었다.

"가관이네. 아직 간밤에 마셔 재낀 술이 안 깬 게 분명하다, 그치? 가뜩이나 신약 치험 때문에 몸이 망가진 환잔데 세이버 수술로 끝장을 내시겠다? 꼴 좋겠다. 그 일로 동우의료원 흉부외과가 문을 닫아야 직성이 풀리겠냐, 민수현?"

"교수님은 저를 믿지 못하시네요."

"믿고 안 믿고의 문제가 아니야. 그 늙은이를 불러왔다고 치자. 수술은 누가 할 거야? 늙은이에게 줄 돈은 있고? 왜, 집이라도 팔 생각이냐? 아니면 든든한 빽이라도 있어?"

문성주가 핸들을 꺾으며 역정을 냈다.

"그래서 찾아보려고요. 정 찾지 못하면 제가 집도하죠 뭐."

물장수 사내를 떠올리며 수현은 침착하게 대답했다.

"갈수록 태산이네. 너랑 여기서 떠들 시간이 없다. 옷 벗을 각오를 하든가, 아니면 출근을 하든가 양자 결정을 해. 싫음 당장 내 차에서 내려!"

큰 도로와 잇닿는 곳에서 자동차가 멎었다.

"그렇게 반대하실 이유가 없잖아요?"

"글쎄, 안 된다면 안 되는 거야. 그 늙은이는 잊어."

"다 교수님을 위한 일이에요."

"나를 위한다고? 듣기 좋은 소리긴 하다만 눈빛을 보니 딱히 그런 것 같지는 않아 보인다. 왜, 세이버 수술로 다른 계획이라도 세웠어? 서울이 싫다면 언제든 얘길 해. 지방에 갈 만한 자리 하나쯤은 언제든 마련해 줄 테니까."

문성주는 더 할 말이 없다는 듯 문을 열었다.

08

3시간 뒤 수현은 가리봉시장 근처에서 택시를 내렸다. 대학 다닐 때 친구를 만나러 가리봉에 들른 기억이 났다. 불과 십몇 년이 지났을 뿐인데 가리봉은 몰라보게 변해 있었다. 구로공단으로 상징되던 기름 때 가득했던 골목엔 첨단 시설을 갖춘 고층 건물들이 키 자랑을 하듯 사방에 들어서 있었다. 디지털단지라는 이름에 걸맞게 고개를 돌리는 곳마다 각종 연구소와 벤처 기업 간판을 단 상호들이 즐비했다.

아침에 문성주와 헤어진 뒤 수현은 병원에 물을 대는 생수 업체 지국을 찾아갔다. '북청 물장수'라는 그다지 알려지지 않은 생수업체의 지역 대리점이었다. 생수 상표를 보자 수현은 상대가 용천에서의 그 사내일지도 모른다는 확신을 가졌다. 생수 가게 주인 역시 억양에 북한 사투리가 남아 있었는데, 한사코 그 사내의 연락처 알려주길 거절하여 애를 먹었다. 자신은 사내를 잘 모르며 며칠 일을 맡기기 위해 소개를 받았을 뿐이라고 둘러댔다. 민수현이 의사 신분증을 보여 주며 찾아온 목적을 자세히 밝힌 뒤에야 가리봉 중국인 거리 어딘가에 있다는 리 씨의 가게 주소를 알려 주었다.

남부순환도로를 따라 얼마쯤 걷다가 현대자동차 서비스센터 간판을 끼고 우회전해 들어갔다. 뒷골목으로 들어서자 조금씩 시장 풍경이 펼쳐졌다. 시장 입구에 아치 모양으로 장식된 붉은 용의 입에서 뜨거운 불길이 쉭쉭 쏟아져 나오며 지나가는 사람의 시선을 붙잡았다. 마침 관광차 두 대가 시장 입구에 중국인 관광객들을 쏟아 놓으면서 시장은 더욱 시끄럽게 활기를 띠었다. 수현은 오늘이 중국의 노동절임을 뒤늦게 깨달았다. 노동절은 중국의 4대 명절 가운데 하나로 다채로운 행사가 열리는 날이었다. 아닌 게 아니라 발밑에서 갑자기 다발성 폭죽이 터져 깜짝 놀라기도 했다. 폭죽 소리는 중국인 동포 타운 안으로 깊이 들어갈수록 더욱 심해졌다.

좁은 골목을 벗어나자 닭을 가득 실은 오토바이 한 대가 한약방 앞에 정차돼 있는 게 보였다. 누군가 폭죽을 놓았는지 펑, 펑 소리를 내며 불꽃이 난잡하게 허공으로 솟구쳤다. 바로 그때였다. 갑자기 영문을 알 수 없는 폭발음이 고막을 치고 지나갔다. 깜짝 놀라 바라보니 길 건너 연기와 사람들이 뒤엉킨 곳에 한 소년이 쓰러져 있었다. 폭죽이 터지며 간판을 건드렸는지 부서진 노래방 간판에서 시커먼 연기가 솟았다. 사람들이 웅성거리며 소년의 주변으로 몰려들었다. 그러나 누구도 선불리 나서지 못하고 발만 굴렀다.

"비켜요, 비켜!"

수현은 사람들을 밀치며 앞쪽으로 나아갔다. 신호가 바뀐 탓에 사람들이 모여들면서 전진하기가 쉽지 않았다. 도로를 뛰어넘어 접근해 보려 했지만, 철제 펜스가 차도와 도로를 구분하고 있어 그쪽으로의 접근도 곤란하기는 마찬가지였다. 수현은 사람들로 병목현상을 이룬 횡단보도를 버리고 펜스로 접근했다. 타이트한 치마를 입은 탓에 다리를 들어 올릴 수가 없었다. 살려 달라는 소년의 비명이 환청처럼 귀에 와 닿았다. 잠시 망설이던 수현은 치마 옆 솔기를 부욱 뜯어냈다. 엉덩이가 드러나건 말건 다리를 쭉 뻗어 펜스를 타 넘은 뒤 사람들을 밀치며 소년에게 접근했다.

"다들 비켜요, 난 의사예요!"

앞에 섰던 몇 사람이 길을 터 주었다. 오토바이에 실려 있던 닭장이 부서졌는지 놀란 닭들이 먼지를 일으키며 푸드덕 날아올랐다. 의식을 잃은 가운데에도 소년은 한쪽 손에 고무동력기로 보이는 모형 비행기를 꼭 움켜쥐고 있었다. 소년의 발밑으로 붉은 하우스 딸기가 피처럼 콘크리트 여기저기에 짓이겨져 있었다.

"누가 구급차 좀 불러 줘요. 어서!"

수현이 다급하게 소리쳤다. 엎어진 소년의 턱과 대퇴부에서 피가 흘러내리고 있었다. 턱의 상처는 단순 찰과상이었지만 무릎에서 한 뼘쯤 위에 생긴 대퇴부 상처는 동맥을 건드렸는지 피가 멈추지 않았다. 지혈을 위해 주변을 살폈지만 마땅한 도구가 보이지 않았다. 수현은 사람들 이목도 잊은 채 입고 있던 흰 블라우스를 벗어 쭉 찢어 냈다. 양쪽 끝을 단단하게 묶은 뒤 상처 윗부분에 친친 감아 지혈을 했다. 둘러싼 사람들이 좋은 구경거리를 놓칠세라 브래지어만 걸친 수현을 태연히 지켜보았다.

"뭣들 해요? 누가 전화 좀 해 달라니깐!"

수현이 신경질적으로 사람들을 쏘아 보았다.

"소용없는 짓 하지 마쇼!"

그때 건장한 사내 하나가 사람들을 헤치며 다가왔다. 어깨가 꽉 끼는 체크무늬 셔츠에서 땀 냄새가 끼쳐 왔다. 앞머리가 치렁치렁 늘어져 얼굴을 확인할 수 없었지만 눈매가 차가워 보이는 사내였다. 사내는 수현 따위는 안중에도 없다는 듯 무릎을 꿇고 소년의 상처 부위를 확인했다. 사내가 소년의 뺨을 가볍게 두드리며 물었다.

"창아, 창아. 야, 정신 차려!"

반응이 없자 사내가 조심스레 소년의 몸을 안아 일으켰다.

"이게 뭐하는 짓이에요? 구급차부터 부르지 않고."

"병원에 가 봐야 보험이 없어 치료를 제대로 받지 못할 거요."

소년을 냉큼 들어 올린 뒤 사내는 길가 한약재 가게로 쑥 들어갔다.

"이봐요, 그러는 당신은 뭐 하는 사람이죠?"

수현은 사내의 기세에 눌려 별수 없이 가게 안으로 따라 들어갔다. 사내는 소년을 침대에 눕히고 침대 밑에서 낡은 수술 도구들을 꺼냈다.

"쓸데없이 질문할 시간에 물부터 끓이쇼. 거기 가스레인지."

수현은 어안이 벙벙해져 물었다.

"물을 끓여요?"

"수술하려면 소독부터 해야지!"

수현은 뭔가에 홀린 듯싶었다. 그저 사내가 시키는 대로 물을 끓였다. 비명을 지르는 소년의 입에 약초를 적신 헝겊을 물리자 소년은 곧 잠에 빠져들었다. 사내는 믿을 수 없이 빠른 속도로 찢어진 상처 부위를 다루기 시작했다. 근육과 신경을 잇고 상처를 봉합하는 손놀림은 전광석화처럼 빨랐다. 찢어진 부위 안에 손을 넣어 끊어진 근육을 봉합하고 갈라진 살 거죽을 꿰매 봉합하는 데 걸린 시간은 고작 3분. 사내의 손놀림을 옆에서 지켜보다가 수현은 또다시 기시감에 휩싸였다. 분명 그 사내다. 수술실에 난입한 물장수, 아니 용천역 폭발 사고 현장에서 봤던 북한의 그 천재 의사. 이런 우연이라니.

"의사 선생, 멀뚱멀뚱 서 있지 말고 붕대나 사 오쇼. 난 화장실이 급해서."

사내가 뒷문으로 나간 뒤, 수술 자국을 확인하다가 수현은 다시금 감탄을 금치 못했다. 짧은 시간에 서른 바늘을 꿰맸다는 게 믿어지지 않을 만큼 꿰맨 자국이 정교했다. 바늘이 들고 난 거리는 마치 호치키스를 박아 놓은 것처럼 정확했다. 길이와 모양도 한 치의 흐트러짐이 없었다. 개장수 같은 너절한 행색에 시정잡배가 따로 없는 껄렁한 말투에 적이 빈정이 상해 있던 수현은 마음을 추스르고 사내가 돌아오길 기다렸다.

"어, 시원하다. 바늘만 들면 울렁증이 생겨 오줌을 지린다니까."

사내가 의자를 끌어당겨 소년 옆에 앉았다.

"상처는 어때요?"

"한창 크는 애들이니 보름이면 깨끗이 아물 테지. 그나저나 가뜩이나 다리를 저는 녀석인데 아픈 다리를 또 다쳤으니, 이 녀석은 복도 많아."

사내가 침대 밑에 떨어져 있던 소년의 고무동력기를 주워 올렸다.

"이봐요, 당신 며칠 전 우리 병원에 나타났던 물장수 맞죠?"

사내는 수현에게 관심이 없다는 태도로 일관했다.

"그게 그렇게 중요한가?"

"박훈 씨, 나랑 일 한번 해 보지 않을래요?"

동력기의 고무줄을 팽팽하게 감던 사내의 손이 순간 멈췄다. 잠시 후 사내는 아무 일도 아니라는 듯 자연스럽게 손동작을 이어 나갔다.

"뒷조사를 했나 본데 고작 이름이 단가? 나에 대해 뭘 안다고?"

"혹시 나를 모르겠어요? 9년 전 용천역에서 복부 동맥 절단 환자를……."

사내가 새삼 수현을 위아래로 훑어보았다.

"미안하지만 그쪽을 본 기억은 없소, 남쪽 의사들이 와 있었다는 건 들어 알지만."

"내 기억이 맞군요. 당신의 그 손을 빌리고 싶어요. 누구도 따라올 수 없는 수술 스피드와 정확한 판단력. 그건 아무나 타고 나는 게 아니니까요. 혹시 세이버 수술이라고 들어 봤어요?"

"또 그 손 얘긴가……."

사내가 들릴 듯 말 듯 혼자 중얼거렸다.

"그리 중요한 수술이면 직접 하시지? 난 관심 없으니 돌아가쇼."

"내가 할 수 있으면 당신을 찾지 않았겠죠. 누구도 장담할 수 없는 수술이에요. 그래서 당신이 필요한 거고요."

"남쪽에 그만한 의사가 없다니 안타까운 일이군. 하지만 난 보기보다 심약한 사람이요. 환자들 죄다 송장 만들 생각 아니면 그만 포기하쇼."

사내가 의외의 고자세로 나오자 수현은 당황했다.

"그건 진짜 이유가 아닌 것 같은데. 거절하는 이유가 뭔가요?"

"내가 원하는 것을 주지 못할 테니까."

"워, 원하는 거……. 그, 그게 뭔데요?"

순간 수현은 사내의 뜨거운 눈빛을 느꼈다. 앗! 수현은 깜짝 놀라 아직도 브래지어만 걸친 자신의 어깨를 감쌌다. 그러고 보니 이 남자는 아까부터 아무렇지도 않게 내 몸을 훑고 있었구나. 수현은 파르르 떨리는 아랫입술을 깨물었다.

"저, 혹시 원하는 게 내 몸인가요? 나는 이런 식으로 남자랑은……."

사내는 의자를 뒤로 젖히며 픽, 하고 헛웃음을 날렸다.

"스카우트가 아니라 날 웃기러 온 모양이군. 이거 걸치고 나가시지."

사내가 입고 있던 남방셔츠를 벗어 수현에게 던져 주었다.

"곧장 큰길로 나가서 좌회전하면 옷 가게가 하나 있을 거요. 가리봉에 온 기념으로 때깔 좋은 치파오라도 한 벌 장만하시든가."

고분고분 물러날 수현이 아니었다.

"그렇담 원하는 게 뭐죠?"

"일시불로 한 10억 원?"

수현의 표정이 딱딱하게 굳었다. 10억 원? 웬 뚱딴지같은 거액을 부르는 거지? 수현은 사내의 그런 대꾸가 도무지 이해가 가지 않았다.

"10억 원은 나한텐 무리예요."

"그럼 깨끗이 포기하쇼."

사내의 눈이 천장으로 가 닿았다. 공안들에게 개처럼 질질 끌려가던 한 여인이 시야에 어른거린다. 하루도 잊어 본 적이 없는 장면이다. 지금 당장 사내의 꿈을 이뤄 줄 수 있는 건 오로지 돈뿐이다. 돈만 모으면 북으로 끌려간 아내를 다시 남한으로 데려올 수 있다. 돈만 있으면 죽은 사람도 살려 보낸다는 북한은 더 이상 사회주의 사회가 아니었다. 알게 모르게 자본주의의 단맛은 허름한 시골 장

마당까지 뻗치지 않은 곳이 없었고, 수용소도 예외가 아니었다. 탈북자들을 엄하게 다루는 건 사실이지만, 그렇다고 구하지 못할 이유도 없다. 살아 있기만 하다면 누구든 구할 수 있는 것이다. 사내는 수현이 어색하게 셔츠에 팔을 꿰는 걸 지켜보며 그런 생각에 잠겨 있었다.

"북에선 거절을 그런 식으로 하나요?"

"남에서 배운 방법이요."

"좋아요. 그건 그렇고 이 애와는 어떻게 돼요?"

상대는 이제 반쯤 포기한 듯했다.

"이 아이는 리 씨 조카요. 오늘 당신이 찾아가고자 했던 가게 쥔 말이오. 국경을 넘다가 다리를 조금 다쳤는데 아주 씩씩하고 착한 녀석이야."

사내는 어디 간다는 말도 없이 다른 옷을 주워 입고 약방 문을 열었다. 마침 소년이 입가에 신음을 흘리며 깨어났다. 사내가 걸음을 멈추고 소년에게 다가왔다. 사내는 소년의 이마에 물수건을 얹고 볼을 쓰다듬었다. 몇 번 신음을 흘리던 소년은 제통완(진통제)을 한 숟가락 목구멍으로 흘려 주자 다시 깊은 잠 속으로 빠져들었다. 사내는 수현을 흘깃 쳐다보고 나서 내려놓았던 고무동력기를 손에 집었다.

"어딜 가는 거예요?"

"오늘 이 녀석이 하려던 걸 나라도 마무리해 줘야지."

가게를 나선 뒤 사내는 무뚝뚝하게 걷기만 했다. 거미줄처럼 얽힌 좁은 골목을 지나자 작은 쪽문이 앞을 가로막았다. 인근 초등학교 운동장 후문이었다. 운동을 하는 노인들 몇몇이 텔레비전에서 스포츠 강사가 알려 준 그대로 두 팔을 우스꽝스럽게 뻗으며 운동장을 돌고 있었다. 사내는 성큼성큼 걸어가 시소 한쪽에 주저앉았다. 수현은 선뜻 반대편에 앉지 못하고 머뭇거리며 뒤에 서 있었다. 사내는 앉으라고 강요하지 않았다. 대신 그는 계속해서 손을 꼼지락거리며 고무동력기 프로펠러를 감아 댔다.

"아까 그 아인 아마도 이곳으로 향하고 있었을 거요. 이걸 날리려고. 녀석의 꿈은 비행기 조종사가 되는 것이거든."

고무동력기가 펠펠펠 경쾌한 소리를 내며 사내의 손바닥을 박찼다. 미끄럼틀과 철봉을 지나 비행기는 공중으로 점점 높이 치솟았다.

"아아, 보이지 않아요."

사내의 노골적인 무시에 빈정이 상했던 수현은 비행기가 하늘을 가르며 시원하게 날아가는 모습을 보자 어느새 기분이 풀려버렸다. 그녀는 어린아이처럼 좋아하며 도망치는 비행기의 뒤를 쫓아갔다. 비행기는 1분 가까이 고공비행을 계속하다가 경사진 맨드라미 화단 속으로 비스듬히 처박혔다. 동력기를 냉큼 주워든 수현은 사내가 그랬던 것처럼 프로펠러를 감았다가 힘껏 손에서 놓았다. 그러나 각도가 잘못되기라도 했는지 동력기는 궤도에 오르지 못하고 몇 번 가감질을 하다가 바닥으로 도로 곤두박질쳤다.

"와, 이거 생각보다 어렵네. 아깐 정말 끝내줬는데."

수현은 숨을 쉐엑 몰아쉬며 시소 한쪽에 엉덩이를 내려놓았다.

"박훈 씨, 내가 하려는 걸 대신 도와주면 안 돼요?"

"또 그 소리요?"

"아까 그 아이가 하려는 거 대신해 주려고 이렇게 여기 온 거잖아요. 이번엔 나를 도와줘요."

박훈은 끈질긴 수현의 태도에 너털웃음을 터뜨렸다.

"당신이 하려는 게 이런 고무동력기 날리는 거면 얼마든지 대신해 줄 수 있소."

"좋아요, 뭐. 평안감사도 제 싫으면 그만이니까. 배도 슬슬 고프고 나도 이젠 가 봐야겠어요. 그 전에 이거나 주인에게 전해 주고."

수현이 주머니에 든 것을 꺼내 장난스럽게 손아귀에 감췄다.

"단, 조건이 있어요. 이걸 받게 되면 성의를 생각해서라도 며칠만 아까 그 제안을 생각해 달라는 거예요. 생각이 있으면 이리로 전화를 줘요."

수현은 명함과 함께 나무로 된 펜던트를 사내에게 건넸다.

"근데 진짜 궁금하다. 이거 무슨 사연 있는 거 맞죠?"

사내는 아무런 대답도 없이 명함과 목걸이를 받아 챙겼다.

"어라, 좋아할 줄 알았는데 반응이 없네. 당신 거 맞아요?"

수현은 자존심을 죽여 가며 계속 너스레를 떨었다.

"이봐요, 박훈 씨."

사내는 들은 듯 못 들은 듯 멍하니 허공을 응시하고 있었다.

“흥, 혼자 있고 싶다는 건가요? 그렇다면 할 수 없죠.”

수현은 새침하게 그 자리에서 물러날 수밖에 없었다. 목걸이를 받아든 뒤부터 사내의 눈동자가 심하게 떨리는 걸 눈치챘기 때문이다. 후문을 빠져나오다가 돌아보니 사내는 고무동력기를 팽팽하게 되감아 허공으로 내던지고 있었다. 고무동력기는 아까보다 더 높이 떠올라 완만한 곡선을 그리며 운동장을 떠다녔다.

“흥, 그나저나 고 할망구 낯짝은 어찌 본담.”

휙휙 택시 차창 밖으로 스치는 풍경 위로 빗방울이 툭툭 튀겨들었다. 운동장에서 간간이 듣던 비가 이제 본격적으로 뿌려 댈 모양이었다. 수현은 내일 아침 문성주를 맞대면할 일이 막막했다. 큰소리를 치고 나왔는데 고작 사내 얼굴 확인만 하고 오다니. 그래도 첫걸음임에도 불구하고 적임자를 찾아냈으니 절반은 성공한 셈인가.

하지만 느닷없이 10억 원을 조건으로 불러 대는 사내의 속내를 전혀 짐작할 수 없었다. 예스도 아니고 노도 아닌 채로 조건을 그녀에게 내밀었다는 것으로 미루어 보아, 사내는 이미 누군가의 제안을 기다리고 있던 터란 억측도 가능했다. 기다렸다면 왜? 어찌해서? 의문이 꼬리에 꼬리를 물었다. 그러는 새 빗방울은 세찬 빗줄기로 바뀌고 택시 앞뒤의 차량들 역시 꼬리에 꼬리를 물기 시작했다.

아무튼 10억 원 이야기는 문성주에게는 꺼내지 않는 편이 좋겠다고 생각했다. 차라리 몇 번이고 다시 박훈을 찾아가 설득하는 편이 훨씬 가능성이 높아 보였다. 생명 윤리 같은 어설픈 설교로는 어림도 없을 게 분명했고, 차라리 인간적으로, 여자로서 몇 번이고 부딪히다 보면 빽빽한 내게 넘어오지 않을까. 사내들이란 그런 존재니까.

되새겨 보니 만나는 여자도 하나 없을 듯했고 양어깨에 비듬처럼 외로움이 서리 내려 뵈던 그런 사내였던 것 같다.

택시 차창에 시선을 놓아둔 채 수현은 복잡한 셈을 이어 나갔다.

그만큼 이번 일은 수현에겐 포기할 수 없는 모험이었다. 아침 일찍 문성주의 집 앞까지 찾아가서 도발을 감행한 것도 같은 이유 때문이다. 동우의료원 안에서 오랫동안 자신만의 왕국을 구축해 온 문성주가 제 발로 걸어나갈 궁리를 하고 있다. 따라서 그가 최대한 편안하게 자신의 목표를 찾아 떠나도록 도와주어야 한다. 쫓아낼 수 없다면 스스로 나가도록 길을 닦아 놓는 것이다. 완전히 파멸로 몰아넣을 수는 없을지라도, 마침내 기나긴 악연의 고리를 끊어 낼 수 있는 최상의 시나리오였다. 현재로서는 세이버 수술만이 문성주를 동우의료원 밖으로 내칠 수 있는 가장 확실한 약발인 셈이었다.

"이번 기회에 그 늙은 마녀를 반드시 쫓아내고 말겠어."

수현은 택시 기사에게 미안하지만 행선지를 바꾸겠다고 했다.

"어디로 가시게요?"

"세종의료원으로 가 주세요."

수현은 등받이에 기댄 채 눈을 감았다.

20분 정도 눈을 붙일 수 있는 거리다. 이래저래 피곤한 하루였다.

제2부
심장은 또 하나의 생명

"언제까지 이빨만 풀 텐가?
슬슬 시작해 보자구. 벗어!"
"벗으라고요? 뭘 시작한다는 건지."
노태수가 의자 밑에서 앞치마 같은
가운을 꺼내 던졌다.
"가운을 걸치란 얘기야.
아무리 동남아 애들이나 상대하는
볼품없는 곳이라지만 그래도
신성한 공간인데 도(道)라는 게 있지 않겠냐?"
피식 웃음이 터졌으나 박훈은
가까스로 눌러 참았다.
"말로 하시지 꼭 가운을 입어야 해요?"
박훈은 셔츠를 벗고 속옷 위에
가운을 걸쳤다.

09

"이제 이곳과도 작별인가."

박훈은 손때가 묻은 방 안을 천천히 훑어본다. 네 평을 조금 넘는 공간에 침대 하나와 컴퓨터 책상 하나, 비키니 옷장이 가구의 전부다. 박스 몇 개를 얻어 와 짐을 꾸리며 박훈은 자꾸 감상에 젖었다. 책상 앞에 여닫이 쪽창이 있어 언제든 마당을 내다볼 수 있는 이 작은 방이 박훈은 그럭저럭 좋았다. 쪽창에 매단 커튼을 치면 방 안은 완벽하게 암흑이 된다. 의사 고시에 합격한 뒤부터 쭉 거주해 왔으니 거의 3년을 가리봉에서 보낸 셈이다. 수술을 끝내고 약방의 시술용 침대에 엎어져 잠이 드는 날도 많았지만, 일이 없는 날은 대부분의 시간을 이곳에 틀어박혀 소일하며 지냈다.

세이버 수술……. 안산 어딘가에 있다는 노태수의원을 떠올리며 박훈은 아직 실감이 나지 않는다. 최근 며칠 사이 자신을 둘러싼 정황들이 전에 없이 급변하고 있었다. 늙은 노태수가 다녀가고 연이은 민수현의 방문, 두 사람 모두 똑같이 세이버 수술을 입에 올렸다. 두 사람이 다녀간 뒤 인터넷을 뒤져 가며 수술에 대한 정보를 찾았지만 찾을 수 없었다. 도서관에서도 마찬가지였다. 오래된 신문을 뒤져보았지만 역시 그런 기사를 찾는 데 실패했다. 아침마다 좁은 골목에 웅크렸다가 음산하게 물러가는 안개처럼 두 사람의 뜬금없는 방문은 아직 실체가 모호하기만 하다.

그래도 박훈은 손이 근질거림을 느낀다. 1천만 원이라는 돈을 배팅했으니 상대는 본전을 뽑으려 악착같이 달려들 것이다. 한번 부딪혀 볼까? 아무리 큰 대가를 치르더라도 냄새나는 약방 침대에 의지해 양아치들 물건에 구슬 따위를 박는 일보다는 나을 테니까. 그러나 환자의 목숨이 달린 수술이란 점이 자꾸 마음에 걸린다. 생명을 구하는 손이기도 하지만 생명을 죽일 수도 있는 손, 자신의 손을 바라볼 때마다 박훈은 역겨움을 느꼈다. 오래전 수용소에서 죽어 간 숱한 생명 때문이었다. 나는 의사로서 죽어 가는 생명을 수수방관했다. 아니 오히려 생명을 희롱하지 않았던가.

그러나 지금은 악마에게 영혼을 팔아서라도 악착같이 돈을 모아야 할 때다. 통장을 확인하며 박훈은 몇 번이나 그렇게 다짐했다. 노태수가 실제로 돈을 입금하리라고는 전혀 예상하지 못했다. 숫자 1과 뒤이어 찍힌 일곱 개의 숫자 0, 그것은 박훈의 영혼을 죄책감에서 구원해 줄 희망의 기호였다. 아니 송채희를 지옥에서 구해 낼 마중물일 수도 있었다. 리 씨의 짐작과 계산으로 채희를 공화국 수용소에서 빼내 오려면 얼추 1, 2억에서 5, 6억 원까지 각오해야 했다. 게다가 남쪽에 번듯한 아파트 한 채 마련해서 같이 살려면, 노태수가 내던진 조건 10억 원은 수중에 있어야 하겠다는 결론이 나온다. 젠장. 그 노인네, 내 사정을 속속들이 다 알고 찾아왔던 거 아냐?

아무튼 내게 생명을 맡긴 환자는 목숨을 걸고서라도 다 살려내자. 그 길만이 내가 구원받을 수 있는 방법이다. 그것이 설령 신의 영역이라도. 신에게 도전하다가 날개가 녹아 추락하는 이카로스의 이미지가 겹쳐졌다. 그러나 내게 추락할 곳이 더 남아 있던가. 떨어질 밑바닥이 없으니 이제 솟아오를 일만 남았겠지.

빠앙. 콜택시 기사가 골목에서 신호를 보내왔다. 박스 세 개, 옷가방 두 개로 정리된 단출한 짐을 밖으로 옮겨 택시에 실은 뒤 박훈은 마지막으로 책상에 올려놓은 여권을 챙긴다. 여권 속 사진을 보며 새삼 기억에 사무친다. 사진 속 늘 같은 표정의 채희는 오늘따라 더욱 쓸쓸해 보인다. 이미 자신의 운명을 예감했던 것은 아닐까.

“선생 동지는 표정이 너무 딱딱합네다. 고저 좀 웃어 보시라요.”

채희의 지청구가 귀에 날아와 박히는 것만 같다. 그녀는 박훈에게 태어나 한 번도 웃어 본 적이 없는 사람 같다고 자주 눈을 흘겼다. 사실이었다. 북쪽에 있는 동안 제대로 웃어 본 기억은 단 한 번도 없다. ‘웃음’이라는 명사가 세상에 마치 없기라도 한 것처럼 그는 웃는 법을 잊고 살았다. 그곳은 웃을 일 따위가 절대 생기지 않는 세계였고, 설령 웃을 일이 생겼다고 해도 마음껏 웃을 수 없는 세계였다.

"원곡동이라고 하셨죠?"

택시에 시동을 걸며 기사가 친절하게 물었다.

"예, 원곡동 국민은행 뒤쪽에 노태수의원이라고……."

기사가 처음 가는 길인지 내비게이션을 뽁뽁 찍어 대며 중얼거렸다.

"업데이트를 안 했더니 요게 나보다 더 길치네."

기사는 노태수의원 대신 '원곡동 국민은행'을 찍고 핸들을 꺾었다. 금세 빨간 경로선이 액정 화면에 시원하게 그어졌다.

의자를 뒤로 눕히며 박훈은 차창으로 스쳐 가는 풍경에 시선을 준다. 노태수에게 다시 전화가 걸려온 건 어제 저녁이었다. 돈을 부쳤으니 당장 짐을 싸서 내려오라는 전화 속 목소리는 무협 영화 속 절대 고수처럼 당당했다. 박훈은 피식 웃어 본다. 괴짜 노인네가 분명한데 알게 모르게 도움을 받은 것도 사실이다. 내게 날개를 달아 줄 수 있을까. 설령 추락하는 한이 있더라도 높이 날아오르고만 싶다. 높이 날아서 저승을 환하게 비출 수 있다면, 그곳에서 내가 죽인 영혼들을 만날 수 있다면.

어느 날 갑자기 흔적도 없이 증발해 버린 아버지가 떠오른다. 북에서 실종이란 곧 죽음을 뜻한다. 하지만 박훈은 아버지의 죽음을 인정하지 않았다. 아직 그 일과 관련하여 어떤 풍문도 듣지 못했기 때문이다. 아버지가 흔적도 없이 사라진 것은 어느 추운 겨울이었다. 그 전날, 아버지는 개집을 손수 만들어 개를 키워보겠다며 마당 가득 판자를 벌려 놓고 못질을 해 댔다. 개집이 완성되자 장마당에서 작은 똥개 두 마리를 사 왔다. 암수 두 마리 개에게 백두와 태백이란 이름을 붙여 주고 좋아하던 아버지, 그게 박훈이 기억하는 아버지의 마지막 모습이었다. 공교롭게도 아버지가 떠나고 며칠 못 가 백두와 태백이도 아버지처럼 한날한시에 서리를 당하고 말았다. 인근 군부대 병사들의 소행으로 짐작됐을 뿐, 행방이 묘연하기는 마찬가지였다.

박훈의 가계는 대대로 김일성 일족의 주치의 가문이었다. 조부 박종우는 1930년대 경성의학전문학교 외과 주임교수로 당시 경성부에 개원한 외과 병원의 병원장까지 겸임했고 1950년 한국 전쟁이 발발하자 납북되어 북한 김일성 주석 일가의 전담 주치의가 되었다. 덕분에 장남 박의선을 비롯해 의선의 외아들인 박훈도 자연스레 의사의 길을 걷게 되었다. 그런데 북한 최고 의학부 평양의과대학을 수석 입학, 수석 졸업하는 등 일찌감치 탁월한 재능을 발휘하며 경력을 쌓던 박훈에게 어느 날 청천벽력 같은 소식이 전해졌다. 평양의대부속병원 대신 함경도 오지인 요덕 보건의로 좌천 명령이 떨어진 것이었다. 아버지의 실종과 연관이 있을 거라고 막연하게 짐작만 됐을 뿐 다른 이유는 알 수 없었다. 어떤 설명도 없이 당의 명령에 따를 수밖에 없었고 박훈은 지금도 그때의 일을 원통하게 생각하고 있다. 훗날 아버지가 수술을 잘못해서 지도자의 친척 한 사람을 죽게 만들고 오지로 좌천됐다는 소식을 들었지만, 그 역시 확인되지 않은 풍문일 뿐이었다.

탈북을 감행하기까지 박훈은 요덕에서 햇수로 3년을 보냈다. 처음 요덕으로 부임하던 날을 박훈은 아직도 잊지 못한다. 함흥에 도착한 직후 요덕으로 들어가는 버스는 창이 모두 가려졌고, 포장도 안 된 산길을 3시간도 더 달려서 찬 바람 부는 골짜기에 짐짝처럼 부려졌다. 난방도 되지 않는 막사에서 전임 보건의는 지옥에서 해방되는 것처럼 지긋지긋하다는 표정을 지었다. 몇 안 되는 약병과 수술에 결코 쓸 수 없는 광목 천 쪼가리 따위를 인수인계랍시고 전해 주고서 전임 보건의는 서둘러 트럭에 올랐다. 훗날 알게 됐지만 그가 배치된 곳은 요덕에서도 가장 악질로 분류된 정치범들을 수용하는 서림천 특별독재대상구역이었다. 서림천은 요덕이 수용자들로 넘쳐나자 2000년대 초에 새로 건설되었으며, 그가 보건으로 임명되었을 당시 6백 명이 수감되어 있었다.

처음 몇 달간 박훈은 수용자들과 다름없이 절망 속에서 하루하루를 보냈다. 갇혀 있지만 않을 뿐 그 역시 수용자였다. 수용자 중에서 뽑은 다섯 명의 보조 간호사를 두긴 했지만 혼자서 6백 명을 돌본다는 것은 무리였다. 더구나 의약품이라고는 간부들을 위해 배급된 비상약 정도가 고작이었고 응급수술을 위한 도구와 약품도 거의 바닥이 나 있었다. 마치 일간 신문 배달처럼 매일같이 죽어 나가는 시신이 생겨났지만 아무도 의사인 박훈을 탓하지 않았다. 오래지 않아 박훈은 의사의 소명 따윈 잊어버렸다. 그곳은 환자를 구하는 일과 무관한 곳이었다. 죽은 환자의 수를 기록하고 아무렇게나 사인을 휘갈겨 장부에 기록하는 일이 그가 할 일이었다. 그건 굳이 의사가 아니어도, 어린아이라도 쉽게 할 수 있는 작업이었다.

영영 벗어날 수 없을 것 같았던 그곳에서 희망을 발견하게 된 것은 상부에서 내려온 한 장의 공문 때문이었다. 봄이 되자 지도자의 건강이 악화되고 있다는 소식이 풍문처럼 들려왔다. 외국에서 뛰어난 의술을 가진 전문가들이 초빙되었다고도 했다. 하지만 지도자의 병은 쉽게 고칠 수 있는 병이 아니었다. 모교인 평양 의대에선 심장만을 전문으로 연구하는 팀이 결성되었고, 전국의 의사들을 대상으로 심장병과 관련된 논문이나 임상 사례를 수집하기 시작했다. 박훈은 막연하게나마 지도자의 심장이 좋지 않음을 직감할 수 있었다. 때가 되면 지도자와 가장 완벽하게 들어맞는 심장 하나가 지도자를 위해 쓰이게 될 것이었다. 만약 그 일에 공을 세울 수 있다면 화려하게 평양으로 복귀하는 일도 영영 요원한 일만은 아니었다. 어둠 속으로 뻗쳐 온 한 줄기 빛이었다.

이튿날부터 박훈은 수용소 이곳저곳을 돌아보기 시작했다. 특별독재대상구역이란 사회 적대 계층 가운데 반체제 혐의가 있는 죄수 및 그 일가를 가두어둔 특별 구역으로 숙청당한 노동당원, 친일파, 반혁명적 자본가 및 지주 후손의 가족이 수용소 죄수의 대부분을 이뤘다. 이들 대부분은 굶주림과 추위, 전염병에 시달리는 참담한 상태에 놓여 있어 사실상 살아 있어도 살았다 할 수 없는 목숨들이었다. 한번 들어오면 죽어서야 나갈 수 있다는 요덕에서 그들은 차라리 죽는 게 낫다는 심정을 숨기지 않았다. 식당에서도 화장실에서도 내무반에서도 어딜 가든 그런 죽음들이 넘쳐났다. 매를 맞아 죽고, 자다가 죽고, 영양실조로 죽고, 탈출하다가 죽고, 독버섯을 먹고 죽었다. 평양의 실습실에선 실험할 장기가 부족해 모형으로 대체하는 일이 많았지만 요덕에선 마음만 먹는다면 인체의 어느 부위라도 수십, 수백 번 째고 꿰매고 주무를 수 있었다. 도서관의 논문이나 서적, 표본들과는 질적으로 다른 완벽한 실험 대상들이 널렸던 것이다.

박훈은 거의 매주 한 차례 이상 의식을 잃은 환자의 가슴과 배를 가르고 장기를 주물렀다. 그는 심장을 알기 전에 먼저 인체에 대하여 완벽하게 이해하고 싶었다. 최고의 수재 소리를 들으며 엘리트로 동료들을 앞질렀지만 완벽에 대한 갈망은 언제나 그를 굶주리게 했다. 비록 심사에서 탈락하긴 했지만 요덕으로 좌천되기 전 중앙당에 해외 유학을 신청했던 것도 그런 욕심 때문이었다. 박훈은 이를 악물고 실험에 매진했다. 수술 중 죄수가 사망하면 땅에 묻으면 그만이었다. 매일같이 임상용 실험에 적합한, 다치고 찢어진 환자들이 들것에 실려 왔다. 곧 죽게 될 죄인들에게 자비란 불필요한 것이었다. 그는 피에 굶주린 악마처럼 환자의 심장을 탐닉하며 심장으로 할 수 있는 온갖 실험을 자행했다. 그리고 매일 밤마다 공책에 자신의 실험을 깨알같이 적어 나갔다.

요덕 부임 2년 차가 되던 해에 당에서 새로운 명령이 내려왔다. 63군 간부와 협력하여 비밀 실험을 시행하라는 명령이었다. 63은 정확히 무엇을 하는 곳인지 알 수 없는 비밀 부대 명칭이었다. 나흘 후 지프를 탄 대좌 계급의 30대 중반 사내가 위생소 문을 열고 들어왔고, 그가 가져온 문서에는 다양한 방식의 실험 내용이 적혀 있었다. 같은 숫자의 남녀 죄수를 밀폐된 공간에 가두고 가스를 살포하여 죄수들의 반응과 생존율, 생존 시간 등을 측정하는 실험이 대부분이었다. 실험이 끝난 뒤에도 죽은 죄수를 해부하여 장기 조직을 관찰하고 보고해야 했다. 대좌가 가지고 온 약제 샘플은 네 개였고, 각각의 약제에 대하여 죄수들을 상대로 같은 실험을 반복해야 했다.

"산 죄수들을 가지고 실험을 한단 말입네까?"

대좌의 명령에 박훈은 깜짝 놀라며 물었다. 그 자신은 이미 악귀처럼 인체를 주무르고 있었지만 적어도 소생의 가능성이 희박하거나 죽음을 앞둔 환자들이 대부분이었다. 하지만 대좌가 가지고 온 명령서엔 실험 대상을 심신에 이상이 없는 죄수들로 규정해 놓고 있지 않은가. 명령을 완수하려면 멀쩡한 죄수들이 적어도 수십 명은 죽어 나갈 판이었다. 사람을 살리도록 교육받은 의사로서 해야 할 짓이 아니었다.

"거, 동무는 잔말 말고 시키는 대로만 하기요."

대좌의 반응은 냉담했다.

"저들은 사람이 아니라 공화국을 배신한 변절자, 반혁명분자 역적들이오. 짐승보다 못한 자들을 가지고 실험을 한다는 사실을 명심하고 추호도 이반하지 마시오."

63부대 대좌는 다음 날부터 수용소장의 협조를 얻어 실험 대상자를 골라냈다. 반동 중에서도 최악질 반동들이 실험 대상이었다. 하지만 명백한 기준이 없어서 제비뽑기하듯 실험자가 결정됐다. 그 와중에 첫 번째 약제에 대한 실험 대상자로 선발된 인원이 바로 채희네 가족이었다. 채희 엄마가 파견 나온 정치지도원의 아이를 임신하게 되자 부담을 느낀 정치지도원이 소장과 짜고 그녀 가족을 살생부에 올렸던 것인데, 이런 사실을 알 턱이 없는 채희네 가족은 잠깐의 실험에 참가하면 열흘 치 옥수수를 배급해 주겠다는 약속에 속아 순순히 위생소 실험 병동을 제 발로 찾아 들어온 것이었다.

당시 열여덟 살이었던 채희는 수용소 안에서 태어나 단 한 번도 바깥세상을 본 일이 없는 소녀였다. 그녀의 아버지와 어머니는 수용소 안에서 소위 '모범 결혼'을 통해 맺어진 남녀 쌍으로, 형식뿐인 간단한 혼례 절차만을 올린 뒤 연거푸 다섯 번의 합방을 했고 운 좋게도 곧바로 그녀를 임신할 수 있었다. 그렇게 딸아이를 낳은 뒤 그녀의 부모는 다시 여러 수용소를 전전하다가 4년 전 이곳 서림천 특별독재대상구역으로 이감되어 왔다.

위생소로 들어서는 채희네 가족을 보았을 때, 정확히는 채희를 보았을 때, 박훈은 아주 잠깐 실험자가 너무 어리다고 생각했다. 하지만 이내 냉정을 되찾았다. 그는 보조 간호사에게 채희네 가족을 실험용 밀실로 안내할 것을 지시했고 유리 칸막이 밖에서 그들을 지켜보며 환기구를 통해 밀가루 비슷한 실험용 분말을 주입했다. 실험용 분말은 공기에 노출되자마자 마치 안개처럼 흐릿해지더니 이내 투명하게 흩어져 공기와 섞였다. 불안한 얼굴로 지켜보던 채희 가족은 불과 3분도 못 되어 코와 입을 부여잡고 바닥으로 쓰러졌다. 죽어가면서도 채희 부모는 제 딸을 몸으로 감싸며 버둥거렸다. 차마 눈 뜨고 볼 수 없는 장면이었지만 박훈은 사진을 찍고 시신을 해부대로 옮겼다.

놀랍게도 죽은 줄 알았던 세 사람 모두 맥이 살아 있었다. 그러나 여자는 기도 폐쇄 절차가 진행되어 2시간도 버티기 힘든 상황이었고, 남자 역시 맥만 뛰고 있을 뿐 위와 폐가 까맣게 타들어 간 상태였다. 다만 여자아이의 상태만이 상대적으로 양호했다. 혀를 비롯해 기도가 타들어 가는 증상은 비슷했지만 어린아이 특유의 생명력 때문인지 심장박동이 힘차게 박훈을 압박했다. 박훈에겐 그것이 살고 싶다는 생명의 부르짖음처럼 느껴졌다. 하지만 막상 가슴을 열어보자 소녀의 상태는 겉과 달리 절망적이었다. 심실에 피가 고인 데다가 심장이 쪼그라드는 수축 현상까지 일어났다. 독 때문인지 한쪽 폐도 엉망이었다. 박훈은 간호 인력을 모두 수술실로 불러모은 뒤 세 가족의 가슴을 열고 평소 해보고 싶었던 동시이식 수술을 시험했다. 즉, 채희의 아버지로부터 상하지 않은 왼쪽 폐를 떼어내어 채희의 상한 폐와 교체하는 일측-폐이식(single-lung transplant)을 수행하고, 불과 몇 분 뒤에 채희의 엄마로부터 심장을 잘라내어 채희의 심장과 교환했다.

성공 가능성이 거의 없는 무모한 수술이었다. 마취도 거의 되지 않았고 혈액도 위생적으로 관리되지 않은, 다른 죄수들에게서 조금씩 뽑아 냉동 보관해 오던 불량 혈액들이었다. 박훈이 기댈 수 있었던 것은 오로지 빠른 손놀림뿐이었다. 아무리 빨리 시술한다고 해도 다섯 명 이상의 의사가 달라붙어 좋은 시설에서 5시간 이상 걸려야 하는 수술이었다. 폐 수술 하나가 그 정도였고 더구나 북쪽에선 폐와 심장을 동시에 이식한 예가 한 번도 없었다. 박훈은 이 모든 조건들을 믿을 수 없는 속도로 극복하고 2시간 만에 채희의 가슴을 닫았다. 믿을 수 있는 건 오로지 기적뿐이었다. 채희의 부모는 지게에 얹혀 죽은 자들의 언덕으로 실려 갔고, 채희는 수술실에 그대로 남았다. 어차피 실험 도구에 불과했으므로 박훈은 채희가 살아날 것이라고는 전혀 예상하지 못했다. 그런데 그 소녀는 강한 생명력으로 수술 12시간 만에 눈을 떴다.

눈을 뜬 뒤 채희는 수술 직전의 일들을 전혀 기억하지 못했다. 운명의 짓궂은 장난처럼 그녀의 기억은 몇 달 전으로 후퇴해 있었다. 박훈이 제 부모를 잔인하게 죽였을 뿐만 아니라 죽어 가는 시신을 실험 도구로 사용하여 자신을 살려냈다는 사실을 꿈에도 모른 채, 그녀는 박훈을 생명의 은인으로만 인식했다. 실험 결과를 보고하며 박훈은 소장에게 채희를 간호보조요원으로 곁에 두게 해 달라고 청했다. 박훈의 진지한 청에 수용소 소장은 뭐가 그리 우스운지 목뼈가 부러질 정도로 뒤로 고개를 젖히며 웃어 댔다.

"푸하하, 그간 어찌 말을 안 했소? 에미나이가 많이 필요했지비?"

박훈은 얼굴을 붉히며 침묵했다.

"내 언제 그 말 나오나 했소. 애새끼 배지 않도록 신중하기요."

소장의 가족이 몸에 탈이 나면 특별히 신경을 써서 약을 올리고 정성을 쏟은 탓인지 소장은 순순히 서류를 꾸며 주었다. 혈기 왕성한 박훈이 성욕을 풀 대상으로 그녀를 점찍었을 거라고 막연히 추측하는 모양이었다.

하지만 이런 장난 같은 운명이 엘리트로 살아왔던 박훈의 삶을 송두리째 바꿔 놓고 말았다. 위생소에 머물게 된 채희는 더 이상 고된 노동에 동원되지 않았다. 위생소 간호요원으로서 위생소 곳곳을 깨끗하게 청소하고 수술 기구를 소독하는 등 박훈을 물심양면으로 도왔다. 위생소 안팎의 궂은일을 도맡았을 뿐만 아니라 보조 간호사로서의 자질도 뛰어났다. 숙련된 의사들도 쉽지 않은 정맥주사를 뼈만 앙상한 환자들의 팔에 쉽게 꽂아 넣었다. 뿐만 아니라 환부를 꿰매는 솜씨 또한 특출나서 박훈이 수술하는 걸 두어 번 곁눈질을 한 뒤부터는 알아서 척척 환자들을 꿰맸다. 불과 두 달이 지나지 않아 채희는 박훈에겐 없어서는 안 될 최고의 수술 조수가 되었다.

어느 날엔가 피로 얼룩진 가운을 하얗게 세탁한 뒤 널어 말리는 채희의 뒷모습을 지켜보며 박훈은 자신도 모르게 가슴이 설레는 걸 느꼈다. 그러면 그럴수록 박훈은 무거운 추에 눌려 질식할 것 같은 죄책감에 시달렸다. 자신이 두 손으로 죽인 채희의 부모가 생각나서였다. 또 채희에게서 언뜻언뜻 발견되는 자신 어머니의 잔영도 박훈을 괴롭게 했다. 박훈의 어머니는 박훈이 다섯 살 되던 해 집 안에서 감전 사고로 죽었다. 느낌으로만 남아 있는 어머니에 대한 그리움이 채희를 통해 거울에 비추듯 반사되었다.

"송 동무, 동문 어찌 일에만 열성이오? 고저 쉬어 가며 하라우."

하루는 박훈이 작정하고 채희를 장작난로 옆으로 불러 앉혔다.

"이렇게라도 해야 마음이 편하디요. 선생 동지께서 저를 살려 주신 은혜로 말할라치믄 몸이 가루가 나더라도 다 갚디 못한다는 거 잘 알고 있습네다."

채희는 몸을 발딱 일으켜 장작난로의 바람구멍을 닫았다.

썰렁한 수술실 침대에서 눈을 떴을 때, 그녀의 눈에 처음 들어온 것은 자신의 몸을 부드러운 천으로 닦아 주던 박훈이었다. 수술 끝의 통증보다 먼저 밀려온 건 맨 알몸을 낯선 사내에게 드러내 보인 여자로서의 부끄러움이었다. 그러나 다음 순간 그녀는 박훈의 진지한 눈빛을 보았다. 박훈은 마치 죽은 송장에서 하나의 생명을 건져 올리듯 필사적이었고 그렇게 채희는 서서히 사지를 건너왔다. 그때부터 채희에게 박훈은 생명의 빛으로 깊이 자리매김했다. 문득 문득 부모와 함께했던 기억이 떠올라 혼란에 빠지기도 했지만, 채희는 죽었다가 다시 태어난 것이라고 스스로를 위로했다. 박훈이 죽으라고 하면 당장 죽을 수도 있을 것만 같은 기분이었다.

"저는 고저 그만 가서 자야갔습네다. 선생 동지, 안녕히 주무시라요."

마주 앉게 된 것이 어색했는지 채희는 일어설 궁리만 했다.

"자꾸 빼지 말고 고저 가만 좀 있어 보라. 내레 줄 게 있어 그러니끼니."

박훈은 서랍에 숨겨 두었던 감자 두 개를 조심스레 꺼냈다. 낮에 배탈이 나서 찾아왔던 구역반장 하나가 앞으로도 잘 좀 봐달라며 찔러주고 간 뇌물이었다.

"벌써 햇감자가 나왔습네까?"

"기래, 오늘 오전에 감자를 캔 모양이야."

감자가 익기를 기다리는 동안, 박훈은 시간이 이대로 꼼짝 않고 멈춰 영영 흐르지 않았으면 좋겠다는 생각을 했다. 채희와 함께라면 아침 따위는 오지 않아도 좋았다. 이대로 컴컴한 어둠이 계속되었으면, 작은 장작난로를 열차 삼아 어디든 달려가고픈 밤이었다. 더는 죽음과 삶을 고민하지 않아도 되는 곳으로, 과거의 기억까지도 훌훌 털어버릴 수 있다면 더 바랄 것이 없겠지. 익은 감자의 껍질을 정성껏 벗겨 채희에게 내밀며 박훈은 그답지 않게 감상에 빠졌다.

그렇게 사랑에 빠진 뒤부터 박훈에게 하나둘 전에 없던 변화가 일어났다. 목표했던 실험 케이스 수치를 낮춰 피실험자의 생존율을 높이고, 비인격적 실험을 배제하거나 허위로 실험 보고서를 올리는 등 군이 요구하는 생체 실험으로부터 점차 거리를 두었다. 일상에서도 수용소 아이가 넘어지면 상처에 몰래 반창고를 붙여 주거나, 급체로 고통받는 노인에게 침술을 행하는 등 의사 본래의 모습을 찾아 갔다. 죽어 가는 환자를 가지고 무분별하게 수술 연습을 하지도 않았다. 그날그날 죽은 시체를 한 구덩이에 파묻던 관습을 없애고 시체 한 구마다 구덩이 하나씩을 파서 억울하게 죽은 자들의 마지막 가는 길을 위로해 주었다. 그러나 지옥 한 귀퉁이에서 어렵게 꽃피운 행복은 오래가지 않았다.

영원히 행복할 것 같은 평화가 깨지기 시작한 것은 봄이 지나면서부터였다. 중앙당에서 새로운 정치지도위원이 파견되어 왔는데, 전임자와 달리 악명이 높은 자였다. 중앙당에서는 일선 행정기관이나 군부대에서 벌어지는 일을 감시하기 위해 각지에 정치지도위원들을 파견했다. 일반 행정 체제와 달리 독립된 조직에 속해 있었기 때문에 어느 누구도 그들을 쉽게 건드릴 수 없었다. 행여 비위라도 잘못 맞추면 즉각 중앙당으로 좋지 않은 밀고를 일삼아서 적당히 요구 사항을 들어주며 달래야 하는 것이었다. 입이 새 부리처럼 튀어나오고 눈까지 짝짝이여서 짝새로 불렸던 신임 정치지도위원은 유달리 여자를 밝혀서 가는 곳마다 여러 사람을 불편하게 만들었다. 그런데 하필 그자의 눈에 종일 위생소에 틀어박혀 환자를 돌보던 채희가 띄고 말았다.

"오라, 고저 이 동넨 아주 별세상이구만 기래."

배가 아프다며 위생소에 들렀던 짝새는 빨래를 널던 채희의 유난히 잘록한 뒤태에 욕정을 느낀 나머지 허구한 날 위생소 문턱을 드나들었다. 그러던 어느 날, 채희가 위생소 바깥으로 나가자 재빨리 그녀의 머리카락을 낚아채 숲으로 끌고 들어갔다. 채희가 필사적으로 저항하자 비명을 듣고 달려온 다른 간호보조원이 그 사실을 박훈에게 알렸고, 허겁지겁 가시덤불 속으로 뛰어든 박훈은 막 채희의 팬티를 끌어 내리던 짝새를 주먹으로 휘갈겨 기절시켰다.

기절했던 짝새가 별말 없이 숙소로 돌아가면서 묻힐 것 같았던 사건이었다. 그러나 짝새는 채희를 포기한 게 아니었다. 완력으로 채희를 손에 넣을 수 없게 되자 수용소장을 이용하여 채희를 비서로 두게 해 달라고 압력을 넣었다. 짝새의 요구가 못마땅했지만 소장으로선 그의 요구를 들어주지 않을 수 없었다.

"아, 참 일이 곤란하게 됐구만. 동무 쪽이 이해해야지 어카갔네. 어차피 죄인일 뿐이니끼니 너무 마음 쓰디 말라우. 정히 간나가 필요하다면 다른 에미나일 하나 고르고."

소장은 넌지시 박훈을 불러 채희를 양보하라 권유했다. 박훈은 생각할 시간을 달라며 그 자리를 물러났다. 어이없는 제안이었지만 달리 방법이 있는 것도 아니었다.

평양에서 비밀리에 희소식이 날아온 것은 그즈음이었다. 지도자의 건강이 날로 악화되자 평양의 의료진은 이식수술을 결심하게 되었고, 전국의 수용소에 공문을 보내 최상의 이식 공여자를 확보하도록 지시했다. 말이 기증자였지 사실상 쓰고 버릴 소모품이었다. 이식 공여자로 확정되면 도(都) 병원이 있는 함흥으로 옮겨져 1차 검사를 받게 되고, 다시 최종 명단에 선발되면 평양으로 보내져 정밀 검사를 받게 돼 있었다. 박훈은 이 기회를 이용해 채희를 수용소 밖으로 빼돌릴 계획을 세웠다. 사랑에 눈이 먼 박훈으로선 다른 것을 생각할 겨를이 없었다. 더구나 채희의 뱃속에는 그들의 아이까지 자라고 있었으니.

수용자들이 전기 철조망과 함정, 지뢰가 매설된 수용소 밖으로 탈출하기 위해서는 사실상 목숨을 걸어야 했다. 그러나 이식 공여자가 되면 채희를 제 발로 걸어나가게 할 수 있었다. 박훈은 다섯 사람의 수용자를 선발하여 그 안에 채희를 포함시켰다. 채희를 제외한 나머지 네 사람 중에서 혹시나 이식 공여자가 나오지 않도록 감염자들을 선발했는데 그렇게 한 이유는 도 병원에서 종합검진을 받을 때 그들이 제외되도록 하기 위해서였다.

하늘의 도움인지 가족의 장례를 치르기 위해 짝새가 수용소를 비우면서 박훈의 계획은 점점 힘을 얻게 되었다. 옥수수 가루를 조금씩 모아 열흘가량 버틸 수 있는 비상식량을 미리 준비하고 방위가 정교하게 그려진 지도도 입수해 놓았다. 여름이라 산에 먹을 것이 많았기에 산길만 제대로 탄다면 일주일 안에 국경을 넘을 수 있겠다는 확신이 섰다.

"이보라, 송 동무, 나와 오델 좀 다녀와야갔다."

날짜가 다가오자 박훈은 은밀히 채희를 밖으로 불러냈다.

"오델 말입네까?"

"평양."

채희가 겁먹은 눈을 동그랗게 떴다.

"평양 말씀입네까?"

"기래."

"왜요?"

우선 그녀를 안심시켜 놓고 탈출 계획은 나중에 설명할 생각이었다. 그런데 눈치 빠른 채희가 먼저 울컥하는 표정으로 묻고 들어오자 박훈은 그만 당황했다.

"대체 내레 무슨 일로 거길 가야하는 거야요?"

박훈의 입이 차마 떨어지지 않았다. 몇 번의 심호흡을 하고 나서 그는 쉼표 하나 찍지 않고 그녀를 둘러싼 있는 그대로의 사실 모두를 털어놓았다. 심장을 도려내어 바침으로써 공화국 최고 존엄 지도자 동지의 목숨을 구하는 영광스런 혁명 과업 수행을 그녀, 채희가 맡게 되었다고……. 그녀는 눈물이 그렁그렁한 채 박훈의 말을 잠자코 듣기만 했다. 그리고 이야기가 끝나자 그제야 소리 내어 흐느끼기 시작했다.

"기럼 저는 죽는 거디요?"

"아마도."

"저는 살고 싶습네다. 아바디, 오마니처럼 기렇게 죽고 싶디는 않습네다. 선생 동지, 고저 차라리 지금 당장 혀 깨물고 죽는 편이 낫지 않갔습네까?"

박훈은 선뜻 대답을 하지 못했다. 채희가 재차 물었다.

"만일 내레 응하지 않는다면 선생 동지는 어떻게 됩네까?"

"처벌이 내려오겠지. 반혁명죄 그런 거 아니갔어?"

그의 대답에 그녀의 눈빛이 잠시 흔들렸다.

"정말 살고 싶네?"

질문과 동시에 박훈은 정말 바보 같은 물음이라고 생각했다.

"네, 내레 진정 이렇게는 죽고 싶지 않습네다. 기렇지만 저 혼자 살길을 찾는다고 나섰다가 외려 선생 동지께서 다치게 된다면……."

"너도 살고 나도 사는 방법을 고저 한번 찾아봐야 하지 않갔네?"

"그런 방법이 있습네까? 있다면 얼마나 좋갔습네까?"

박훈은 잠시 뜸을 들이며 침묵했다. 그리고 그녀의 젖은 눈을 똑바로 쳐다보며 물었다.

"좋다. 기럼 오델 가든 나를 따를 각오가 되어 있다 봐도 되갔지?"

"네?"

그녀가 놀란 눈을 동그랗게 치떴다.

"잘못되면 나와 같이 죽을 수도 있다, 그 정도는 짐작할 테고?"

박훈의 재다짐에 채희가 입을 앙다물더니 고개를 끄덕끄덕했다.

"선생 동지와 함께라면 오데 지옥인들 못 가갔습네까?"

다음 날 아침 일찍, 도 종합병원에서 이송 명령이 내려왔다. 이송 책임자로서 박훈은 트럭 조수석에 앉았다. 네 명의 죄수는 손이 묶인 채 짐칸에 태워졌고, 막 경비대로 발령받아 온 신참 소위 하나가 두 명의 무장 경비병과 함께 호위를 맡았다.

"장성웁네다. 잘 부탁드리오."

탑승 전 기골 좋은 체격의 신참 소위가 두꺼운 손을 내밀어 악수를 청해왔다. 왼편 가슴짝 명찰에 이름자를 새긴 색실이 반들반들한 광택을 뿜는 것이 갓 임관한 티를 활짝 내보였다.

"오히려 제가 부탁을 드려야디요."

수용소를 출발한 트럭은 수용소를 벗어나 비포장도로를 내달렸다. 장 소위는 죄수라지만 짐짝처럼 실린 죄수들에 무척 신경을 쓰는 듯했다. 연신 운전병에게 운전을 너무 거칠게 말라며 5분에 한 번씩 주의를 주었다.

"뒤편에 에미나이도 타고 있어서리."

장 소위는 부끄러운 듯 얼굴을 붉히며 박훈에게 변명하듯 말했다. 생각해 보니 채희를 결박해서 태울 때부터 장 소위가 그녀에게서 시선을 떼지 못했던 게 생각났다.

트럭은 2시간 내내 달리더니 휴식을 위해 잠시 정차했다. 이때를 놓치지 않고 박훈은 미리 준비한 물통을 가방에서 꺼내 커피를 만들었다. 커피는 귀한 음료여서 누구도 거절하지 않았다. 호송 병력과 운전병에게 커피를 한 잔씩 돌리고 박훈은 돌아서서 오줌을 누며 시간을 끌었다. 효과는 금방 나타냈다. 제일 먼저 운전병이 쓰러지고 경비병들과 소위가 차례로 거품을 물었다.

장 소위가 악다구니를 늘어놓았다.

"너 간나 새끼, 약을, 약을 탄 거구만 기래, 내레 죽여버리갔어!"

장 소위가 권총집에서 총을 꺼내려 안간힘을 쓰며 중얼거렸다.

"내레 니들을 죽이기야 하갔네? 두 짬이면 정신 차릴 수 있을테니끼니."

박훈은 짐칸으로 뛰어올라 채희의 결박을 풀고, 이식 공여자가 될 뻔했던 다른 사람들도 자유롭게 풀어 주었다. 도로 옆 민둥산 등성이 너머로 달아나면서 채희가 걱정스런 표정을 하며 박훈에게 물었다.

"괜찮갔디요?"

박훈이 품에서 지도를 꺼내 계획했던 도주 경로를 보여 주며 채희를 안심시켰다.

"괜찮지 않으면 어카간? 고저 일단 남으로 내리가서 역에서 기차를 타자우. 그리고 다시 내려 도보로 산맥을 따라 통과할 계획이디. 계획대로만 된다면야 우리 뒤잡기가 쉽지 않갔디."

"아니요, 아까 그 군관 동지 말입네다. 설마 커피에 독극물을 탄 건 아니갔디요?"

“왜?”

"왠지 걱정이 되어서 말이디요. 선생 동지께서 독약 따위를 쓸 그런 분이 아니시란 건 제가 믿고 있지만서도……."

박훈은 채희의 그런 마음 씀씀이가 놀랍고 기특했다.

“과연 송채희 답구만 기래, 하지만 명심해두라, 지금은 우리 걱정부터 먼저 해야 할 때야, 알간?”

“아무튼 그 군관 동지 사람 좋게 생겼던데, 제발 몸이나 크게 안 상했으면 좋갔습네다.”

그 뒤 박훈은 채희와 함께 영변과 구성, 의주를 차례로 거치며 천 리에 가까운 길을 통과했다. 여름이라 날씨가 좋았고 산에는 먹을 것이 많았다. 압록강을 건널 때도 운이 따라 주었다. 때 이른 장마로 강물이 불었고, 경비가 허술해진 틈을 타 박훈과 채희는 통나무에 자신들의 운명을 얹었다. 중국에 도착한 뒤 남쪽에서 온 기독교인들을 만나 브로커를 소개받고, 은신처와 위조 여권까지 도움을 받으며 한국행에 부풀어 있었다. 그런데 바로 눈앞에서 그 모든 희망이, 죽을 고비를 넘기며 헤쳐 왔던 순간들이 폭죽처럼 소멸해버린 것이다. 다롄으로의 출발 하루를 남겨 놓고서.

‘차라리 그날, 채희와 함께 북으로 다시 끌려갔었더라면…….’

만약 그랬더라면 이토록 고통 속에서 하루하루를 견디지 않아도 됐을 거라고 박훈은 자주 오 씨를 원망했다. 몸은 지옥을 벗어났지만 마음은 여전히 지옥이었다.

10

택시는 40분쯤 지나 박훈을 원곡동 국민은행 뒷골목에 내려놓았다. 아파트 단지와 크고 작은 상가, 오피스텔 등이 오밀조밀하게 어우러진 번화가 인근이었다. 그러나 금방 찾을 것으로 예상했던 노태수의원은 눈을 씻고 봐도 보이지 않았다. 택시가 떠난 뒤여서 박훈은 짐을 길모퉁이에 내려놓고 이 골목 저 골목을 분주히 오가며 간판을 훑었다. 지나가는 사람들에게 물어도 모두 고개를 흔들 뿐이었다. 결국 처음 자리로 돌아온 박훈은 휴대폰을 꺼내 명함의 번호를 꾹꾹 누를 수밖에 없었다. 그런데 공교롭게도 신호가 가는 동안 바로 앞 건물 5층 창에 쓰인 '노태 의'라는 글자가 눈에 들어왔다. '수'자와 '원'자가 떨어져 나간 노태수의원 간판이 분명해 보였다.

박훈은 엘리베이터도 없는 그 건물 현관 안에 짐을 옮겨 놓고 우선 5층으로 올라갔다. 건물 화장실 청소를 도통 안 하는 모양인지 특유의 오줌 냄새가 층층마다 진을 치고 있었다. 짬뽕 국물이 시뻘겋게 물든 층계참에선 아직 본격적인 여름철도 아닌데 파리가 득시글거렸다. 그럼에도 불구하고 여행사를 비롯해 직업소개소, 기원과 심지어는 무슨 연예기획사까지 그럴듯하게 간판을 걸어 놓고 방문객을 맞았다. 흰 송판에 아무렇게나 상호를 휘갈겨 써 놓은 노태수의원은 5층 복도 안쪽, 화장실 맞은편에 꾀죄죄한 몰골로 세 들어 있었다. 손님이 좀처럼 들 것 같지 않은 유리문 안에서 동남아로 출신으로 보이는 곱슬머리 하나가 팔에 붕대를 감은 채 비실거리며 걸어 나왔다.

"여기가 노태수의원 맞습니까?"

청년이 히죽 웃으며 고개를 끄덕였다.

"그렇다는 거야, 아니라는 거야?"

박훈은 구시렁거리며 문을 열고 들어갔다. 안에 들어가서도 병원인지 아닌지 헷갈리기는 마찬가지였다. 우선 눈에 들어온 것은 벽에 걸린 커다란 벽시계였다. 우습게도 시계 시침과 분침이 유리 케이스 밑으로 떨어져 내려 초침만 요란하게 돌아가고 있었다. 접수대에는 40대 초반쯤으로 보이는 뚱뚱한 여자가 앉아서 껌을 질겅거리다가 박훈을 발견하고 헤벌쭉이 웃었다. 간호사 복장을 했지만 피부가 검은 빛이 도는 것이 한국 사람 같지가 않았다. 시끄럽게 흐르는 동남아 노래에 맞춰 여자는 육덕진 몸을 흔들며 박자를 넣었다. 그래도 병원은 병원인 모양이어서 안에서 소독약 비슷한 냄새가 흘러나왔다.

박훈이 까만 소파에 몸을 내려놓자 여자가 물었다.

"어이 미스타 여기 무슨 일 왔어요?"

필리핀풍의 간호사가 익숙지 않은 발음으로 물었다.

"노태수 할아버지 좀 뵈려고요."

간호사의 얼굴이 넓적한 호박꽃처럼 환해졌다.

"혹시 미스타 박? 안 그래도 우리 선생님 당신 많이 기다렸어요."

간호사는 미리 언질이 돼 있었던 듯 출입문부터 냉큼 걸어 잠그더니 박훈을 커튼이 처진 접수대 뒤편, 도깨비 굴 같은 곳으로 데리고 들어갔다. 수술용 침대 하나와 컴퓨터가 놓인 책상, 자취방에서나 볼 수 있는 5리터짜리 냉장고 하나가 무질서하게 놓인 공간이었다. 컴퓨터로 뭔가를 열심히 들여다보던 노태수가 박훈을 보자마자 팔을 벌려 반가움을 표시했다. 헐렁한 의사 가운 밑으로 운동복 바지와 양말을 신지 않은 슬리퍼 차림의 발이 그대로 드러났다. 박훈은 당장이라도 밖으로 도망치고 싶은 심정이었다.

"야, 미스 쿤, 여기 맥심으루다가 찐하게 두 잔!"

노태수가 너스레를 떨며 박훈에게 플라스틱 의자를 권했다.

"필리핀 앤데 쟤가 생긴 건 저렇게 미련해 보여도 일 하나는 똑 부러지는 애야. 자국어는 물론 영어도 되고 한국어까지 3개 국어를 하지. 필리핀에서 의대를 수석으로 마쳤다는데, 다른 건 모르겠고 안 아프게 주사 놓는 솜씨 하나는 수준급이더라고."

미스 쿤으로 불린 간호사가 커피를 내왔다.

"역시 커피는 다방커피지. 가르치는 데 한참 걸렸어. 참, 쿤 양. 너 아들하고 가 볼 데가 있다며? 오늘 영업 그만할 테니까 밖에서 문 잠그고 퇴근해. 내일 아침 지각하지 말고."

열쇠 돌리는 소리가 들리고 간호사가 멀어지자 노태수는 밖으로 나가 문이 잠겼는지 확인을 한 뒤 형광등을 끄고 방으로 돌아와 앉았다.

"어쨌든 와 줘서 고맙네."

"여, 여기서 실습을 한다고요?"

박훈이 떨떠름하게 물었다.

"왜 여기가 어때서? 보기엔 이래도 여기서 맹장 수술도 하고 안구도 집어넣고 포경수술도 하고 그래. 팔다리 부러진 것도 척척 붙여주고, 가끔 아빠 없는 애도 받지."

"외국인들이 많이 찾는가 보죠?"

"많이 찾는 게 아니라 죄다 걔네들이지 뭐. 보험도 안 되고 그나마 여기라도 오면 그냥 돌려보내지는 않거든. 어쨌든 바셀린이라도 담뿍 발라 주니까 소문을 탄 게지."

"훗, 제가 살던 곳하고 별반 다르지 않군요. 그나저나 수술은 언제 들어갑니까? 큰 병원이라면 어디를?"

"병원은 알아서 뭐하게? 길면 열흘, 빠르면 일주일, 이사장의 최종 승인만 남았으니 무조건 가는 걸로 알고 있어. 그동안에 나랑 수술 연습이나 좀 하고, 에, 또 시간 남으면 밖에 나가서 술이나 쭉 들이키자고."

"술. 그거 좋지요. 술, 세이버, 뭔가 통하는 데가 있는데요?"

"세이버라고 거창하게 이름을 붙여 놓긴 했는데 사실 정확히는 좌심실 재건술이야. 생각처럼 만만치는 않을걸? 아냐, 아냐. 자네 솜씨라면 가능할지도 모르지."

별 의욕이 없어 보이는 박훈의 태도와 달리 그를 바라보는 노태수의 눈길은 자식을 바라보듯 사랑스러운 눈빛이었다. 세이버 수술의 창안자이자 이제는 전설로 남아버린 노태수, 그가 안산에서 외국인들이나 상대하며 늙어 가고 있다는 걸 아는 사람이 과연 몇이나 될까. 19년 전 질투심에 눈이 먼 문성주 교수의 중상모략으로 병원에서 퇴출됐지만 그는 자신이 패배했다고 생각하지 않았다. 지금껏 이를 악물고 수술이 실패한 원인을 분석해 왔다. 언젠가는 잃었던 명예를 회복하고 '세이버 수술'의 진가를 세상에 널리 알리기 위해서 환상의 수술팀으로 권토중래하는 것! 한시도 잊어 본 적 없는 복수의 시나리오에 박훈의 이름을 주연으로 막 적어 넣기 직전이었다.

남북 합작 병원 설립 건이 새로운 이슈로 부각되면서 동우의료원은 세종의료원과의 경쟁으로 골머리를 앓고 있었다. 정세를 살피던 노태수는 자신을 처절하게 내쳤던 동우 이사장을 찾아가 이벤트를 제안했다. 시큰둥하던 이사장도 점차 노태수의 제안에 관심을 보이기 시작했다. 특히 열 번의 세이버 수술이 성공했을 때 성공보수를 지급받겠다는 요구 조건을 마음에 들어 했다. 열 번의 수술이 연이어 성공할 일도 없거니와 설령 성공한다 해도 적당한 핑계를 대서 수술을 중지시키면 그만이었기 때문이다. 운이 좋아 몇 번 성공을 한다면 노태수의 제안대로 그 자체가 언론에 미칠 효과는 파격적일 것이었다. 인간적인 미안함도 작용했다. 흉부외과에 문성주와 노태수, 두 명의 수재를 동시에 앉혀 놓을 수 없었다. 병원 입장에선 어느 한쪽을 경쟁을 통해 자연 도태시켜야 할 상황이었고, 그 둘의 싸움에서 자연스럽게 노태수가 밀려났을 뿐 개인적인 감정 같은 것은 전혀 없었다.

박훈이 의아해하며 물었다.

"언제까지 이빨만 풀 텐가? 슬슬 시작해 보자구. 벗어!"

"벗으라고요? 뭘 시작한다는 건지."

노태수가 의자 밑에서 앞치마 같은 가운을 꺼내 던졌다.

"가운을 걸치란 얘기야. 아무리 동남아 애들이나 상대하는 볼품없는 곳이라지만 그래도 신성한 공간인데 도(道)라는 게 있지 않겠냐?"

피식 웃음이 터졌으나 박훈은 가까스로 눌러 참았다.

"말로 하시지 꼭 가운을 입어야 해요?"

박훈은 셔츠를 벗고 속옷 위에 가운을 걸쳤다.

"보기보다 몸이 좋네. 여자 꽤나 울렸겠어. 혹시 애인 있어?"

고개를 젓자 노태수가 냉장고 문을 열며 주절거렸다.

"생각 있으면 얘기해. 요 뒷골목이 아주 끝내주는 곳이거든. 동남아 애들은 물론이고 우즈베키스탄에다가 중국 여자들까지 아주 골고루지. 자네 소굴보다 여기가 더 나을 걸 아마."

노태수는 플라스틱 반찬통 하나를 꺼내 수술대 위에 올렸다. 밑반찬을 보관할 때 쓰는 압축 플라스틱 용기였다. 속이 비치는 플라스틱 용기 속에는 어른 주먹보다 조금 큰 연분홍색 물체가 들어 있었다. 노태수가 용기 뚜껑을 열었다.

"자, 그럼 강의를 시작해 볼까?"

박훈은 자신의 눈을 의심했다. 노태수가 냉장고에서 꺼낸 것은 바로 어제까지도 살아 펄떡거렸음이 분명한 싱싱한 사람의 심장이었다. 노태수는 아무렇지도 않은 듯 용기에 들어 있던 알코올을 개수대에 부어버리고 심장을 물로 씻은 다음 박훈에게 던졌다. 핏기가 가시지 않은 심장은 20대 초반 여자의 것이다.

"이거……. 아주 건강한 여자 것인데요. 흠집도 없고 급작스런 팽창이나 수축의 흔적이 없는 것을 봐서 교통사고도 아니고. 대체 어디서 이런 걸……."

박훈이 눈살을 찌푸리며 물었다.

"쓸데없는 데에 관심이 많구먼. 맘만 먹으면 공룡 불알은 못 구하겠나? 엄한 데 신경 쓰지 말고 시작하지. 바티스타 수술 정도는 자네도 귀동냥을 해서 잘 알 테고, 그래, 그것 말고 자네가 북에서 했다는 수술에 대해서 설명을 좀 해봐. 필요하면 메스를 이용하고."

노태수가 메스 하나를 박훈에게 건넸다.

"뭘 알고 싶으세요? 심장을 가지고 할 수 있는 건 다 했습니다. 대동맥 라인을 살리는 초보적인 수술에서부터 심실중격을 포함한 바티스타까지. 평양의과대학에선 주로 이쪽 좌심실류를 절제하고 비스듬히 봉합하는 법을 가지고 연습했는데, 사망률이 높아서 의사가 된 뒤엔 시행하지 않았습니다."

박훈이 메스로 카데바 한쪽을 툭 건드렸다.

"좌심실류 절제술(Left ventricular aneurysmectomy)에 선상봉합법

(inear closure)을 더한 것이군. 도어 프로시저(Dor procedure)는?"

도어 프로시저는 1985년 프랑스 의사 빈센트 도어가 처음으로 심실 내에 쌈지봉합을 시행하고 첩포(patch)를 대 정상 부위와 죽은 조직의 부위를 경계 짓는 수술(Endoventricular Circular Patch Plasty)을 시행한 데서 붙여진 이름이다. 수술 시에 모든 비기능성 심근 부위를 제외시키며 비운동성 심실중격(septal akinetic segment of LV)을 배제하고 쌈지봉합과 심실내 첩포를 통해 죽은 조직을 격리한다. 노태수가 개발한 세이버(Surgical Anteroseptal Ventricular Endocardial Restoration)는 여기서 한 단계 더 진화한 수술이다. 기본 개념은 도어 프로시저와 비슷하나 긴 원추 모양의 심실을 만들기 위해서 쌈지봉합과 첩포를 좀 더 비스듬한 위치로 대 주고, 새로운 심첨부(apex)를 지정해주는 개념이었다.

"글쎄, 그게 도어 프로시저인지 아니면 세이버인지는 잘 모르겠지만 야전에 있을 때 무명을 겹으로 접어 정상 조직과 죽은 조직 사이에 가로막은 뒤 연속봉합(continuous suture)으로 마무리했죠."

"연속봉합이라……, 그럼 속도를 택한 거군. 심장 수술은 결국 속도와의 싸움이니까."

그러나 노태수는 모르고 있었다. 그들 중 누구도 살아날 수 없는 환자들이었다는 것을. 연속봉합이란 봉합이 계속 연결되는 것으로, 소요 시간이 짧은 반면에 봉합의 어느 한 부분이 파괴되면 전체 봉합선이 붕괴될 수 있다. 쌈지봉합은 개구된 부위의 주위 조직을 연속적으로 봉합한 후 봉합사를 잡아당기면서 절단면 끝의 조직을 함몰시켜 개구부를 막아 주는 바느질 방식으로 절단면이 주위 조직에 유착되거나 이물질로 작용하는 것을 막아 줄 수 있다.

"이름이 좀 거창하지만 세이버도 별거 없어. 첩포를 좀 비스듬히 대 주는 게 핵심이라면 핵심일까. 그런데 말이야. 바로 그 점이 반대로 세이버 수술의 위대한 점이기도 하단 말야. 심장이란 참 묘한 구석이 있는 놈이거든. 마치 칭얼대는 어린아이 같아. 가려운 곳만 정확하게 짚어 주면 언제 칭얼댔느냐는 듯이 정상으로 돌아오니까. 무슨 말인고 하니, 자네도 알다시피 심장 수술이란 게 처음에는 그저 무식하게 아픈 곳을 절개하는 수술이었단 말야. 그러던 차에 수술 후 공 모양으로 늘어났던 심장이 원추 모양으로 회복되면서 심장 기능의 회복이 더 호전된다는 것을 알게 되었지. 그래서 이런 생각을 하게 된 거야. 애초에 수술을 할 때부터 심장을 원추 모양으로 빠르게 회복시킬 방법을 고민하게 되었고, 쌈지봉합과 첩포로 발전을 이루게 된 거지. 나는 거기서 한발 더 나가 첩포를 비스듬히 대 주면 더욱 더 회복 속도가 빠르다는 걸 발견했던 거고."

노태수는 땀이 나는지 연신 이마를 문질렀다.

"그런데 왜 학계에선 받아들이지 않았습니까?"

노태수가 침착성을 잃고 몸을 떨었다.

"나도 그게 알고 싶어……. 그 쌍년의 방해만 없었어도."

"쌍년요? 그럼, 세이버 수술을 부활시켜 복수를 하고 싶으신 건가요?"

"복수?"

흔들리던 노태수의 눈동자가 멈췄다.

"복수라……. 아니지, 그 말은 어울리지 않아. 사필귀정이라면 몰라도. 난 다만 잘못된 것들을 제자리로 돌려놓고자 하는 것뿐이야. 자넨 내 손발이자 최강의 팀을 이끄는 리더가 되어야 하고. 자넨 젊은 날의 나야. 단지 그뿐이야."

시인이라도 된 듯 떠들어 대는 노태수의 읊조림을 박훈은 한 귀로 흘려들었다. 사필귀정이니 최강의 팀이니 다 헛소리일 뿐이다. 그따위 것은 다 개나 줘버리라고 해. 박훈의 머릿속엔 어서 노인의 청을 들어주고 이 미친 도박판에 걸린 판돈을 죄다 긁어 북녘땅에 남겨진 그의 여자, 송채희를 데려올 생각으로만 가득했다. 나는 어차피 의사라고 부를 수도 없는 쓰레기일 뿐이니까. 노태수의 욕망이 무엇이든 관심 가질 이유도 없다. 천만 원의 돈을 받았으니 우선 천만 원 어치의 일을 해 주면 그뿐이었다.

"자, 그럼 슬슬 시작해 볼까?"

노태수가 서랍을 열어 의료용 첩포 조각을 꺼내 던졌다.

"좌심실에 임의의 지점을 설정하고 좌전하행동맥을 피해 쭉 절개를 해. 그다음 조직과 조직 사이에 가상의 경계선을 만들고 쌈지봉합을 시행해 봐. 쌈지봉합 뒤 양쪽 봉합사를 당겨 좁아진 부위에 첩포를 대 주고 절개 부위를 봉합하는 게 포인트야. 처음이니까 20분을 주겠네. 이 정도면 넉넉하지? 끝내고 나랑 저 앞에 나가서……."

노태수가 게슴츠레한 눈으로 탁상시계를 앞으로 끌어당기는 사이, 박훈의 메스가 날렵하게 심장을 갈랐다. 잠시 그 모습을 흐뭇하게 바라보다가 노태수는 수상쩍은 모양으로 방 한구석을 차지하고 있는 냉장고로 슬리퍼를 직직 끌고 가 소주를 꺼내 왔다. 이빨로 마개를 딴 뒤 혼자 벌컥벌컥 목을 축이고 책상 서랍을 열어 부스럭거리며 안줏거리를 찾았다. 술이 들어가자 대번에 목구멍이 데워졌다. 서랍 깊숙한 곳에서 말라비틀어진 오징어 다리를 발견하고 노태수는 기분 좋게 오징어를 입에 넣어 불렸다.

"왜, 자네도 한 잔 줄까? 연습 안 하고 뭘 봐?"

오징어를 질겅거리며 노태수가 물었다.

"전 메스 들고는 절대 술 안 마십니다."

노태수는 뜨끔하며 역정을 냈다.

"술이라도 없으면 한세상 어찌 버티나? 어, 근데 왜 그러고 있어, 왜 실습을 멈춰? 왜, 심장이 마음에 안 드나? 싱싱한 놈으로 하나 더 구해다 줄까?"

박훈이 들고 있던 심장을 노태수의 책상에 올려놓았다.

"뭐, 뭐야. 끝낸 거야?"

노태수의 입이 딱 벌어졌다.

"신기하군. 아직 5분도 안 됐잖아. 나는 메스 긋는 것밖에 못 봤는데. 어라, 이거 완벽하잖아. 기울기도 최적이야. 바느질도 훌륭해.

마치 재봉틀로 박은 것처럼 간격이 똑같군. 근데 이걸 언제 다 한 거야? 한 번 더 보여 줄 수 있어?"

술을 마신 노태수는 말이 많아졌다.

"저는 같은 심장에 두 번 메스를 대지 않습니다."

"오라. 마인드도 훌륭하군. 그렇지. 그래야 해. 그런데 말야. 이게 물로 말끔히 씻어 놔서 그렇지 실전 들어가면 말처럼 쉽지가 않아. 예기치 않은 곳에서 출혈이 생기기도 하고 마취도 말썽을 부리기 일쑤고. 어쨌거나 오늘은 이만하면 됐군. 됐어. 나가자구. 나가서 한잔 해야지. 나만 먹을 수 있느냔 말야. 하하하."

노태수의 들뜬 웃음소리가 기괴하게 방 안을 울렸다.

11

핸들을 꺾으며 민수현은 서둘러 주차를 한다. 한재준과의 약속 시간은 벌써 10분이나 늦었다. 저녁 시간이라 호텔로 진입하는 사거리에서 10분을 그냥 까먹은 탓이다. 딱딱하게 굳어 있을 한재준을 떠올리자 벌써 짜증이 올라온다.

"이래서 강남은 저녁 약속하기 싫다니까."

하지만 그 남자는 꼭 강남을 고집했다. 가게 분위기는 물론 음식 맛이 다르고 음식을 담는 접시까지 강남은 다른 여타 장소와 다르다고 강변하는 사내였다.

"약속에 늦었다고 타박이나 말든가……."

외과 의사들은 보통 시간에 매우 엄격하다. 수술대 위 환자의 생사가 대개 수술 시간에 달려 있는 경우가 많기 때문이다. 그런데 한재준은 일상생활에서 돌아가는 시간에도 그 민감도가 높았다. 데이트 시절, 처음으로 싸운 것도 수현이 늦었기 때문이었다. 그날은 일이 되려고 그랬는지 휴대폰도 놓고 나와서 연락할 방법도 없었다. 한재준은 20분을 기다리다가 다시 돌아갔고, 그 일로 화해를 하기까지 3개월이 걸렸다.

강남 요지에 성처럼 떡하니 버티고 있는 세종의료원과 그곳의 이사장 아들이라는 한재준의 백그라운드는 궁합이 잘 맞아 보였다. 미국 유학을 제외하곤 강남을 떠나 본 일 없는 그에게 이 동네는 거대한 놀이터나 다름없었다. 그가 원하는 모든 것이 이 안에 있었다.

'지금쯤 휴대폰을 만지작거리고 있겠지.'

텔레파시가 통하기라도 한 건지 휴대폰 벨이 울렸다. 그러나 전화를 건 이는 한재준이 아니라 뜻밖에도 수현의 아버지였다.

"수현이냐?"

"네, 아버지."

수현은 갑자기 걸려 온 전화에 목이 멨으나 애써 침착했다.

"그냥 해봤다. 요즘 환절기라는데 감기 조심하고……."

할 말이 있는지 약간 머뭇거리는 느낌이 났다.

"시간 나면 한번 들러라. 아카시아 꿀을 땄는데 주고 싶구나."

"꿀을요? 네……."

아버지는 별다른 인사 없이 딸각 전화를 끊었다.

왜 갑자기 아버지가 전화를 했을까. 그녀는 좋지 않은 예감을 애써 누른다. 아버지는 5년 전 심장에 이상이 생긴 뒤부터 시골에 내려가 벌을 기르며 요양 중이었다. 지금이라도 밤 시간을 이용해서 아버지에게 들를까? 그렇다면 내일 아침 출근 시간을 맞추기는 무리다. 아버지를 생각하면 늘 가슴 한쪽이 뻥 뚫린 것처럼 시려 온다. 아버지를 마지막으로 본 게 벌써 8개월 전이었다. 짧다면 짧고 길다면 긴 시간, 수현은 길을 나섰다가도 선뜻 아버지를 찾아가지 못한 채 차를 돌리곤 했다. 부녀 사이에 깊게 둘러쳐진 담장 하나, 허물고 싶어도 좀체 허물어지지 않는 벽 때문이었다.

다시 전화벨이 울렸다. 이번에는 한재준이었다. 수현은 전화를 무시하고 거울을 꺼내 얼굴을 들여다본다. 좀 피곤해 보이지만 다른 날과 달리 화장이 뜨지 않아 그럭저럭 봐줄 만하다. 호텔 12층에 자리한 한식집 '모정'은 넓은 통유리를 통해 한강을 한눈에 조망할 수 있어 머리를 식힐 겸 수현과 한재준이 자주 찾는 곳이었다. 값은 좀 비쌌지만 별실이 마련되어 있어 다른 사람 눈치 보지 않고 조용히 식사를 할 수 있었다. 또한 약간의 퓨전이 가미된 궁중 요리들도 맛이 깔끔해서 그들 말고도 찾는 손님이 제법 많았다.

카운터를 지키던 주인 여자가 그녀를 알아보고 살짝 눈인사를 건

넨다. 카운터 근처를 장식한 꽃냄새가 기분 좋게 코끝을 간지럽힌다. 여자가 직접 안내해 준 별실에서 한재준은 평소답지 않게 활짝 웃는 얼굴로 수현을 맞았다. 자리에 앉는데 테이블 위에 놓인 흰 장미 다발에 눈길이 갔다. 흔하지 않은 흰색 장미에 포장에도 신경을 쓴 흔적이 역력하다. 이 남자 혹시 좋은 일이라도 생겼나. 아니면 누가 생일이라도 맞은 걸까. 기념일에 둔감한 수현으로서는 기쁨보다는 부담이 앞선다.

"오늘 무슨 날이에요? 알잖아요. 나 이런 거 싫어하는 거?"

한재준이 빼 준 의자에 앉으며 수현이 물었다.

"알지, 왜 모르겠어. 그 까탈스런 성격. 아무리 그래도 살면서 몇 번은 피해 갈 수 없는 순간이 있잖아. 오늘도 그런 날 중 하나라고 생각해 둬."

"피해 갈 수 없는 날?"

수현의 머릿속이 실타래 엉키듯 흐트러졌다. 설마 청혼이라도 하려는 건 아니겠지? 가뜩이나 문성주와의 마찰로 머리가 지끈거리는 판인데 이 남자는 어쩌면 이렇게 눈치가 없을까? 어차피 한 번 부딪혀야 할 순간이지만 제발 오늘만은 그날이 아니기를.

"우리말이야. 언제까지 이렇게 뜨뜻미지근하게 지낼 순 없잖아. 아직 결혼식은 때가 아니라고 해도 절차는 밟아야 할 것 같아서."

한재준은 양복에서 조심스레 작은 종이갑을 꺼낸다.

"뭐예요?"

수현이 놀란 눈으로 하늘색 상자에, 그보다 약간 진한 티파니 블루의 리본이 예쁘게 매여 있는 종이갑을 쳐다본다.

"대한민국 여자라면 그런 바보 같은 질문 안 할 걸?"

그의 말이 맞다. 상자 안에 무엇이 들었는지 치마 입은 여자라면 누구나 이내 알아채리라.

"후각이 더디군. 2캐럿이야."

"서, 설마. 청혼하려는 건 아니죠?"

수현은 천천히 상자를 열어 보았다. 다이아몬드, 그리고 이를 여섯 면에서 감싸 움켜쥐듯 플래티늄 백금으로 디자인한 6발 프롱 세팅 반지였다. 영화 〈티파니에서 아침을〉에서 오드리 헵번이 아침마다 뉴욕 5번가 티파니 매장 쇼윈도 앞에 택시를 타고 나타나 바게트를 뜯으며 한참을 쳐다보다 간 것이 바로 이 반지 때문이었던가. 아니 그건 목걸이였지, 참. 아무튼 그녀는 신분 상승의 강렬한 욕망을 그 쇼윈도 앞에서 소변 보듯 배설했었다. 한재준, 나를 위해 티파니 반지를 골라내다니, 이 남자, 여자를 알아도 너무 잘 알아. 한참 그런 생각을 하는데 한재준의 바리톤 음색이 그녀를 현실로 불러냈다.

"맘에 들어?"

"흠. 디자인이 간결하고 예쁘네요."

"남들처럼 형형색색 로맨틱한 건 자기 취향 아닌 거 잘 알아. 또 우리가 연애 처음 해보는 코흘리개 철부지들도 아니고. 맘에 안 들어도 그냥 받아 둬. 서로 바쁠 때니까 이 정도로 넘기고 내년에 정식으로 약혼식을 하자. 참, 그 전에 양가 통성명도 해야 하잖아?"
벌을 치는 아버지를 떠올리며 수현은 팔꿈치를 탁자에 기댔다.
"너무 서두르는 거 아니예요?"
"서두르긴, 서른네 살 여인네가 할 소린 아닌 것 같은데?"
"그래도 아직은 아닌 것 같아요. 병원에서 내 위치도 그렇고."
며칠 전 문성주와의 한바탕 실랑이를 떠올리며 수현은 한숨을 푹 내쉰다. 수현이 세이버 수술을 해보겠다고 굳이 고집을 피우자 문성주는 그런 소리 할 거면 당장 밖으로 나가라고 소리를 질렀다. 문성주와 노태수의 과거를 잘 모르는 수현은 문성주의 진노가 무엇 때문인지 그저 당황스러울 뿐이다. 하지만 그대로 물러설 그녀가 아니었다. 수현은 문성주의 지시를 어기고 원무과에서 일하는 지인을 통해 20여 년 전 노태수와 관련된 수술 기록들을 은밀하게 모았다. 비록 허탕을 치긴 했지만 박훈을 다시 찾아갔다 돌아오기도 했고, 안산 어디에 있다는, 전화번호조차 등재되어 있지 않은 노태수의원을 백방으로 수소문하는 중이었다.
"설마 아직도 그 일을 마음에 남겨 두고 있는 거 아냐?"
"그 일이라니요?"
한재준이 잠시 뜸을 들이듯 물을 한 모금 마시더니 수현의 눈을 똑바로 쳐다보며 물었다.
"죽은 서인재 말이야. 설마 그 녀석이 우리 사이에 발목을 잡고 있는 건 아니겠지?"

수현은 애써 담담한 표정을 지으며 다이아 반지를 박스 안에 넣었다. 포장 그대로의 모습을 되살리려고 해봤지만 잘 안 되었다.

"그 사람 얘긴 우리 이제 안 하기로 했잖아요?"

"잘 들어 둬. 민수현은 그 녀석이 내게 남겨 주고 간 숙제 같은 선물이야, 알아? 선물이기도 하지만 숙제이기도 한……. 그러니까 민수현일 내 아내로 맞아 행복하게 해 주는 거, 그건 내가 녀석한테 우정을 지키는 길이기도 해."

"그렇게 너무 거창한 의미를 둘 만한 여자가 못 돼요, 난."

하필 이런 자리에서 서인재 이야기라니. 수현은 치밀어 오르는 짜증을 물 한 모금으로 애써 달랬다. 약혼자인 한재준 뒤에 유령처럼 붙어 있는 서인재의 그림자, 더구나 생각하기도 싫은 문성주와의 악연까지, 그것은 수현이 지우고 싶어도 지울 수 없는 골 깊은 흉터였다. 적어도 약혼반지를 받는 날 듣고 싶은 이야기는 아니었다. 그런데도 한재준은 그 나름대로 여전히 그 문제가 마음 한구석에 걸리는 모양이었다.

약혼자였던 서인재가 죽은 것은 벌써 5년도 더 지난 일이었다. 그는 차를 몰고 성산대교를 건너다가 맞은편 방향에서 질주하던 택시와 충돌했다. 영안실에 옮겨진 그의 몸뚱이는 형체조차 알아보기 어려울 만큼 찢겨 있었다. 부검의 말로는 사망 당시 혈중 알코올 농도가 0.25%에 가까운 만취 상태였다고 한다. 그 사고는 수현이 서인재에게 파혼 통보를 하고 난 뒤 일주일이 되던 날 밤 자정 무렵에 일어났다. 난데없는 이별선언에 서인재는 몹시 고통스러워했다. 이성을 잃은 그는 그녀에게 전화를 퍼부으며 이유를 따져 물었고, 그녀는 정확한 대답을 회피했다. 그리고 어느 순간부터 그로부터 걸려오는 전화를 외면했다.

그녀가 서인재와 파혼을 결심한 까닭은 문성주와의 관계 때문이었다. 노년으로 접어들던 문성주는 자신의 뒤를 이을 재목으로 수현을 지목했고, 수현이 완벽하게 자신의 분신이 되기를 바랐다. 그런데 최고의 심장전문가가 되어야 할 제자의 결혼이란 골치 아픈 군더더기였다. 마침내 문성주의 결벽주의는 수현으로 하여금 보름도 안 남은 결혼을 포기하게 만들었다.

수현의 야망을 부추기는 데 성공한 문성주는 시간이 날 때마다 그녀를 불러 놓고 남자들과의 경쟁에서 당당하게 살아남을 수 있는 강한 전사로 태어나길 주문했다. 서인재의 죽음이 없었다면 수현은 문성주가 걸어 놓은 최면에서 영영 헤어나지 못했을지도 모른다. 지금 돌이켜보면 스무 살 중반 순진한 나이 때의 유치한 결정이었지만, 그 한때의 치기가 한 남자의 생명을 갈기갈기 찢는 어이없는 결과로 이어진 셈이었다.

서인재의 시신 앞에서 오열하면서 수현은 어떻게 해서든 이 바닥에서 살아남아 복수하겠다고 마음먹었다. 그러자면 그녀에겐 자신을 높이 끌어올려 줄 외부의 힘찬 조력이 필요했다. 일개 레지던트 나부랭이 계집애 따위에게 문성주가 굳게 쌓아 올린 성을 일시에 허물어 버릴, 복수를 위한 초능력 같은 건 결코 존재할 수 없었으니까. 그래서 서인재의 장례식을 마친 후 평소 자신에게 연정을 품었던 한재준의 차를 얻어 탔고, 그날 밤 두 남녀는 서울에 가지 않았다. 경부고속도로를 타고 귀경을 하던 중 대전쯤에서 톨게이트를 빠져 나왔고 가까운 관광호텔에서 함께 밤을 보냈다. 수현은 그에게 자기 육체 어딘가에 찌꺼기처럼 남아 있을 서인재의 흔적을 남김 없이 지워 달라고 부탁했다. 한재준의 몸이 그녀의 위에서 아래로 세차게 움직이는 동안 수현은 이를 악물었다. 문성주를 언젠가는 저 바벨탑 꼭대기에서 끌어내리겠다고, 차디찬 파멸로 던져버리겠다고.

몇 번의 격정이 지나고, 한재준이 더 이상은 안 되겠다는 듯 그녀 옆에 고목나무처럼 쓰러졌다. 그리고 거친 숨을 내뱉으며 물었다.

"인재, 그 자식하고는 왜 파혼하자고 한 거야?"

서인재와의 연애가 본격적으로 진행되면서 가장 지근에서 안타깝게 가슴 졸이며 축하와 원망을 동시에 퍼붓던 사내가 바로 한재준이었다. 그와 서인재는 중학교 고등학교 동창이면서 고등학교 1학년 때 같은 반의 단짝이었다. 2학년이 되면서 한재준과 서인재는 각기 이과와 문과로 나뉘긴 했지만, 그들은 그로부터 2년 뒤 나란히 서울대학교 의과대학과 법과대학에 순조롭게 입학했다. 그리고 그들은 진한 우정만큼이나 여자를 고르는 취향도 다르지 않았다. 서인재가 한재준을 만나러 동숭동 의과대학을 방문했다가 수현을 만나게 되고 진지한 교제를 시작했을 때, 한재준은 등잔 밑이 어두워 친구에게 수현을 빼앗겼다며 통탄해 마지않았다.

서인재가 그렇게 불의의 사고로 세상을 떠나고 그가 달성 서 씨 문중 소유의 선산에 묻히던 때에도 한재준은 친구의 마지막 가는 모습을 지켜보았다. 그리고 유족의 반대에도 불구하고 하관식까지 지켜보겠다며 고집스레 따라 내려온 수현의 곁을 지켰다. 아마 그 자리에 한재준이 없었다면 그녀를 원망하며 울부짖는 서인재의 가족들 등쌀에 큰 봉변을 당했을지도 모른다. 적어도 그들은 아들과 오빠를 절망과 죽음으로 내몬 원흉을 그녀라고 생각했으니까.

"그런데 아직도 궁금한 게 있어. 그때 왜 인재와 파혼한 거지?"

한재준이 10년 전 물었던 똑같은 질문을 오랜만에 수현에게 던졌다. 이번에는 청혼하는 다이아 반지와 함께. 그리고 그때보다 더 당당하게, 당연히 대답을 들어야 마땅하다는 표정을 지으면서…….

"잊어버렸어요, 너무 오래돼서……."

적당한 대답이었다. 그러나 이런 얼토당토않은 얼버무림이 진실로 그가 듣고 싶었던 대답이었을까.

"반지, 그냥 손가락에 끼고 있어."

그는 그녀가 애써 상자에 넣었던 다이아 반지를 다시 꺼내 그녀의 네 번째 손가락에 끼워 주었다. 세월이 오래되어서 다 잊어버렸다는 변명이 정녕 이 남자가 원했던 대답이란 말인가? 수현은 궁금했지만 말을 돌렸다.

“그나저나 개성 일은 어떻게 돌아가요?”

“글쎄, 표면적으로는 그닥 신경 쓰지 않는 분위기야. 주도 병원을 선정한다면 당연히 규모로 보나 인지도로 보나 국내 1위인 우리 병원이 유력하지 않겠어?”

“정말 그럴지도 모르겠네. 근데 이번 일은 우리에게 양보 좀 하면 안 되나? 세종은 개성이 아니어도 이곳저곳 벌여 놓은 일이 많던데…….”

금봉현의 충고가 떠오른 탓에 수현은 말을 하면서도 조심스럽다.

“훗, 그게 내 마음대로 되는 일인가?”

“그러니까 신경 좀 써 달라고요.”

“왜? 자기가 그 일에 뭐라도 맡은 거야?”

수현은 피식 웃으며 반지를 한재준 쪽으로 슬쩍 밀었다.

“아니, 꼭 그런 건 아니지만. 그쪽과 달리 우리 쪽에선 신경을 쓰는 눈치 같아서 그래요. 개성 일이 잘 풀리면 적체된 인사 구조도 좀 해갈이 될 것 같고…….”

수현은 한재준이 그 말의 숨은 은유를 알아채길 바랐다.

“하긴 그 동네, 옛날부터 노친네들 소굴로 유명하지.”

개원 이래 동우의료원은 유독 자기 쪽 사람들을 챙겨 오는 걸로 정평이 나 있었다. 그러다 보니 어느 의국을 가도 개원 때부터 자리를 보존해 온 터줏대감들이 한둘씩 웅크리고 있기 마련이어서 타 병원 출신들과 보이지 않는 벽을 만들어 왔다.

"정 힘들면 우리 쪽으로 옮겨. 자리는 언제든 만들어 줄 테니."

서빙된 민어 요리를 젓가락으로 찌르며 한재준이 부드럽게 웃는다.

수현은 굳게 다문 입으로 수저질에 힘을 주었다. 그의 제안에 살짝 자존심이 상했지만, 머릿속으로는 부지런히 경우의 수를 계산하고 있었다.

세종의료원 재단 이사장의 며느리가 되어 아이를 낳고 가족을 위해 밥을 준비하며 남편의 성공을 뒷바라지하는 인생과 문성주를 밀어내고 동우의료원 흉부외과의 주인이 되는 두 가지의 인생이 그녀 앞에 놓여 있었다. 어떤 것도 그만큼의 가능성과 그만큼의 어려움을 내포하고 있다. 키를 쥐고 있는 건 결국 그녀 자신이었다.

"이 반지 말이에요."

수현은 반지를 다시 빼 상자에 넣어 잘 포장했다.

"받은 걸로 하고 우선 다시 가지고 가요."

"뭐야, 그럼. 거절하겠다는 거야?"

한재준이 당황하며 물었다.

"그런 건 아니고. 이런 데서 말고 좋은 데 가서 정식으로 다시 줘요. 괜찮으면 겨울에 짧게 속초라도 다녀오든지. 이렇게 받긴 싫어서 그래요."

"그럼 거기 어떨까? 대전에 있는 관광호텔, 우리 처음 하룻밤을 지낸……."

"그냥 속초로 해요. 서로에게 불편한 기억이 없는 곳으로……."

"이해해."

그가 숟가락을 내려놓았다.

"입맛도 없는데 스카이라운지로 올라가서 술이나 한잔할까?"

수현은 선뜻 대답하지 못하고 느릿느릿 별실을 나섰다. 스카이라운지에서 술을 한잔하자는 건 섹스를 하고 싶다는 신호이기도 하다. 전신이 녹아나도록 피곤하다. 섹스는 아니지만 그의 품에 안겨 쉬고 싶은 건 사실이었다. 몇 시간이라도 푹 자고 일어나서 문성주와의 일전을 준비해도 좋을 것 같았다.

"자, 잠깐만요!"

계산대로 다가가는 한재준을 수현이 재빨리 잡아끌었다.

"왜 그래?"

엉겁결에 벽 뒤로 몸을 숨기게 된 그가 물었다.

"잠깐 그대로 있어요. 아는 사람들이 온 것 같아."

사실이었다. 방금 출입문 쪽에서 나타난 이들은 동우의료원 사람들이었다. 그들은 바로 문성주와 병원장, 그리고 이사장이었다. 미리 예약이 되어 있는 듯 종업원이 그들을 4인용 별실로 안내했다. 수현은 자세를 낮추고 살금살금 별실 앞으로 갔다. 그러나 방음 시설이 된 까닭에 안에서는 아무런 소리도 들리지 않았다.

'문성주가 뭔가 꾸미고 있는 게 분명해.'

희미하게 끼쳐 오는 술 냄새를 맡으며 수현은 생각했다. 생각에 열중한 나머지 꾀죄죄한 노인네 하나가 헛기침을 하며 다가오는 것도 보지 못했다. 노인은 수현은 안중에도 없다는 듯 시계를 확인하고는 서둘러 별실로 들어갔다.

'저 노인네는 또 뭐지?'

계산을 마친 한재준이 다가와 어깨를 건드렸다.

"누군데 그래? 그만 가자."

못 이기는 척 한재준을 따라나서며 수현은 거듭 고개를 갸웃거렸다. 문성주가 이사장으로부터 무언가 지시를 받고 있는 게 분명하다. 수현이 세이버에 집착하는 동안 저들은 이미 세종을 제칠 방안을 마련해 놓았는지도 몰랐다. 일행보다 조금 늦게 나타난 키가 작고 볼품없이 생긴 노인이 어쩌면 그 키를 쥐고 있는 것은 아닐까. 내일 아침 문성주를 만나 보면 돌아가는 상황을 어느 정도는 알게 되겠지. 노태수가 제 발로 나타났음을 꿈에도 모른 채 수현은 부지런히 머리를 굴려 댔다.

12

별실로 안내된 문성주와 병원장은 이사장의 이야기를 듣느라 진땀을 흘리고 있었다. 차를 타고 오면서 이사장은 강도 높은 개혁을 주문했다. 불필요한 부서를 통폐합하고 환자와 의사들의 이동 동선을 새롭게 배치하여 효율을 높이라는 1차 주문에 이어 교수 선발과

승진 체계와 같은 오랫동안 관행처럼 굳어진 내부 시스템 개혁에 이르기까지 외부 전문 기관의 자문을 구해서라도 올해 안에 완벽하게 뜯어고치라고 주문했다. 이사진은 병원 개혁 문제를 몇 개월 전부터 진지하게 논의해 왔고, 내년을 글로벌 동우의 첫해로 만들자는 목표 하에 의욕적으로 쇄신을 밀어붙이고 있었다.

"그건 그렇고 이 양반은 아직 안 왔나?"

이사장이 휴대폰을 꺼내 시계를 확인했다.

"또 올 사람이 있어요?"

문성주가 의아해하며 물었다.

"응, 소개할 사람이 있어. 아마 자네들도 아는 사람일걸?"

말이 채 끝나기도 전에 한지 문밖으로 그림자 하나가 어른거렸다. 문성주와 병원장이 의심의 곁눈질을 하는 사이 작은 몸집의 사내가 문을 열고 들어왔다. 이사장을 향해 허리를 푹 숙이는 그를 보는 순간 문성주는 놀라 까무러칠 뻔했다. 작은 키에 약간 비죽한 턱, 일주일에 한두 번밖에 면도를 하지 않아 언제나 코와 턱에 잔 수염을 달고 다니는 사내. 비록 세월이 20년 가까이 흘렀다고는 하나 저 늙은인 분명 한때 그와 동우의료원 흉부외과 수장 자리를 다투던 노태수가 틀림없었다.

"큼, 두 분, 안녕들 하셨습니까?"

노태수가 헛기침을 하며 이사장 옆자리로 와서 앉았다.

"흠, 오랜만이군요."

문성주는 인사를 하는 둥 마는 둥 하며 컵을 만지작거렸다. 입가가 바싹 말라 들었다. 문성주와 노태수, 두 라이벌이 마주 앉은 것은 햇수로 정확히 19년 만이었다.

"노 선생, 우선 그것부터 두 분에게 보여 드려요."

노태수가 옆에 끼고 온 낡은 가죽 가방에서 프린트된 서류를 꺼냈다. 일전에 이사장에게 제안했던 세이버 수술에 관한 계약 문서였다.

"세이버 수술을 다시 해보자고요?"

문성주가 물수건으로 이마를 두드리며 물었다.

"허허허, 놀라긴. 그렇다네. 이번 개성의료센터 건립 사업에서 세종을 이길 우리 동우의 핵심 카드가 바로 노 선생이 제안한 세이버 수술이지. 북한에는 심장 수술 전문가가 전무한 상태지 않은가? 우선 세이버 수술 성공으로 여론을 환기시켜 놓고 우리 병원에선 외과 중심으로 개성의료센터 조각 작업에 참여할 생각이라네."

"1년 안에 열 번의 수술을 성공시킨다. 단 한 번의 실패도 없이?"

병원장이 안경을 고쳐 쓰며 제안서 일부를 또박또박 읽었다.

"맞습니다. 길어야 365일 안에 모두 끝낼 겁니다. 단 수술환자가 제공되어야 한다는 단서조항이 있지요. 그리고 성공보수는 그 밑에 있습니다."

"이게 얼마요? 가만 보자, 일, 십, 백……. 백만, 천만, 억, 십억. 아니!"

"1회 성공에 대충 6, 7억 쳤습죠. 부가세니 봉사료니 다 빼고, 큼큼."

병원장이 마치 경기를 일으킨 아이처럼 말을 잇지 못했다. 휘둥그레진 눈으로 맞은 편 이사장 얼굴을 쳐다보았다.

"이봐요, 병원장, 그런 얼굴 할 것 없어요. 명색이 세이버 수술인데 그 정도는 각오해야지."

"이사장님, 그게 그냥 일이십 억도 아니고. 또 저희 1년 예산을 생각하면……."

"큼큼, 최고 절대 난이도의 세이버 수술입니다요, 세이버 수술."

이사장의 눈치를 살피던 병원장이 다시 제안서에 코를 묻고 조항을 찬찬히 살폈다.

"근데 단 1회의 실패라도 있으면 보수를 한 푼도 못 받는 거군요? 성공 사례가 단 한 차례 보고된 바 없는 세이버 수술인데 말이죠?"

노태수의 어깨가 전혀 망설임 없이 으쓱했다.

"오브 코오스!"

"또 기한에서 하루만 넘겨도 무효고?"

"아까 단서 조항이 지켜진다면요. 1초만 넘겨도 땡전 한 푼 안 받습니다."

노태수의 계속되는 단언에 안경테를 만지작대던 병원장의 얼굴이 사뭇 밝아졌다.

"너무 자신만만 한 거 아뇨?"

이사장이 히죽 웃으며 끼어들었다.

"하이 리스크 하이 리턴, 노 리스크 노 리턴이죠."

"허허허, 이거 완전 도박이구만, 도박."

노태수의 맞장구에 이사장은 목을 뒤로 젖히며 흡족한 웃음을 터트렸다. 아까의 소심함은 어디로 갔는지 병원장이 호기롭게 새 술병의 마개를 따고는 건배사를 외쳤다.

"동우의료원과 세이버 수술을 위하여!"

그러나 병원장의 갑작스런 태도 변화는 그것이 실현 가능성이 전혀 없는 제안이라는 생각을 모두에게 갖도록 하기에 너무도 충분했다. 한쪽에 얌전히 웅크리고 있는 문성주 역시 건성으로 고개를 끄덕였으나 비웃는 태도가 역력했다. 묘하게도 그 순간 병원장과 문성주, 이사장 사이에 하나의 공감대가 형성되고 있었다. 고개를 들어 이사장과 눈을 마주치는 순간 문성주는 대번에 이사장의 의도를 알아챘다. 그렇다! 이건 누가 봐도 무모한 제안이었다. 하지만 병원을 언론에 노출시킬 이벤트로서는 아주 훌륭했다. 결국 제자 민수현의 판단이 맞았던 셈인가.

"아 참. 오늘 소개할 분이 더 있는데 바빠서 오질 못했지?"

이사장이 미소를 띠며 노태수에게 발언권을 넘겼다.

"하하. 그렇습죠. 제 고등학교 동창 놈이 하나 있는데 이번에 보건복지부 차관에 선임되었습니다. 개성의료센터 건립에도 관심이 많은 녀석이죠."

그거였군. 이 교활한 늙은이가 영영 떠난 게 아니었어. 이사장을 통해 다시 부활을 꿈꾸다니. 생각지도 못한 역습이었다. 이사장이 이따위 제안서에 혹해서 한물간 노태수를 다시 끌어들인 게 아니었다. 소식도 없이 사라졌던 지난 세월, 노태수는 치밀하게 준비를 하고 링 위로 올라온 것이다. 그렇다면 다시 한판 붙어 주어야겠지. 문성주는 제안서를 덮으며 애써 밝은 표정을 지었다.

시간은 30여 년 전으로 거슬러 올라간다. 현 동우의료원의 전신인 동우의료원 심장흉부외과에는 국내 심장 수술의 일인자로 오랫동안 이름을 떨쳐 온 원로 교수가 있었다. 당시 문성주는 그가 아끼는 수제자였다. 그러나 문성주는 실력이 뛰어나 스승의 눈에 들었던 것이 아니었다. 뛰어난 미모 덕이었다. 빼어난 외모 탓에 그녀는 어딜 가도 주목의 대상이었다. 그리고 스승과의 부적절한 관계는 그녀가 레지던트 2년 차 때 급성심장질환자에게 놓을 주사약을 혼동하는 바람에 환자를 죽일 뻔한 사고로부터 비롯되었다. 다행히 환자가 나흘 만에 혼수상태에서 깨어나긴 했지만 그것은 흉부외과 전체가 발칵 뒤집힐 정도로 큰 사건이었다. 모두가 스승의 불호령과 그녀의 파직을 예상했다. 그러나 스승은 그렇게 하지 않았다. 환자 가족을 직접 만나 일이 원만하게 처리되도록 해 주었을 뿐만 아니라 자신이 지시를 잘못 내렸다며 그녀를 따뜻하게 보호했다. 그리고 며칠 뒤 스승은 문성주를 자신의 승용차에 태워 경기도 외곽의 한 유원지로 데려가서 술을 사주며 위로했다. 그녀는 스승의 자상한 대우에 눈물이 쏟아질 것만 같았다. 실제로 스승이 등을 두드리며 격려의 말을 건넬 때는 눈물이 왈칵 쏟아지기도 했다. 스승이 주는 술을 넙죽넙죽 받아먹던 문성주는 그날 새벽, 요의를 느끼고 눈을 뜬 뒤에야 흰 침대 시트 위에 처참하게 문드러진 피를 보았다. 스물여섯 해 가까이 고이 간직해 온 처녀성을 한순간의 방심으로 잃게 된 것이다.

하지만 스승은 확실한 방법으로 그녀의 사건을 깔끔히 마무리 지어 주었다. 그리고 학술지에 소논문을 발표할 때에도 그는 확실히 영향력을 행사해 주었다. 또한 총명한 다른 제자들을 모두 밀어내고 문성주를 넌지시 자신의 후계자로 지목했을 때, 그녀는 처녀성을 내준 대가로 세상 모든 것을 다 얻은 듯했다. 이후 스승과 그녀 사이에는 당사자들 외에는 알지 못하는 침묵의 카르텔이 형성되었다. 스승은 그녀를 계속 이끌어 주었고, 그녀는 기꺼이 스승의 정부가 되었다.

반면 노태수는 외부에서 영입되어 온 케이스였다. 동우에 발을 들여놓은 뒤, 불과 2, 3년 만에 노태수는 여러 건의 굵직굵직한 심장 수술에 관여하며 차세대 에이스로 주목을 받았다. 스승의 관심이 점차 노태수로 옮겨 가자 문성주는 애가 타기 시작했다. 그때 마침 노태수가 세이버 수술이라는 희대의 수술법을 시험대에 올렸고 한 천재의 존재가 세상에 막 이름을 떨치려던 순간 문성주는 의사 인생을 건 도박을 감행하게 된다. 약에 중독되어 병원 내 마약류를 불법으로 빼돌려 오던 마취의를 협박해, 수술 직후 환자가 사망하도록 사주한 것이다. 네 번에 걸친 노태수의 세이버 수술은 완벽할 정도로 성공했으나 환자는 수술 마무리 단계에서 심장이 멈춰버리거나 영영 의식이 돌아오지 않았다. 유가족들의 진상 규명 요구가 거세지자 병원에서 형식적이나마 조사팀이 꾸려졌고, 문성주는 조사팀의 일원이 되어 수술 전 과정을 검토한 뒤 원인 불명으로 결론을 내렸다. 세이버 수술은 즉각 중지됐고, 위험 요인을 미리 발견하지 못하고 수술을 집도한 노태수가 모든 혐의를 뒤집어쓴 채 병원에서 쫓겨나는 것으로 사건이 일단락됐다.

"그렇다면 집도는 누가 해요? 노 선생이 직접?"

문성주가 노태수에게 물었다.

"글쎄올시다. 그건……."

노태수가 꾸물거리자 이사장이 거들었다.

"그건 차제에 두 사람이 상의해서 결정하게. 우선 병원 안에 사무실부터 하나 마련해 주시오. 외부에서 유능한 의사를 스카우트해도 좋고 아니면 내부 인원을 가동해도 좋고. 첫 수술이 중요하니까 어떤 일이 있어도 성공하도록 다 같이 협조하고 나서 나머지 문제들은 차츰 또 의논해 봅시다. 자자, 한잔씩."

이사장이 분위기를 이끌며 술잔을 들었다.

"많이 좀 도와주시오."

노태수가 딸깍 잔을 부딪혀 왔다. 건배를 하면서도 문성주는 머릿속으로 분주히 계산하느라 술맛을 느낄 여유가 없었다. 생각할수록 기가 찬 일이었다. 자신이 쫓아낸 노태수를 이렇게 다시 돕게 되다니. 하지만 노태수 이 늙다리를 잘만 활용하면 개성의료센터 주축 병원 선정에서도 유리한 고지를 선점할 수 있다. 다시 말해 수술이 단 한 차례만 성공해도 동우의료원 흉부외과는 세간의 큰 주목을 받게 된다. 결국 세이버 수술은 노태수가 아니라 나를 위한 수술이란 말인가.

"흉부외과에는 쓸 만한 애가 좀 있습디까?"

병원장이 문성주에게 물었다.

"네, 몇 명 있긴 해요. 근데 심장 수술이 본래 베테랑이라도 워낙 어려운 수술이라서. 우리 쪽에서도 지원은 하겠지만 노 선생 쪽에서도 어련히 생각이 있으시겠지요."

"노 선생이 직접 집도하시는 건 어떻습니까?"

술잔을 든 노태수의 손이 떨리는 걸 병원장은 놓치지 않았다.

"후, 제가 못할 것도 없지만 가급적이면 후배들에게 맡길 생각입니다. 저는 작전을 지휘하는 야전 사령관이고, 보시다시피 현장은 무리지요."

"특별히 생각해 놓은 사람이라도?"

"아직은 아닙니다. 마취부터 간호사까지 병원의 전적인 협조가 필요합니다. 스태프를 구성하고 손발을 맞추려면 시간이 매우 촉박하지요."

대추알 같은 면상에 미소를 얹으며 노태수는 여유롭게 웃었다.

그 순간 노태수는 외롭게 마운드에 서 있는 박훈을 떠올리고 있었다. 그가 있는 한 든든하다. 세 사람, 열 사람 몫도 충분히 해낼 수 있는 사내였다. 박훈이 좁은 어항에 갇혀 얼마나 지루해하는지 노태수는 잘 알고 있었다. 하루라도 빨리 넓은 물에 그를 풀어 주어야 한다. 이사장의 명령이 떨어진 이상 하루라도 빨리 병원에 입성하여 마음에 맞는 스태프를 구성하고 환자도 찾아야 한다. 그리고 남은 것은 단 하나, 세이버 수술을 되살려 땅에 떨어진 명예를 되살리는 것이다. 그날을 위해 20년을 숨죽이며 살아왔으니까.

13

"계약한 게 맞기는 한 겁니까?"

기대 반 설렘 반으로 동우의료원에 입성한 박훈은 크게 실망한 표정을 지어 보였다. 병원 측에서 마련해 준 사무실은 꼴이 말이 아니었다. 동우의료재단은 국내 2위의 위엄에 걸맞게 의료원과 의과대학, 간호대학 등을 포함해 전체 부지만 해도 3만 평이 넘었다. 그런데 그들에게 제공된 공간은 채 다섯 평도 채우지 못하는, 서류 더미만 잔뜩 쌓인 창고 같은 공간이었다. 더구나 신관도 본관도 아닌 병원에서 300미터나 떨어진, 병원 가장 깊숙한 곳에 자리한 장례식장 바로 옆 생명공학관 지하 1층이었다. 생명공학관은 의대생들의 각종 실습이 이루어지는 곳으로 대낮에도 복도마다 퀴퀴한 소독약 냄새가 떠나지 않는 그런 곳이었다.

"계약도 안 하고 왔을까 봐? 걱정 말고 기다려 봐."

노태수는 오래된 신문지 더미에 앉아 담배부터 빼 물었다.

"장례식장 옆이라 그런지 좀 으스스해서요."

박훈은 춥다는 제스처를 취하며 가방에서 작은 액자 하나를 꺼내 책상 위에 올려놓았다. 노태수의원을 떠나기 전 짐을 꾸리다가 시장에 나가 산 3000원짜리 해바라기 모양의 액자였다. 액자에는 여권에서 떼어낸 채희의 사진이 들어 있었다. 박훈은 액자를 모니터 옆에 세워 놓고 씩 웃었다. 액자와 모니터의 배열이 제법 잘 어울렸다.

"그 조잡스런 액자는 뭐냐? 마, 대충 하지. 언제 떠날지도 모르는 덴데 벌써 책상을 꾸미고 난리냐. 계집애도 아니고."

박훈은 들은 척도 않고 휴지로 액자를 닦아 윤을 냈다.

병원으로 들어서며 박훈은 요덕으로 처음 부임하던 날을 떠올렸다. 깊은 산중에 자리한 요덕은 인간 지옥이나 다름없었다. 위생소도 간판만 위생소였을 뿐 시체 처리소나 다름없었다. 그러나 동우의료원으로 들어서며 박훈은 단박에 압도당했다.

정문을 들어설 때만 해도 이런 으리으리한 곳에서, 남쪽 의사들과 같은 일원이 되어 수술하게 되었다는 사실이 믿기지 않아 몇 번이나 주변을 휘둘러보았다. 고개를 돌려 어디를 보건, 환자건 의사건 영양 상태가 고른 사람들이 밝은 얼굴로 바삐들 걸어 다녔다. 그러나 기대는 차츰 실망으로 바뀌었다. 마중을 나온 사람은커녕, 한참 여기저기 전화를 건 뒤에야 안전관리실 직원 한 명이 엉기적거리며 와서는 낡은 컴퓨터 한 대와 책상 두 개가 전부인 외진 사무실 하나를 열어 주고 간 것이다.

"어디 보자, 예쁘장하네."

노태수가 반쯤 피운 담배를 바닥에 비비며 액자에 관심을 보였다.

"흠, 결혼했던 모양이군. 북에 두고 온 모양이지?"

이 노인네 귀신이라도 들린 걸까. 넘겨짚어 맞추는 것이 의외로 많아 이렇게 깜짝깜짝 놀라게 하는 일이 한두 번이 아니다.

"잊을 사람은 빨리 잊는 게 좋아. 무대도 새로 옮겼겠다, 한 발짝만 나가면 널린 게 여자들이다. 수술만 성공시키자고. 단박에 여자들이 줄을 설 테니까. 여자들은 그런 존재들이야. 우상이 생기면 물불을 가리지 않는. 그 이상도 이하도 아니지. 아마도 첫 번째 수술이 관건이 될걸? 첫 수술만 성공하면 펜트하우스도 문제없어. 주도권은 우리가 쥐게 될 테니까. 언론에서 개떼처럼 달려들 테니 이런 골방에 처박아 두지도 못할 거고."

"선생님은 오로지 수술 생각뿐이군요."

"그럼, 자네처럼 액자만 들여다보면서 나까지 있는 청승 없는 청승 다 떨어야 하겠나?"

노크 소리가 들리고 대답을 하기도 전에 문이 열렸다. 흰 가운을 말끔하게 차려입은 30대 초중반의 여의사가 젊은 여자 인턴을 대동하고 서 있었다. 비교적 큰 키에 잘록한 허리 라인, 건강 제품 광고에서 막 걸어 나온 듯한 여자였다.

"어라, 누구시더라?"

노태수가 반가운 얼굴로 엉거주춤 물었다.

"두 분 안녕하세요. 흉부외과 소속 민수현입니다. 앞으로 저랑 같이 일을 하시게 될 거예요. 이렇게 오시게 돼서……."

수현이 안경을 쓸어 올리며 고개를 까딱했다. 방 안을 재빨리 훑던 그녀의 시선이 이쪽은 쳐다보지도 않고 액자에 코를 박고 있는 박훈의 등짝에 가 꽂혔다. 흥, 역시나군. 박훈을 보자 수현은 심장이 꿈틀거리는 걸 겨우 눌러 참았다. 아무렇지도 않은 듯 냉정을 되찾고 수현은 계속해서 말을 이어 나갔다.

"신분증을 보고 혹시나 했는데 한 분은 구면이네요. 그래, 당신이 원하던 10억 원이라도 받고 오신 건가요?"

박훈도 그제야 수현을 알아보고 짧은 눈인사를 건넸다.

"10억 원? 그게 뭔 소리야?"

노태수가 영문을 모르고 물었다.

"흥, 그 돈을 못 구하면 앞으로 다시 못 볼 줄 알았는데 여튼 다행이네요. 기왕 이렇게 된 거 잘들 해봐요."

수현이 손을 내밀며 악수를 청했다. 박훈이 피식 웃으며 마주 잡았다. 가냘프지만 섬세한 손의 감촉이 좋은 느낌으로 다가왔다.

"두 사람 구면인가벼? 야, 빠르다 빨라."

“노태수 선생도 뵌 적이 있습니다. 기억하지 못하시겠지만.”

“나를? 어디서?”

“직접 기억해 보시죠.”

민수현이 새침한 표정을 지었다.

“참, 여기 준비한 거 갖다 드려요.”

인턴이 방으로 들어와 가운과 목줄이 달린 출입증을 건넸다.

“여어, 이거 좋구먼. 이런 걸 다시 목에 걸게 될 줄이야. 근데 의사 선생도 여기 좀 앉으쇼. 그렇게 빡빡하게 서 있지만 말고.”

“앞으로 자주 들르게 될 건데요, 뭘.”

수현이 사무적으로 대답했다.

“근데 너무했다. 아무리 방이 없기로서니 창고도 아니고.”

“급하게 마련을 하느라 그랬어요. 여기 있는 짐들 오후 안에 싹 치워 준다니까 그렇게 아시고 필요한 것 있음 저한테 전화를 주세요.”

돌아서서 가려다가 수현이 다시 몸을 돌렸다.

“살 집은 구한 거예요? 오늘은 사무실 정리 끝나는 대로 퇴근해도 돼요. 내일 아침, 본격적으로 업무 지침이 내려올 겁니다. 딱히 우리 국에 메인 게 아니니까 두 분이 자유롭게 다니시며 분위기도 익히시고 그러세요.”

“뭘 해도 돈은 한 푼도 안 주겠단 소리로 들리는군.”

그러나 수현은 그 말을 듣지 못했다. 자기 할 일을 끝냈다는 듯 구두를 또각이며 이미 저만치 멀어져 가고 있었기 때문이다.

"하여튼, 예나 지금이나 이 집구석은 변한 게 없어."

노태수는 너털웃음으로 이 상황을 웃어넘겼다. 자신을 믿고 따라온 박훈 앞에서 영 각이 서지 않는다. 이사장의 태도로 보아선 최소한 번듯한 방 한 칸 정도는 내줄 줄 알았다. 그러나 환영은 고사하고 한참 어린 후배가 나타나 막일꾼 대하듯 가운이나 던져 주고 가버리다니. 저따위 싸가지없는 계집애를 흉부외과에서 거들먹거리게 놔둔 문성주도 이제 다됐군 싶었다. 내가 젊을 때도 저런 년들이 몇 있었지. 실력은 개뿔이지만 교수 꽁무니만 졸졸 따라다니면서 학점이나 구걸하는 여우 같은 암컷들. 그중 가장 대장 격이 문성주였었지 아마. 딱 저랑 똑같은 계집애를 뽑았구만. 앞으로도 계속 세이버 수술팀 주변을 어슬렁거리며 문성주에게 시시콜콜 정보나 물어다 주겠지.

"자, 그럼 우리도 나가서 슬슬 한 바퀴 돌아볼까?"

자기 이름이 새겨진 의사 가운을 입고 신분증을 목에 걸자 노태수는 감회가 새로운 모양이었다.

"우선 방이나 좀 치우죠. 사람들 올 때 기다리다가 해 넘어가겠어요."

"안 그래도 그럴 생각이네. 근데 보아하니 이 친구, 저 혼자 다 해먹으려고 드는구만 그래?"

"네?"

"이보게, 다 좋은데 말야. 자네, 우리 팀의 리더는 나 노태수란 사실을 한시라도 잊으면 안 되네, 알겠나?"

박훈이 장난스럽게 두 손을 깍지 꼈다.

"아이쿠 사부님, 여부가 있겠습니까?"

잠깐이면 끝날 것 같았던 사무실 청소는 이틀이나 걸렸다. 청소는 말끔하게 끝냈지만 전기가 들어오지 않아 관리팀 관계자를 불러 복구하고 책상과 컴퓨터도 새로 지원받았다. 병원 측에서 낡은 소파를 제공했지만 마음에 들지 않아, 중고물품센터에서 4인용 가죽 소파도 새로 구입했다. 냉장고와 간이 정수기, 덤으로 벽에 거는 칠판까지 하나 갖추고 나서야 그럭저럭 사무실 모양이 났다. 이틀에 걸쳐 사무실 정리를 끝낸 뒤 노태수와 박훈은 천천히 병원을 구석구석 살피며 돌아다녔다.

"내가 처음 여기 왔을 때가 생각나는구만. 벌써 25년도 더 전이야. 그땐 여기 장례식장 들어선 이 자리가 전부 산이었지. 밤 꼬박 새고 아침에 멍한 상태에서 이쪽 오솔길을 따라 병원 후문으로 나가서 버스를 타곤 했는데, 여길 걷다 보면 새들이 아침마다 어찌 그리 조잘조잘 울어 대는지, 그땐 공기도 참 좋았어."

노태수는 생긴 것 답지 않게 자주 감상에 젖었다.

"연앤 안 하셨습니까?"

"연애할 시간이 어디 있었겠나? 그땐 완전히 심장에만 미쳐 살 때였거든. 자다가도 심장 생각을 하며 벌떡벌떡 일어났지. 근데 고게 참 알면 알수록 이상하더라고."

"심장이요?"

"응, 주먹만 한 고게 말이지. 사실 아무것도 아닌 세포 덩어리잖나. 근데 오로지 심장만이 스스로 뛴단 말이지. 화성에 우주선을 보내면 뭐해. 아직도 영구 내연기관조차 만들지 못했는데……. 난 그 사실이 너무 경이롭고 신기했어."

노태수의 눈이 평소답지 않게 반짝였다.

"캬, 어디 가서 막걸리나 한 잔 쭉 걸쳤으면 좋겠구만."

소문이 금세 퍼졌는지 두 사람은 가는 곳마다 사람들의 관심을 끌었다. 어찌 보면 당연한 일이다. 하나는 병원장 빽으로 들어왔다는 막연한 소문과 함께 임시 계약된 탈북 의사였고, 다른 하나는 19년 전 세상을 떠들썩하게 했다가 쫓겨났던 인물이었으니까. 사람들은 호기심 반 경계심 반 그들이 가는 곳마다 눈초리를 세웠고, 여지없이 뒷이야기를 쏟아냈다. 그러거나 말거나 두 사람은 거칠 것 없이 병원을 활보하고 다녔다. 누구의 눈치도 보지 않았고 병원장을 만나도 허리를 숙이는 법이 없었다.

그들이 나타난 뒤 문성주는 일정한 거리를 두고 노태수를 대했다. 사실상의 업무 처리는 모두 수현에게 맡겨 놓은 상태였다. 수현은 자신이 찾아 헤매던 박훈과 노태수가 동시에 모습을 드러내자 아찔한 기분이었다. 그러나 눈치 빠른 그녀는 이내 대강의 전모를 파악했다. 한식집에서의 회동으로 미루어 보건대 노태수와 박훈의 등장은 이미 윗선에서부터 이야기가 진행되고 있었던 것이다. 문성주가 고분고분 노태수의 존재를 인정하는 태도를 취하는 것만 보아도 노태수가 지닌 힘을 느낄 수 있었다.

하지만 수현 역시 문성주만큼이나 기분이 유쾌하지 않았다. 처음 박훈을 만나러 갔을 때 그는 동우에 대해서는 일언반구도 하지 않았다. 병원에 온 이후에도 수현의 존재 따위는 철저히 무시하는 태도로 일관했다. 자기 목적을 달성하면 그만이라는 듯 철저히 외골수로 행동했다. 세이버 수술이라는 획기적인 수술 재건에 잔뜩 부풀어 있던 수현은 그들의 태도에서 어떤 진정성도 느낄 수 없었고 문성주가 이사장과 짜고 한바탕 억지 이벤트를 준비 중인 것은 아닌지 의심하는 지경까지 이르고 말았다.

"그래, 돌아가는 상황은 좀 어때?"

문성주는 자주 수현을 불러 보고를 받았다.

"아직은 특별한 움직임이 느껴지지 않습니다."

"그래? 그래도 한 일주일 더 시간을 줘 보지 뭐. 특별히 기대할 건 없지만 자기들도 생각이 있을 테지. 가급적 거리를 두는 게 좋아, 그 인간들."

자신이 부득불 반대하던 세이버 수술이 기정사실로된 마당이라 문성주는 전과 달리 수현에게 너그러웠다. 그녀는 수현이 그들의 일정과 계획을 파악함은 물론 수술에도 적극 참여하여 공을 세우기를 원했다. 공을 세운다면 사실상 그 공과는 흉부외과 수장인 자신에게 돌아올 것이고, 만약에 실패를 하게 되면 거지꼴로 나타나 구걸이나 일삼는 노태수 일행을 다시 내칠 수 있을 뿐만 아니라 도도하기 짝이 없는 수현에게 책임을 물음으로써 노골적으로 자신에게 도전해 오는 수현을 옥죌 생각이었다.

"교수님은 저들이 성공하길 바라지 않으신 건가요?"

지나가듯 흘려 놓고 수현은 문성주의 눈치를 살폈다.

"그럴 리가 있니? 걱정이 조금 되는 건 사실이야. 노태수 그 늙은이 빵빵거리긴 해도 직접 수술하긴 그른 인간이고. 그 옆에 건들거리며 붙어 있는 애도 믿음이 안 가기는 마찬가지지. 아무리 사람이 없기로서니 어디서 보건의만도 못한 북한 의사를……."

말이 좀 심하다고 느꼈는지 문성주는 공연히 헛기침을 했다.

"얘, 그래서 말인데, 수현이 네 책임이 어느 때보다도 크단 얘기야. 어쩌면 네가 집도의 역할을 해야 하는 상황이 올지도 몰라. 그러니 튼튼이 대비를 해 둬."

"제가 수술에 참여한다면 나쁠 건 없지만 메인 집도의는 아마도 그 새터민 의사가 될 것 같아요. 그 사람 반드시 수술을 성공시킬 능력을 지닌 인물이에요."

수현은 지난 한 달여 사이에 벌어졌던 일들을 모두 털어놓았다. 결근했던 날 사실은 박훈을 만나러 갔던 일이며 우연히 목격한 그의 놀라운 수술 솜씨, 북한 용천역에서 그를 목격한 일, 병원 응급실에 난입하여 환자를 살려 놓고 사라졌던 일까지……. 다 듣고 난 뒤에도 문성주는 좀처럼 믿지 못하는 눈치였다.

"그러니까 용천에서 만났던 그 의사 중 하나란 말야?"

"틀림없어요."

"그것참 묘한 인연이네. 개성의료센터 건립과 세이버 수술, 거기에 평양의과대학 출신 천재 의사라……. 하하, 재미있게 꼬였군. 그러고 보니 노태수 그 작자 보통 벼르고 달려든 게 아니란 말야. 이사장이 절대로 거절하지 못할 카드를 들고 온 거였어. 치밀하기 이를 데 없는 인간 같으니라구. 한데 말이지……."

문성주의 얼굴에 해독할 수 없는 애증 같은 게 묻어났다.

"네?"

"수현이 너 말야, 혹시 그 사내에게 다른 감정 갖고 있는 건 아니고?"

"에이, 그게 무슨 말씀이세요?"

수현이 정색을 하고 물었다.

"훗. 아니, 내 말은 그러니까 네 말투에서 왠지 뭐랄까, 박훈 그 친구에 대한 애정, 신뢰 뭐 그런 게 느껴져서 말이야."

"그럴 리가요."

"아, 아니면 됐고. 참, 박훈이 그 친구 말야. 정말로 돈을 요구했단 말이지? 그것도 10억씩이나?"

"네, 아마도 개인적인 사정이 있겠죠."

"그렇다면 노태수 그 늙은이도 돈으로 그 작잘 구워삶은 게로군.

그동안 뭘 해서 한밑천 잡기라도 한 건가?"

"후, 돈에 약한 인간들일수록 다루기가 편한 법이죠."

"하긴, 사나운 개도 먹일 던져 주면 말을 잘 듣지, 쓸모도 많고."

"제 생각을 좀 더 말씀드리면, 세종의료원을 꺾으시려면, 그리고 소아과 황인혁 교수를 넘어서려면 세이버 수술의 성공이 꼭 필요해요. 반드시 세이버 수술 프로젝트를 완수해서 교수님을 개성의료센터로……."

"또 그 소리. 마지막으로 충고하지. 우리 너무 앞서 나가지 말자고, 응? 난 네가 나를 못 보내서 안달인 것처럼 보인단 말야. 꼭 그럴 이유라도 있어?"

"아뇨. 개인적으로 교수님의 영전은 저의 영예이기도 하니……."

수현은 자신의 감정을 숨기지 않았다.

"기쁜 소리긴 한데 정신 바싹 차려야 할 거야. 만약 실패하면 박훈인 아웃이니까, 수현이 너도 마찬가지고. 그리고 황인혁이 그 구역질 나는 인간 얘긴 더 이상 내 앞에서 하지 마. 네가 거기까지 생각하는 건 시간방져!"

그렇게 말은 했지만 문성주가 진심으로 기분 나빠하는 것 같지는 않았다. 그도 그럴 것이 이번 일이 계획대로 성공만 한다면 최대 수혜자는 문성주 자신일 테니까.

방을 나선 뒤 수현은 돌아서서 방문에 감자를 먹인다. 문성주의 야심은 생각보다 더 골이 깊을 수도 있었다. 그런 점이 바로 나를 움직이게 하는 힘이기도 하지. 수현은 이 싸움에서 반드시 이기고 싶었다. 이건 뜨내기 노태수나 박훈과의 싸움이 아니라 문성주와의 싸움이었다. 수현은 숨을 죽인 채 때를 기다려 왔다. 약혼자인 서인재의 죽음을 문성주에게 꼭꼭 숨겨 온 것도 같은 이유에서였다.

그래, 당신은 내가 당신 같은 여자가 되길 바라는 것이겠지. 그때 그 바보 같은 판단은 내가 했고 결국 그 탓에 서인재가 죽었지만, 따지고 보면 당신이 나를 꼭두각시마냥 조종한 거야. 하지만 이번만은 아니야. 이번엔 내가 줄을 쥐고 당신이 마리오네트가 되는 거지. 그래서 난 당신이 그 탑 위에서 스스로 뛰어내리게 할 거야. 그러니까 명예롭게 다음 영전 자리로 메뚜기 마냥 풀쩍 뜀박질할 생각은 아예 집어치워야 할걸. 그러려면 지금 내가 먼저 속내를 들켜서는 안 되지. 차라리 당신 뒤를 이어 교수 자리를 갖고 싶어 하는 걸로 보일수록 내가 유리해. 아, 그렇지. 당신 문성주가 옷을 벗고 동우에서 쫓겨나는 상황을 만들면 더욱 금상첨화일 테고……. 문성주 당신은 나한테, 그리고 서인재에게 지은 죗값을 치러야 해, 반드시.

14

노태수 일행이 자주 목격되면서 불만의 목소리도 흘러나왔다.

고참 의사 중 몇몇이 병원 내부 통신망에 글을 올리며 촉발된 세이버 수술 논쟁은 다수의 다른 의사들이 의견을 달면서 게시판을 뜨겁게 달궜다. 문성주와 마찬가지로 일찌감치 병원에 자리를 잡은 의사들일수록 세이버 수술 같은 병원의 명운이 걸린 수술을 오래전 병원에서 물의를 일으키고 쫓아낸 의사와 듣도 보도 못한 새터민 출신 의사에게 맡긴다는 사실을 받아들이려고 하지 않았다. 그들의 실력이 검증되지 않았기에 리스크가 크다는 의견이 많았다. 특히나 그간 외과 위주로 병원이 돌아간다는 데 불만을 품고 있던 타과 교수들이 이런 움직임에 은근히 동참하는 추세였다. 이런 사정은 외과 내부에서도 마찬가지였다. 흉부외과뿐만 아니라 혈관외과, 일반외과, 신경외과 등의 반응도 다른 의국과 크게 다르지 않았다.

그래서 긴급 개최된 의국 회의. 3시간이 넘게 계속된 토의 끝에 각 국의 주임 교수들은 좀 더 안전하고 확실한 방법으로 세이버 수술 전반을 검증해야 한다는 쪽으로 의견을 모았다. 다른 교수들의 압박이 워낙 심했고, 특히 진료부장 황인혁 교수의 노골적인 반대에 부딪힌 문성주와 병원장은 이사장님의 입김이라는 압박 카드를 은연중에 흘리면서 다른 한편으로 '모의 검증'을 제안해, 반대하는 교수들을 압박해 나갔다. 중환자실에 의식불명으로 연명하는 602호 환자에 대해 전격적으로 세이버 수술을 시술하고, 그 성공 여부로 프로젝트 추진을 결정하겠다는 제안이었다. 문성주가 꺼낸 회심의 카드에 다들 입을 다물 수밖에 없었다. 602호 환자라면 좌심실이 완전히 망가져 도저히 회복 불가인 채 죽을 날만 기다리고 있는 바로 그 코마 환자가 아닌가.

"602호 환자라, 정말 자신이 있는 게요?"

황인혁 교수가 노골적으로 문성주를 도발해 왔다.

"글쎄요, 저 역시 상부의 지시를 수행하는 입장 아닌가요?"

"허허, 꼭 그럴 입장은 아닌 것 같은데. 수술이 실패하면 그 책임은 흉부외과에서 전적으로 지셔야 합니다. 어차피 성공의 후광도 흉부외과의 몫일 테니까."

문성주는 한껏 자세를 낮췄다.

"그런 일이라면 관례를 따라야지요."

문성주 못지않게 정치적 야망이 노골적인 황인혁이다. 하지만 기껏 해야 그의 뇌리 속에 들어 있는 야망의 끝은 임기를 얼마 남겨놓지 않은 현 병원장의 뒤를 잇는 정도일 것이다. 의욕적으로 논문을 발표하고 병원의 이런저런 행사마다 빠지지 않고 얼굴을 들이미는 것만 보아도 알 수 있다. 문성주는 황인혁의 그 종잇장 같은 처신에 웃음이 나왔다. 개성의료센터장으로 영전만 된다면 이 지리멸렬한 경쟁도 끝이 나겠지.

느닷없이 첫 수술 일정이 잡히자 바빠진 건 민수현이었다. 602호 환자의 가족을 설득하고 수술 동의서를 받아내는 잡다한 일들이 그녀에게 떨어졌다. 환자의 보호자들은 고심 끝에 수술에 동의했다. 수술에 대한 일체의 비용을 병원에서 부담한다는 조건을 내걸었기 때문이다. 신약 치료 실패에 이어 이번에도 아들을 실험대에 올려야 하는 환자의 부모들은 수현의 손을 붙잡고 이번에는 꼭 아들을 살려 달라고 애원했다. 수현은 꼭 그렇게 하겠다고 대답했다. 박훈을 떠올리는 순간 수현은 왠지 그 사내라면 602호 환자를 살려 낼 것 같다는 알 수 없는 믿음이 생긴 것이다.

소문이 빠르게 확산되자 관련된 의국도 요동쳤다. 세이버 수술. 단 한 번도 성공한 적이 없는 획기적인 좌심실 재건술. 과연 그것이 현실적으로 가능한 수술인가. 처음에는 반신반의하던 여론도 모의 검증으로 가닥이 잡히자 서서히 긍정적인 응원으로 바뀌어 나갔다. 특히 병원의 주류에서 소외되어 있던 의사들일수록 적극적으로 자기 목소리를 냈다. 흉부외과의 분위기도 마찬가지였다. 그동안 문성주의 기세에 눌려 몸을 사리던 의사들 가운데 노태수와 접촉을 하는 이들이 하나둘 늘어갔고, 이런 현상은 부원장 겸 흉부외과의 수장인 문성주에게 새로운 고민거리가 되었다.

"세이버 수술팀의 리더는 민수현이다. 첫 수술이 진행되기까지 제하 구성원은 민수현과 긴밀히 업무를 협조할 필요가 있다."

문성주로부터 내려온 이런 지시에 노태수는 콧방귀를 뀌었다. 사무적인 부분은 어쩔 수 없이 수현의 도움을 받지만 수술팀의 리더는 엄연히 자신이라고 생각했기 때문이다. 매사 깐깐함으로 일관하는 수현의 태도도 마음에 들지 않았다. 혹시 재기의 발밑을 허무는 엑스맨 역할을 하게 되지 않을까. 노태수는 태생적으로 사람 냄새

나는 사람을 더 좋아하는 편이다. 병원을 떠나게 된 결정적인 계기도 수술에 대한 책임도 책임이었지만 기계적인 병원 시스템에 적응하지 못한 부분도 있었다. 사근사근하지 못한 성격의 박훈에게 정을 준 이유도 이러한 성격 때문이었다.

그러나 순조롭게 진행될 것 같은 602호 환자에 대한 수술은 예상치 못한 곳에서 가로막혔다. 응급실 직속 외과의 최동찬을 주축으로 한 병원 내 일부 젊은 의사들의 반대 때문이었다. 602호 환자의 치료를 담당해 온 일부 심장내과 의사들도 자기 환자를 위험한 모의 검증에 내줄 수 없다고 공공연히 떠들고 다녔다. 특히 최동찬은 이번 일이 있기 전부터 한껏 달아올라 있었다. 신약 치험 사고가 발생하고 가족들의 항의가 거세지자 병원 측에서 담당 내과의를 지방 지점으로 좌천시켜버렸기 때문이다. 그 내과의는 최동찬의 고교 동창이었다. 책임을 물어야 할 대상은 담당의가 아니라 불안전한 신약을 공급한 거대 제약사 네베로스였지만, 이상할 정도로 병원은 네베로스를 감싸고 돌았다. 그 세세한 이유는 굳이 확인하지 않아도 뻔한 것이었다.

"치험으로 목숨이 경각에 달렸는데, 뭐 세이버 수술을 해보시겠다? 도대체 환자 목숨을 뭘로 보기에 이따위 결정들을 제멋대로 내리는 거야?"

소도둑 같은 인상과 산만한 덩치로 인해 언뜻 봐서는 의사처럼 보이지 않는 사내가 최동찬이다. 다혈질인 탓에 그는 응급실에서도 골칫덩이로 통한다. 대가 센 환자들과도 툭하면 시비가 붙어 응급실을 어수선하게 만들기 일쑤였다. 그래도 물불 가리지 않고 환자를 돌보는 탓에 의외로 환자들에게는 인기가 좋았다. 때론 휴일도 반납하고 수술에 참여하는 열성을 보여 주는 터라 병원 수뇌부들조차 쉽게 그를 내치지 못했다. 그런 최동찬의 눈에 어슬렁거리며 돌아다니는 노태수와 박훈이 곱게 비쳤을 리 없었다. 복도에서 노태수 일행을 만날 때마다 최동찬은 주먹이 불끈했다.

'이 자식들, 어디 한번 제대로 걸리기만 해봐라.'

그러나 기회는 오래지 않아 찾아왔다.

"이봐, 당신 내 환자한테 뭐하는 짓이야?"

평소처럼 응급실에 들렀던 박훈이 공사장에서 낙상 사고를 당해 실려 온 환자의 응급조치를 한 것이 화근이었다. 환자의 부러진 다리를 고정하고 막 일어서려는데 산처럼 앞을 가로막는 사내가 있었다.

"난 그저 상태가 급한 것 같아서……."

박훈이 우물거리며 서 있자 최동찬이 턱짓을 했다.

"이럴 게 아니라 저쪽으로 가서 나랑 얘기 좀 하지."

최동찬이 빈 수술방 하나를 가리키며 따라오라는 시늉을 했다.

"너랑 염하다 도망쳐 나온 것처럼 생긴 저 영감탱이 말야. 두 사람, 정체가 뭔데 수술실이며 의국이며 제멋대로 설치고 다녀? 병원이 도떼기시장이라도 되는 줄 알아?"

최동찬이 박훈을 한쪽 벽으로 밀며 날카롭게 쏘아붙였다.

"상황이 급하면 그럴 수도 있는 거지……."

박훈이 의미 없이 웃으며 대답했다.

안 그래도 응급실에서 수술을 반대하는 의사가 있다는 이야기를 듣고 그를 관찰하러 내려온 참이었다. 병원의 모든 구성원이 별다른 이의 제기도 없이 상부의 명령을 기계적으로 따르는 것에 비해 제 목소리를 내는 최동찬에게 호감이 갔다.

"뭐, 해보자는 거야? 근본도 없는 뜨내기가 어디서 건방지게."

최동찬이 손을 우악스럽게 뻗어 박훈의 가슴을 밀쳤다.

"훗, 성깔만 있는 줄 알았더니 주먹질까지 하시려구? 동우의료원 응급실에 조폭이 있다는 얘긴 당최 못 들었는데?"

박훈이 최동찬의 손을 밀어내며 수술실 문을 반쯤 열었다.

"문 닫아!"

"그만합시다. 신성한 수술실에서."

"아니 근데, 이 자식 말버릇이. 넌 좀 맞아야 정신을 차리겠다."

퍽, 소리와 함께 박훈은 뒤로 밀려가 벽에 등을 찧었다. 입술에 피가 흘렀지만 박훈은 히죽 웃기만 할 뿐 별다른 반응을 보이지 않았다. 최동찬은 맥이 빠졌다.

"이 자식이 돌았나? 지금 내 말이 장난으로 들려?"

최동찬이 다시금 씩씩거리며 달려들려는 찰나 인턴들 몇몇이 몰려와 그를 밖으로 끌어냈다. 그 와중에도 박훈은 얼얼한 뺨을 문지르며 멀어지는 최동찬을 흥미롭게 바라볼 뿐이었다. 박훈은 젊은 간호사 하나가 다가와 거즈로 입술을 닦아 줄 때에야 비로소 정신을 차렸다. 간호사가 상큼한 향수 냄새를 풍기며 물었다.

"괜찮으세요? 입술이 약간 터졌는데 심하진 않아요."

은민세. 명찰의 이름을 물끄러미 쳐다보다 박훈은 피를 닦았다.

"의사 양반치곤 주먹이 맵구만. 저 치, 응급실 소속인가?"

"예, 성격이 좀 괄괄하긴 한데 정말 괜찮은 사람이에요."

"혹시 잘 아는 사람?"

"아뇨. 잘 안다기보단……."

박훈은 툭툭 자리를 털고 일어났다.

"화가 풀리면 말이나 전해 주십쇼. 사과도 할 겸 만나자고."

밖으로 나오자 구경하던 환자들 몇이 흘끔거리며 길을 터 주었다. 옥신각신할 때까지도 멀찍이서 지켜보던 노태수는 어디로 갔는지 보이지 않았다.

박훈은 입술을 문지르며 로비를 지나 밖으로 나왔다. 노태수는 팔자 좋게 화단에 한쪽 다리를 걸치고 앉아 담배를 피우고 있었다.

"아니 문하생이 맞아 죽게 생겼는데 사부가 도망을 칩니까?"

"허허, 건물 내부는 금연이라서 말이지."

노태수는 희멀거니 웃고 나서 신관과 본관을 잇는 구름다리로 눈길을 주었다. 화창한 날씨 탓인지 다리 위로 바삐 오가는 사람들이 마치 공중에 붕붕 떠 있는 것 같았다. 검은 나비 한 마리가 팔랑거리며 두 사람의 시야를 가로질렀다. 박훈은 늘어지게 기지개를 켠 뒤 한껏 달궈진 시멘트 연석에 등을 기대고 누웠다.

"저 최동찬이란 치 말입니다. 어때 보이십니까?"

"글쎄. 난 별로인 것 같아. 의사란 자가 감정이 불같아서야."

노태수는 관심이 없다는 듯 멍하니 허공만 응시했다.

"전 외려 싱싱하게 느껴지는데요. 수동적인 병원 시스템 속에 파닥거리는 생선처럼. 저런 사람도 한둘은 있어야지요?"

"파닥거리는 생선이라고? 이봐, 고등어 같은 생선은 물 밖으로 꺼내놓으면 지랄 맞은 제 성깔에 몇 번 파닥대다 금세 뒈져버리는 거 아나, 자네?"

"고등어요?"

"그래, 지가 그래 봤자 밤낮 사고만 칠 게 뻔해, 저놈."

노태수의 반대에도 불구하고 박훈은 최동찬에게 마음이 쏠렸다. 아침에 아지트로 찾아온 수현에게 넌지시 최동찬에 대한 스카우트 의사를 전한 것도 그래서였다. 그러나 수현의 태도 역시 노태수와 다르지 않았다. 수현은 최동찬을 따라다니는 병원 내 평가에 고개부터 저었다. 좋게 말하면 정의감에 사명감까지 지닌 의사, 그러나 너무 원리, 원칙만 강조한 나머지 의국원들 사이에서 꼴통으로 분류되는 의사, 그게 수현의 기억에 박힌 최동찬이다. 한마디로 개성이 너무 강해 팀워크를 저해할 수 있는 인물이었다.

그러나 박훈은 이상할 정도로 최동찬에게 집착했다. 두 번이나 거절을 당한 끝에 박훈은 최동찬과 책상을 사이에 두고 마주 앉을 수 있었다. 며칠 전의 사납던 기세와 달리 최동찬은 의자를 내 주며 커피까지 타 주었다.

"전엔 내가 과했다. 그렇다고 입장이 바뀐 건 아니고."

"괜찮습니다. 뭐, 그 덕분에 정신이 번쩍 들었으니."

"근데 돈에 눈이 어두워 병원에 기어들어 온 칼잡이가 무슨 할 말이 남아서 또 나를 찾아왔나? 혹시 수술 때문에? 나는 세이번지 뭔지 절대 찬성할 수 없어."

"훗, 뒷조사를 하셨나 보네. 그러는 누군 자원봉사 중이신가?"

박훈의 의도적인 이죽거림에 최동찬이 또다시 발끈했다.

"너희처럼 사람의 생명을 비즈니스로 취급하는 놈들하고는 적어도 격이 다르지. 최소한 생명에 대한 예의 정도는 가지고 있다는 말야."

"째고 꿰매는 건 똑같지, 응급하고 외과가 뭐 다른 게 있다고."

"너희처럼 무슨 무슨 수술법입네, 거창한 이름을 달고 들어와 설치고 다니는 놈들은 환자를 그저 돈으로 볼 뿐이지. 가서 민 선생에게 똑똑히 전해. 환자를 도박판에 올려놓으려는 짓 그만하고 의사면 의사답게 살라고."

박훈의 속내를 정확히 찌르는 말이었다.

"똑똑한 양반인 줄 알았더니 하나만 아는 분이네. 도박판에서 테스트 당한 환자들의 희생에 있었기에 다른 수많은 환자가 목숨을 건질 수 있게 된 거야. 댁처럼 원론적인 생각으론 당장 눈앞의 환자 하나를 살릴 수 있겠지. 그러나 보이지 않는 곳의 수많은 생명을 껴안지 못해. 감정으로 일하려고 하지 마라."

최동찬이 욱하며 자리를 박차고 일어났다.

"이 자식이 뭐라고 개소릴 지껄이는 거야?"

박훈이 커피를 치우고 최동찬 앞으로 다가갔다.

"때리려거든 백 대도 맞아 줄 테니까 때려라. 그러나 한 가지는 분명히 해 두자. 메스를 잡은 의사는 어떤 경우에도 자기 감정을 조절할 줄 알아야 한다는 것. 너는 그게 빠졌어. 그래서 정의로운 듯 보이지만 결국 더 많은 사람을 희생시키지."

최동찬이 멱살을 움켜쥐려던 손을 내려놓았다.

"그딴 소리 지껄이려고 왔으면 당장 꺼져! 그 점에 있어서는 네놈 역시 다르지 않을 거다. 환자를 도박판에 올려놓고 이익이나 가늠질하는 건 너지."

이번에는 박훈이 정확히 속내를 찔린 셈이 되고 말았다. 박훈은 가지 않고 자리에 앉아 커피를 다 비우며 얼쩡거렸다.

"미안, 정성껏 타 준 커피를 남기는 건 예의가 아니라서."

팽팽한 긴장감이 좀 누그러지자 박훈이 다시 입을 뗐다.

"최 선생, 그러지 말고 나와 손을 잡아 봅시다. 우리 팀엔 지금 당신 같은 의사가 필요하거든. 모두가 한쪽을 가리킬 때 그게 아니라고 말해 줄 수 있는 사람, 내가 여기 나타난 이유도 그 때문이고."

"내가 왜 너희 돈 버는 일을 도와야 하는데? 관심 없다니까."

"도와 달라는 게 아니라 생명을 살려 보자는 거요. 솔직히 말해서 나 역시 세이버에 관심이 없기는 마찬가지요. 그런데 꼭 고집을 부릴 이유도 없다는 생각이 들었소. 세이번지 뭔지 세상에 나와서 빛도 못 본 수술, 우리가 다시 힘을 모아 살려낸다면 그보다 더 가치 있는 일도 없을 테니까. 특히나 당신처럼 오로지 환자만 생각하는 의사와 함께한다면 더 의미가 클 것 같은데. 어때요? 우선 저 602호 환자부터……."

최동찬이 코웃음을 쳤다.

"시끄럽다. 602호 환자는 가망이 없어."

"만약에 내가 살려낸다면?"

"그래도 인정 못 해. 그럴 일도 없겠지만."

"아무튼 다시 들를 테니 생각을 좀 해보쇼."

박훈은 고개를 까딱해 보이곤 문을 열고 나갔다.

"메스만 잘 쓰는 줄 알았더니 혀도 뱀처럼 잘 놀리는군. 아무리 달콤한 말로 숨겨도 너희들 속셈은 뻔하지. 불량 식품 같은 자식들."

박훈의 뒷전에 대고 최동찬은 마음껏 욕을 퍼부었다.

그러나 일순 고개가 갸웃거려지기도 한다. 환자를 살려내겠다는 저 당당한 자신감은 어디서 나오는 거지? 602호 환자는 이미 죽은 송장이나 다름없다. 호스피스 병동으로 보내 최대한 편안하게 생명을 유지시켜 주는 것이 병원의 할 일이었다. 실적을 올려 매스컴이나 불러들이려는 의사들의 잘못된 욕망 앞에 순순히 희생자가 되도록 놔두고 싶지 않았다. 어떠한 일이 있어도 수술을 막아야 한다. 할 수 있다면 뜻을 같이하는 의사들을 모아 연판장이라도 돌릴 각오가 되어 있는 최동찬이었다. 도대체 누가 심장을 제대로 안다 할 수 있는가. 생명이 시작되고 생명이 사그라지는 그곳을 제대로 알 수 있는 자는 세상에 오직 단 한 존재, 신밖에 없으니까.

박훈은 본관 건물 앞 잔디밭에 앉아 오가는 사람들을 바라보았다.

언제까지 기다려야 하는지, 그저 지루한 시간의 연속이다. 하루라도 빨리 메스를 잡고 싶었다. 지금으로선 송채희에게 조금 더 가까이 갈 수 있는 유일한 방법이니까. 602호 환자는 첫 수술 대상자로서 제격이었다. 모의 검증이라는 형식을 거치지만, 병원의 주축 의사들도 대부분 수술에 동의했다. 동우의료원 내의 정치 지도는 생각보다 더 복잡하게 꼬여 있는 느낌이다. 아마도 적지 않은 사람들이 실패를 고대하고 있는 것 같다. 그러면 그럴수록 박훈은 피가 끓어오른다. 하루빨리 602호 환자를 수술대에 눕히자.

지금 나의 채희는 무엇을 하고 있을까.

구름다리 위로 오가는 사람들을 맥없이 바라본다. 아직은 따스함이 남아 있는 초여름 날씨와 한껏 가벼워진 사람들의 옷차림. 한쪽에선 사람들이 연이어 죽어 나가지만 또 다른 한쪽에선 밝고 건강한 얼굴이 되어 퇴원하는 사람들, 삶과 죽음의 현장이 하나로 묶여 공존하는 곳. 늘 무엇이 그리 바쁜지 정신없이 어디론가 스쳐 가곤 하는 사람들, 현관으로 밀려드는 택시의 경적 소리와 인간 세상에 관심이 없다는 듯 한가롭게 날아다니는 나비와 벌, 날개를 가진 이름 모를 곤충들, 아지랑이.

앗, 그런데 저 여자 어딘지 낯이 익다.

멍하니 정면을 응시하는 박훈의 시야에 한 여인이 걸어 들어온다. 병원 정문에서 신관으로 이어지는 활처럼 휘어지는 진입로였다. 잘 정돈된 화단으로 이따금 눈길을 주며 천천히 걷고 있는 흰 원피스의 여자, 여인은 한동안 박훈의 시선을 붙들다가 현관에 이르러 인파에 막 섞이려 하고 있다. 그녀의 옆모습, 하늘거리는 걸음걸이, 놀랍도록 채희를 닮은 여자다. 혹시 채희가 아닐까? 그럴 리가 없다고 생각하며 박훈은 현관으로 뛰어가 본다. 그러나 잘못 보기라도 한 걸까. 그런 여인은 눈을 씻고 찾아봐도 없다. 다리에 힘이 빠져 금방이라도 쓰러질 것만 같다. 헛것을 본 게 분명해.

박훈은 어깨를 늘어뜨린 채 현관문을 밀고 나왔다.

15

"날씨가 아주 제법이네. 바람 쐬기 딱 좋은 날이야."

두 손을 바지에 찔러 넣은 문성주가 불이 바뀐 횡단보도로 걸어가며 중얼거렸다. 문성주는 처음 보는 체크무늬 양복에 노타이 차림이었다. 문성주가 언제부터 치마를 벗고 남자들처럼 양복을 입게 되었는지 민수현은 기억나지 않았다. 옷차림은 물론 헤어스타일까지, 좁은 어깨와 비교적 잘록한 허리 라인, 숨길 수 없는 목소리를 제외한다면 영락없는 남자의 외양 그것이었다. 그럴 거면 왜 여성 호르몬 주사는 몰래 숨어서 맞는 건지, 혹시 그녀는 남성이 되어가는 자신과 아무도 모르게 홀로 사투를 벌이고 있는 것은 아닐까. 남자들과의 경쟁에서 그들을 제치고 높은 곳으로 올라가야 한다는 출세욕이 그녀의 여성성을 거세해 버렸는지도 모르겠다.

"강의 마치고 오셨나 봐요?"

해도 그만, 안 해도 그만인 질문이다. 문성주는 오전 강의 한 타임을 끝낸 뒤 곧장 병원으로 왔을 것이다. 오후 1시에 병원장이 주관하는 회의가 예정되어 있다던가. 밥을 먹을 때 질질 시간을 끄는 문성주의 식습관을 잘 아는 수현으로서는 여간 다행한 일이 아니다.

문성주는 수현에게 뭘 먹을 건지 묻지도 않고 식당가 첫 골목에 있는 단골 설렁탕집 문을 쑥 밀고 들어갔다. 많이 걷는 걸 좋아하지 않아 술집이건 식당이건 이 여자의 단골집이 대개 먹자골목 입구에 있다는 걸 그의 제자들이라면 모르는 사람이 없다.

"참, 그저께 최동찬이 소란을 피웠다면서?"

소란이란 박훈과의 주먹다짐을 이르는 것일 터였다.

"별일은 아니고 약간의 충돌이 있었던 것 같습니다."

"넌 응급의 최 선생을 어떻게 보니?"

"글쎄요, 제가 뭐라고 말할 처지가……."

수현은 문성주가 왜 이런 질문을 하는지 가늠이 되지 않는다.

"아무튼 난 수현이 너만 믿는다. 요즘 하도 골치 아픈 일들이 많아서 말이야. 마취과랑 간호부와도 얘기가 잘 되고 있겠지? 첫 수술이니까 우선은 수단 방법 가리지 말고 성공을 시키고 보는 게 좋아. 아, 그리고……."

탕 두 그릇을 주문하고 문성주가 계속 말을 이었다.

"네가 제1집도의가 되어야 해."

"제가요? 그럼 노태수 선생은?"

"노태수는 수술방 멤버에서 공식적으로 제외할 거야. 혹시 모르니까 수술실 안에 의자 하나는 마련해 줄 수 있겠지."

"제외요? 고분고분 말을 들을 분이 아닌 것 같은데."

"그 늙은인 말을 들을 수밖에 없을걸. 가진 패가 더는 없거든."

최동찬을 비롯해 일부 의사들의 저항에도 불구하고 첫 세이버 수술은 예정대로 진행되고 있었다. 수현의 주도하에 환자 가족에게도 수술 동의를 받아냈고, 수술을 도와줄 마취의와 간호사도 섭외를 해 놓았다. 개성의료센터 건립에 대한 정부의 공식 발표가 나오면서 수술에 대한 경영진의 관심도 높아졌다. 세이버 수술은 이제 거스를 수 없는 대세가 되었고 그만큼 수술팀에 대한 기대도 커졌다. 그 때문인지 노태수와 박훈에 대한 일부 의사들의 노골적인 경계도 많이 덜해진 게 최근의 추세였다.

"수술에 성공하면 팀은 계속 존속되는 겁니까?"

"물론이지, 아마도 너한테도 좋은 기회가 될 거야."

문성주가 속을 들여다보고 있는 것 같아 수현은 얼굴이 화끈거렸다.

"교수님께도 만만찮은 영광이 되겠죠."

"글쎄, 그건 가 봐야 알겠고."

수저질을 반복하며 수현은 슬금슬금 벽에 걸린 시계를 본다.

어깨를 짓누르던 책임감이 문성주와 식사를 하게 되면서 배로 무거워진 느낌이다. 수술에 실패하면 노태수와 박훈은 훌훌 짐을 챙겨 떠나면 그만이다. 그러나 책임지는 사람은 분명히 생기기 마련. 자신에게 세세한 업무를 맡겨 놓고 바쁜 척을 하는 문성주의 속내가 읽히는 것 같아 수현은 밥맛이 달아나버린다. 그렇다면 방법은 단 한 가지, 어떻게 해서든 수술을 성공시키는 것, 한 번, 두 번, 아니 세 번. 수술을 성공시키고 화려하게 스포트라이트를 받을 자신을 생각하며 수현은 마음을 다잡았다.

"저도 한 가지, 확실히 하고 싶은 게 있어요."

수현은 고분고분 문성주의 간계에 말리고 싶지 않았다.

"뭐든 말을 해봐."

"아시겠지만 아직 마취의조차 확정되지 않은 상탭니다. 팀원을 인선할 권한을 제게 주세요. 제가 제 방식대로 제대로 팀을 짜 보겠습니다."

"음……."

문성주는 뜨거운 국물을 후루룩 목구멍으로 넘겼다.

"그건 들어줄 수 없어. 너 혼자 모든 책임을 뒤집어쓰게 할 순 없으니까. 하지만 사람을 추천하면 언제든 긍정적으로 검토해 줄 마음은 있어."

수현이 아직 그릇을 반도 비우지 못했는데, 문성주는 잘 먹었다며 트림까지 해 댔다. 수현은 입맛이 떨어져 수저를 내려놓고 일어섰다. 밖으로 나오니 병원 주차장 울타리에서 떨어져 나온 흰 꽃잎들이 드문드문 바람에 날리고 있었다. 수현은 눈꽃이 날리는 풍경 속에 선 문성주와 자신의 모습을 식당 유리문에 비춰 보면서 혼자 쓴웃음을 지었다.

"먼저 들어가세요. 전 편의점에 잠시 들렀다 갈게요."

수현은 문성주를 먼저 횡단보도로 보내 놓고 편의점으로 들어가 생수 한 병을 샀다.

다시 횡단보도 앞에 섰는데 휴대폰 벨이 울려 댔다. 수현은 마침 바뀐 초록 신호에 맞춰 횡단보도를 뛰어 건넌 뒤 병원 정문 왼쪽, 화단 근처 벤치에 가 앉았다. 한재준은 수현이 전화를 제대로 받기까지 참을성 있게 기다려 주었다.

"밖에서 밥 먹고 뛰어서 들어왔니?"

"족집게네요."

훗훗, 웃는 소리가 들렸다.

"어젠 미안했다. 내가 술이 좀 과했나 봐."

한재준이 그답지 않게 사과를 해 왔다.

그게 사과할 정도의 일인가. 수현은 좀 뜬금없다 싶다. 어제 두 사람은 자정까지 술을 마시고 취한 채로 호텔로 갔다. 그런데 관계를 맺던 도중 작은 실랑이가 있었다. 평소 같으면 사정 직전 콘돔을 착용해야 했는데 한재준이 밀어내는 수현을 힘으로 내리누르고 그만 질 안에 사정을 해버린 것이다. 연인 사이에 충분히 있을 수 있는 실수라고 여긴 수현은 그 일을 크게 문제 삼지 않았다. 대신 아침에 출근하자마자 책상 깊숙이 넣어 두었던 노래보 한 알을 꺼내 빈속에 꿀꺽 삼키며 혹시 모를 불상사에 대비했다.

"근데 혹시 배란일 아니었지?"

이 남자 뭐가 궁금한 걸까?

"뜬금없이 그건 왜 물어요?"

"아니, 그냥 우리 아이가 생기면 어떨까, 그런 생각이 들더라고."

"징그러워라. 지금 너무 많이 나가는 것 아녜요?"

"뭐 그게 나쁜가? 자리 보존하느라 애쓸 것 없이 차기 이사장님 부인 노릇 해보는 것도 나쁘지 않잖아. 훗훗."

"흥, 김칫국부터 마시긴. 아무리 힘들어도 나는 사람 냄새 나는 현장이 더 좋다고요. 안 그러면 미쳤다고 흉부외과를 지원했겠어요?"

하지만 확실히 못을 박듯 거절해선 안 되었다. 그리고 거절은 수현의 본심과도 달랐다. 한재준과의 관계는 언젠가 문성주를 추락시킬 때 결정적 도움이 될 수 있단 계산을 하고 있던 그녀였다. 또 어쩌면 그와의 결혼 가능성을 열어두는 것은 여러모로 유리한 점이 많을 수 있는 선택이기도 했다. 한재준과의 결혼은 이제 막 출발하려는 세이버 수술, 그 죽음의 롤러코스터에서 뛰어내릴 탈출의 좋은 핑곗거리가 될지도 모르니까. 구명보트의 끈을 미리 잘라낼 필요는 없었다.

"어련하시겠어. 그나저나 거긴 분위기가 좀 어때? 개성 건 말야. 어제 얘기한 세이버 수술, 그거 성공할 확률이 있기나 한 거야?"

내가 세이버 수술 이야기를 했던가? 수현은 머리가 어지럽다.

"긴지 짧은지는 대 봐야 알겠죠. 워낙 난이도가 높은 수술이라 다들 확신하지 못하는 눈치예요. 아직 스태프 구성도 못 끝냈는걸."

"그러겠지. 무모한 일이면 빠져나갈 구멍 하나는 만들어 둬. 안 그럼 다치게 될지도 몰라. 혼자 책임지는 바보 같은 짓은 하지 말란 얘기야."

"흥, 감동해서 눈물이 나려고 하네. 알았어요."

수현은 전화를 끊고 자리에서 일어났다. 1시에 있다는 병원 수뇌부 회의에선 어떤 결정이 내려질까. 벌 한 마리가 윙윙 화단을 맴돌다가 수현의 구두에 내려앉았다. 구두 위에 단것을 흘리기라도 했는지, 꿀벌은 가느다란 다리를 연신 오므렸다 펴기를 반복하며 수액을 빨아들이고 있었다. 작년 가을엔가 아버지가 플라스틱 페트병에 꿀 한 병을 보내온 게 생각났다. 아버지가 병에 붙여 놓은 포스트잇에는 약으로 쓰는 밤꿀이니 속이 좋지 않을 때 먹으라는 글이 붙어 있었다. 꿀이라는 말이 어울리지 않게 뒷맛이 써서 수현은 찬장 깊은 곳에 병을 넣어 두고 여태까지 꿀을 잊고 지냈다.

그날 저녁, 수현은 세이버 수술팀원들을 소집해 식사 자리를 마련했다. 세이버 수술팀이라고 거창하게 이름을 붙였지만 공식적으로 추가된 멤버는 한 명도 없었다. 수현이 급하게 수술에 투입하기 위해 섭외해 놓은 젊은 후배 의사 하나, 노태수의 친구라는 늙다리 의사 하나가 지나가다 들렀다며 자리를 함께한 게 다였다. 젊은 의사는 꾸어다 놓은 보릿자루처럼 고기만 먹어 댔고, 노태수의 친구라는 의사는 노태수와 죽을 맞춰 다른 사람들이 모르는 옛날 이야기를 주고받느라 함께 온 일행은 안중에도 없었다.

"민 선생, 응급의 최동찬은 어떤 사람입니까?"

술이 한 순배 돌자 박훈이 수현 앞으로 옮겨 앉았다.

"그 사람은 왜요? 주먹질 한두 번 하면서 정이라도 든 건가? 안 돼요. 만약 우리 팀에 넣을 생각이라면 당장 단념하는 게 좋아요."

"무슨 문제라도? 의사가 수술만 잘하면 됐지 뭘."

"글쎄 안 된다면 안 돼요. 위에서도 절대 허락하지 않을 테고. 이번에 긴급 투입되는 의사들, 믿을 만한 분들이니까 너무 걱정 말아요. 참, 저쪽에 앉은 당신 사부는 어때요? 직접 집도를 하시려나?"

박훈은 그런 일에 관심이 없어 보였다.

"글쎄올시다. 당일에 보면 알겠지."

그때 잠자코 앉았던 여자 전공의가 둘의 대화에 끼어들었다.

"참, 선배. 마취는 누가 맡기로 했어요? 어차피 외인구단으로 갈 거면 금 선생 같은 분이 잘 어울리지 않겠어요?"

수현이 후배 옆구리를 손으로 쿡 찔렀다.

"유 선생은 하필 추천을 해도……."

수현 역시 금봉현을 생각해 보지 않은 것은 아니었다. 하지만 최동찬과 마찬가지로 큰일을 맡기기엔 부적격한 인물이었다. 뒷소문도 소문이지만 근무 태도도 엉망이었다. 바로 최근에도 술 냄새를 풍기며 수술실에 들어왔다가 시말서를 썼고, 큰 수술을 앞두고 전화를 받지 않아 인턴 하나가 집까지 찾아간 적도 있었다.

"뭐라고 했습니까? 금 누구?"

박훈의 더듬이가 불필요하게 발동했다.

"금봉현 선생이라고, 재주는 괜찮은데 뒷소문이 좋질 않아요. 뭐랄까. 사교성이 떨어진다고 해야 하나. 늘 외톨이 같은 사람이죠. 친구도 없고, 조직 일에도 관심이 없는."

"그래요? 그러고 보니 어디서 본 것도 같은데……."

박훈의 눈에 어떤 남자의 잔상이 스치고 지나갔다. 그가 수현이 말한 금봉현인지는 알 수 없었다. 개성 없이 둥근 얼굴과 축 처진 눈, 반 대머리에 홀아비 냄새깨나 풍길 것 같은 인물. 병원 안에서 있으나 없으나 표가 나지 않는 그런 유명무실한 사람의 얼굴. 박훈은 내일 당장 그를 만나 보리라 마음먹었다. 능력만 검증할 수 있다면, 최동찬과 더불어 참으로 재미있는 팀이 꾸려질 것 같았다.

다음 날부터 박훈은 뻔질나게 응급실을 드나들었다.

지나가다 들른 것처럼 위장했지만 그는 날카로운 시선으로 응급실을 살피고 다녔다. 사실 마취의 문제는 박훈에게 있어 발등에 떨어진 불이었다. 박훈의 빠른 수술 스피드를 따라잡으면서도 창의적인 수술 스타일에 즉시 대처할 수 있는 마취의라야만 세이버 수술 같은 변수가 크고 속도를 요구하는 심장 수술을 전담할 수 있었다. 응급실에서 허허실실 마주치곤 했던 금봉현은 어찌 보면 그 적임자였다.

있는 듯 없는 듯한 존재로 자신을 위장했지만 금봉현은 누구보다도 뛰어난 자질을 지닌 의사였다. 월요일 아침, 급히 내원한 여성 환자가 있었다. 예쁘장한 외모를 지닌 30대 초반의 환자였다. 머리가 아프고 온몸에 열이 난다며 괴성과 함께 곧 죽기라도 할 듯 온몸을 비비 꼬았다. 상황이 얼마나 심각한지 말해 주기라도 하듯 여성은 곧 혼수상태로 빠져들었다. 임무 교대가 이루어지기 직전이어서 전날 밤을 샌 인턴 하나가 쩔쩔매며 여성 환자의 몸에서 피를 뽑았다, 진맥을 한다 허둥거렸지만 역부족이었다.

"임산부라도 온 건가. 웬 소란이야?"

술을 마시고 새벽에 들어와 응급실 수술방 한쪽에 뻗어 있던 금봉현의 귀에도 그 소란스런 상황이 청취된 모양이었다.

"고열인데 신경과에 연락해야 할까요?"

금봉현이 등장하자 인턴은 구세주라도 만난 표정이었다.

"증세가 어떤데?"

"온몸이 불덩어리 같습니다. 머리가 아프다고 소란을 피우다가 의식을 잃었고요."

자다가 불려 나온 것이 분명한 3년 차 레지던트 하나도 졸린 눈을 하고서 이 소란에 가세했다.

"큰일 났군, 열이 40도가 넘었어."

레지던트도 여자를 딱히 어떻게 처치해야 할지 난감해하기는 마찬가지였다. 감기로 인한 고열이 가장 흔했지만 동행한 가족들의 말로는 감기가 아니라고 했다. 여자의 상태를 정확히 진찰하기 위해서는 보다 세밀한 검사를 진행해야 하는데, 그사이 여자의 상태가 급변할 수도 있었다. 더구나 아직 인력들이 출근 전이어서 곧바로 검사를 진행할 수도 없었다.

"우선 해열제부터 투여를 해보고."

레지던트가 간호사에게 주사를 준비시키는 사이 잠자코 지켜보던 금봉현이 히죽 웃으며 환자 곁으로 다가왔다. 금봉현은 옷을 들춰 환자의 다리를 살피더니 이어 윗옷을 올리고 환자의 배를 여기저기 만져 댔다. 마지막으로 팔목과 목덜미를 꼼꼼히 살핀 뒤 금봉현이 간호사에게 지시했다.

"독시사이클린(doxycycline) 투여 준비해요."

"그럼 감염인가요?"

뒤에서 지켜보던 레지던트와 인턴이 거의 동시에 물었다.

"쯔쯔가무시야. 항생제 투여하고 안정을 취하면 고비를 넘기겠군."

금봉현은 더 할 말이 없다는 듯 하품을 하며 수술방으로 기어들어 갔다.

"선생님, 잠시만요. 고열에 따른 증상은 내과나 신경과 계통일 확률이 높은데 선생님은 어떻게 검사도 하지 않고 그 자리에서 쯔쯔가무시로 단정했습니까?"

궁금증을 참지 못한 레지던트가 물었다.

"아함, 졸립다. 나라고 별수 있어? 난 환자의 몸을 본 게 아니라 복장을 봤네. 등산복에 등산화를 신고 있으니 야외 활동을 하다가 실려 왔다는 증거 아니야? 야외 활동 중에 고열을 동반한 증상을 유발할 수 있는 질병으론 쯔쯔가무시가 유력하고. 그래서 확인 사살할 겸 몸을 관찰했더니 역시나 몸에 딱지가 앉아 있더군. 믿지 못하겠거든 환자의 팔꿈치 안쪽을 잘 살펴봐. 총알 자국처럼 검은 딱지가 앉아 있을 테니. 그건 쯔쯔가무시의 주된 증상이기도 하지. 더 설명이 필요해?"

박훈의 레이더에 걸려든 금봉현은 그런 존재였다.

겉으로 보기엔 설렁설렁 자리를 축내고 다니는 것처럼 보였지만 어떤 응급 환자가 들어와도 금봉현은 환자의 상태에 맞춰 가장 정확한 마취를 수행했다. 이따금 응급의들보다 더 정확한 진단을 내리곤 해서 의사들을 당황하게 하기도 했다. 문제는 그의 능력이 누구에게도 인정받지 못하고 있다는 점이었다. 심지어 응급실 베테랑인 은민세조차도 그를 벌레 보듯 대했다 쉰 가까운 나이에 반쯤 벗어진 머리는 그렇다 치고, 추잡하다고 소문난 그의 과거가 더 문제였다. 사실 따지고 보면 그런 작자가 아직 동우의료원에 엉덩이 붙이고 남아 있다는 것 자체가 미스터리로, 누구 말대로 저 위에 든든한 빽이 있어 그게 금봉현의 숨구멍이 되고 있는지도 모를 일이었다.

"왜 자기 자신을 숨기고 다녀요?"

박훈이 이렇게 물었을 때 금봉현이 멈칫하더니 곧 받아쳤다.

"잘난 체 말게나. 그럴 만한 이유가 있어 그러는 것이니."

"우리 팀에 와 줄 수 없겠습니까?"

"나 같은 퇴물 말고 젊고 짱짱한 애들하고 손발 맞춰 보게. 그리고 난 절대로 노 선배팀에 못 들어가. 그럴 만한 사정이 있거든."

"왜요?"

"말했잖아, 이유가 있다니까."

금봉현은 세이버 수술팀 합류를 일언지하에 거절했다. 혹시 노태수와 악연이라도 맺었던 것은 아닐까. 수현이 넌지시 흘려 놓은 이야기에 의하면, 병원 안에서 노태수의 히스토리를 완전히 꿰뚫고 있는 인물이 바로 금봉현이었다. 하지만 그것도 어디까지나 사람들의 추측일 뿐, 금봉현 스스로 그런 말을 하고 다니는 것 같지는 않았다. 표면적으로는 금봉현도 원내의 다른 의사들과 같은 행동, 즉 노태수 일당에 엮이기보다 적당한 거리를 유지하려는 것처럼 보였다. 또한 그는 떠도는 소문답게 지독한 외톨이였다. 일이 끝나면 집 근처 성인 오락실에 들러 지갑이 빌 때까지 레버를 당기며 킬킬거리다가 소주 한 병을 사 들고 돌아가는 홀아비 생활의 반복이었다.

"그러지 말고 다른 사람을 알아봐요."

토요일 오후 퇴근 무렵 수현이 다른 후보들의 프로필을 박훈에게 가지고 왔을 때, 박훈은 대답 대신 외투를 들고 사무실을 빠져나오는 것으로 자신의 의사를 표현했다. 박훈은 금봉현에 완전히 꽂혀 있는 듯했다.

"반대하는 이유가 뭐요?"

수현이 따라 나오자 박훈이 걸음을 멈추고 물었다.

"꼭 내 입으로 말해야 하나요? 박 선생은 듣는 귀도 없어요?"

"그런 기준이라면 마취의 대신 스님을 모셔 오는 편이 차라리 낫겠군."

"농담으로 어물쩍 넘어갈 일이 아닌 건 잘 알죠? 내가 오케이 해도 문 교수 허락은 어림도 없어요."

"혹 금 선생이 그쪽한테 끈적하게 찝쩍대기라도 한 건가?"

수현은 더 이상 대화를 계속할 이유가 없다는 표정을 짓고 방을 나가버렸다.

박훈은 곧장 응급실로 직행했다.

"주위에서 반대나 비난이 만만찮을 텐데, 계속 그렇게 소고집 부리는 이유가 뭔가 젊은 친구?"

금봉현이 재미있다는 표정으로 박훈을 쳐다보았다.

"오기가 나서요."

"오기라, 킬킬킬. 내가 좋아하는 단어지, 오기."

"다른 사람은 몰라도 내 눈은 못 속입니다. 금 선생님 솜씨를 봤어요. 어느 환자든 10초 안에 정확히 넋을 떨어뜨려 놓더군요."

"내가 아니야, 약이 그런 거지."

"제 말이 그겁니다. 약을 한 방울도 더도 덜도 않게 쓰시더군요."

사실이었다. 박훈이 며칠 동안 지켜본 금봉현의 투약 솜씨는 자로 잰 것처럼 정확했다.

"북에서 도망쳤다고 하더니 눈치 한 번 뜨르르 하군."

"선생 정도의 치밀한 솜씨면 마취 사고를 고의로 내더라도 단서 하나 남기지 않을 수 있을 겁니다."

"뭐라고?"

"북에서 저도 그 비슷한 실험을 한 적이 있지요. 수백 회 이상."

금봉현이 순간 박훈을 째지게 노려봤다. 날카로운 정적이 흘렀다.

"지금 박 선생은 스스로 무슨 말을 하는지 그 의미는 알고 있는가?"

"……."

"병원에서 도는 말이 전혀 근거 없지는 않은 모양이군."

"기분에 거슬렸다면 사과드리겠습니다. 하지만 제겐 금 선생의 실력과 도움이 필요합니다."

"우쭐하게 해 주어 기분은 좋네만, 틀렸어. 난 그쪽이 찾을 만한 그런 의사가 못 돼. 그럼 난 바빠서 이만."

금봉현의 차가운 태도에도 박훈은 포기하지 않았다.

그날 저녁, 박훈은 퇴근 시간에 맞춰 작정하고 금봉현을 기다렸다. 오늘은 무슨 일이 있어도 결판을 지을 요량이었다. 금봉현은 병원과 도보로 10분 정도 떨어진 오피스텔에서 혼자 살고 있었는데, 그는 늘 몸집보다 사이즈가 큰 양복을 걸치고 두 팔을 늘어뜨린 채 개미핥기처럼 느릿느릿 걸어 다녔다. 오늘도 마찬가지였다.

"금 선생, 날씨도 꿀꿀한데 한잔 안 하시려우?"

약한 빗줄기를 그냥 맞으며 박훈이 물었다.

"킬킬, 술맛 안 나게 남자끼리 웬 술?"

어쨌거나 금봉현이 반응을 보이자 박훈은 반가웠다.

"하하, 지당하신 말씀이죠. 좋습니다. 제가 끝내주는 데 가서 비싼 놈으로다가 쏘지요. 그 집 최고의 에이스를 옆에 붙여 드리겠습니다."

환자랑 붙어먹을 정도면 여자를 싫어할 인물은 아닐 거라고 생각했다.

"에이스라, 킬킬. 그거 좋지. 허나 오늘은 바빠서 그만."

한마디 내던져 놓고 금봉현은 다가오는 택시 안으로 쏙 들어갔다.

"흠, 약속이라도 있다는 건가?"

멍하니 택시 꽁무니를 바라보다가 박훈은 다른 택시를 잡아 세웠다. 금봉현과 결판을 내기도 글렀으니, 시간이 난 김에 가리봉동으로 가서 창에게 저녁이라도 사 줄 생각에서였다. 그런데 택시에 오르고 나자 갑자기 생각이 바뀌었다. 금봉현이 올라탔던 오렌지빛 택시가 신호에 걸려 대기 중인 걸 보자 박훈은 거의 무의식적으로 저 택시를 쫓아가 달라고 주문했다. 운전기사가 백미러를 통해 물었다.

"이런 일은 위험해서 따블 받아야 하는데……."

"걱정 마쇼!"

박훈은 쌀쌀하게 쏘아붙이고 금봉현이 탄 택시를 주목했다.

금봉현이 탄 택시는 손님의 주문을 받기라도 한 것처럼 3차로를 따라 느리게 이동했다. 택시 두 대가 느리게 운행하는 바람에 뒤차들이 연신 경적을 울리며 지나갔다. 택시는 용산을 거쳐 강변대로를 탔다. 강변대로를 얼마쯤 타고 얼마쯤 직진하다가 상암동 월드컵경기장을 오른쪽에 끼고 좀 더 일산 쪽으로 들어갔다. 택시가 멈춘 곳은 고양시 덕양구에 위치한 한 호스피스 병원이었다. 이미 여러 차례 와 본 듯 정문에서 택시를 내린 뒤 금봉현은 엘리베이터를 향해 휘적휘적 걸어갔다.

'호스피스 병원이라……. 대체 무슨 사연이 있는 걸까?'

박훈으로선 도무지 짐작이 가지 않았다. 혹시 가족 중에 누군가 죽음을 앞두고 있기라도 한 걸까? 그렇다고 보기엔 금봉현의 평소

행동이 너무도 편안해 보였다. 혹시 병원을 옮기려는가? 금봉현을 태운 엘리베이터가 7층에 멈추는 걸 확인한 뒤 박훈은 곧장 옆 엘리베이터에 올랐다. 현재로선 그럴 가능성이 희박했다. 호스피스 병원이라면 이미 큰 수술을 포기한 중증 환자들이 대부분이기 때문이다.

엘리베이터를 나서자 간호사들의 업무 공간이 나타났다. 박훈은 태연함을 유지한 채 복도 양쪽을 살폈다. 복도 끝 방으로 들어가는 금봉현의 느린 뒷모습이 보였다. 박훈은 발소리를 죽이며 그쪽으로 다가갔다. 양옆으로 병실이 들어선 전형적인 호스피스 병동이었다. 문이 열린 곳으로 확인해 보니 병실마다 침대가 네 개씩 놓여 있었다. 금봉현이 들어간 712호도 마찬가지였다. 문패엔 각각 네 명의 환자 이름이 적혀 있었는데, 박훈이 알 수 있는 환자는 단 한 명도 없었다. 문틈으로 살피니 금봉현은 오른쪽 창가에 엉덩이를 걸치고 앉아 누군가와 대화를 나누고 있었다.

박훈은 내려와 신문을 사 들고 의자에 앉았다. 미행한 것을 들켰다간 금봉현의 마음을 돌이킬 수 없게 만들 수도 있었다. 박훈은 금봉현이 돌아간 뒤 환자를 만나 자세한 내막을 물을 참이었다. 그 선택은 나쁘지 않았다. 금봉현은 1시간쯤 병실에 머물다 처음과 같은 모습으로 엘리베이터를 빠져나왔다. 박훈은 신문으로 얼굴을 가린 채 그를 따라 현관을 나섰다. 금봉현은 주차장에 대기 중인 택시에 올랐다. 택시가 병원을 완전히 빠져나가는 걸 확인한 뒤 박훈은

712호로 올라갔다.

금봉현이 만나고 간 여자는 강현정이라는 이름을 가진 서른여덟 살 된 환자였다. 그는 췌장암 말기라는 병명에 걸맞지 않게 의외로 밝은 표정을 하고 있었다. 박훈은 환자 옆에 무릎을 꿇고 앉아 찾아오게 된 자초지종을 설명했다. 그러나 강현정은 굳게 닫은 입을 열지 않았다. 박훈은 의사 신분증을 꺼내 보여 주고 세이버 수술을 실시하게 된 배경과 금봉현의 도움이 필요한 이유를 구구절절 설명해야 했다. 10분도 넘게 침을 튀겨 가며 설득을 한 뒤에야 비로소 강현정의 마음을 열 수 있었다. 그 뒤 그녀의 입에서 들은 이야기는 도무지 믿기 어려운 충격적인 사연이었다.

"방금 그이는 내가 마지막으로 사랑한 남자예요."

박훈은 자신의 귀를 의심했다.

"그럼 금 선생이 그동안 오, 오해를 받아 왔단……."

"맞아요. 나를 위해 지금껏 비밀을 지켜 준 거예요."

사연인즉 이랬다. 중학교 국어 교사였던 강현정은 어느 날 옆구리에 통증을 느끼고 쓰러져 병원 응급실로 실려 왔다. 검사 결과 췌장암 말기라는 믿기 힘든 진단을 받았다. 더구나 길어야 8개월을 넘기기 어렵다는 사실상의 사형선고였다. 강현정은 평생을 아이들만 생각하며 살아온 자신에게 왜 이런 일이 닥쳤는지 이해할 수 없었다. 그녀는 절망하며 울부짖었다. 그러나 병원의 그 누구도 그녀 편이 아니었다. 병원엔 이미 그런 환자들이 넘쳤고, 그녀의 죽음 또한 많은 이들이 거친 죽음의 일부일 뿐이었다.

더욱더 그녀를 힘들게 했던 것은 남편의 반응이었다. 대학교수인 남편은 오래전부터 밖으로만 떠돌던 인물이었다. 아내가 암에 걸렸음에도 젊은 애인을 만나고 외박을 일삼았다. 세상 모든 사람에게 버림받았다고 느낀 강현정은 항암 치료도 포기하고 하루하루 절망의 나날을 보냈다. 그때 바로 따스하게 손을 내밀어 준 이가 바로 마취의 금봉현이었다. 파고드는 암과 싸우며 고통스럽게 몸을 뒤척일 때 금봉현은 간호사들 몰래 특별히 제조한 진통제와 마취제를 그녀에게 주사했고, 금봉현이 다녀가기만 하면 그녀는 기적처럼 아무런 통증도 느끼지 않고 잠들 수 있었다.

"그렇게 나는 그 남자를 사랑하게 되었어요. 아니 사랑할 수밖에 없었죠. 남편에게도 받아 보지 못한 따스한 사랑을 그 남자에게 받았으니까요."

강현정은 금봉현이 있기에 죽음을 받아들일 수 있었다. 그녀는 그 사실이 너무도 고마웠다. 어느 날 자신에게 약을 놓아 주고 돌아서는 금봉현을 불러 세운 것도 그 때문이었다. 그는 금봉현에게 잠들기 전 진심의 키스를 해 달라고 간절히 부탁했다. 그것은 단순한 에로스나 욕망을 넘어선 부탁이었다. 금봉현이 그 사실을 모를 리 없었다. 그러나 금봉현은 망설이며 그대로 등을 보였고 강현정은 사력을 다해 금봉현을 붙잡았다. 밖으로 나갔던 금봉현이 다시 돌아온 것은 몇 분 뒤였다.

"그이는 내 손을 꼭 잡아 주며 다정히 입술을 맞춰 주었어요. 지금껏 내가 받아 본 어떤 키스 중에서도 가장 황홀한 키스였죠. 서로의 영혼이 담긴……."

"하필 그때 남편이 문을 열고 들어왔군요?"

"그래요. 남편의 입장에선 도무지 이해가 되지 않는 상황이었겠죠. 의사가 환자의 입술에 강제로 키스를 했다며 난동을 피웠지만 그이는 끝내 함구하고 말았죠. 자신이 어떻게 되든 내가 상처를 받지 않는 길을 택했어요. 자신이 추문의 주인공이 될지언정 죽음을 앞둔 내가 부정한 여자로 기억되지 않기를 바랐던 겁니다."

거기까지 이야기를 마쳤을 때 강현정은 어깨를 들먹이며 울기 시작했다. 박훈 역시 가슴 밑바닥에서 치고 올라오는 뜨거운 감정을 추스르느라 한동안 움직일 수 없었다. 한줄기 뜨거운 눈물이 자신도 모르게 볼을 타고 흘러내렸다. 이제야 금봉현의 행동이 이해가 갔다. 세상사 관심이 없는 듯한 기괴한 웃음소리와 누구도 쉽게 믿지 않는다는 듯한 무관심한 태도. 자신에게 쏟아지는 숱한 눈길 속에서도 당당하게 제 역할을 수행해 왔던 고독한 남자. 친구를 만들기보다는 혼자만의 세계에 갇혀 묵묵히 한 여인의 그림자가 되어 왔던 사내 중의 사내, 그게 마취의 금봉현의 진짜 모습이었다.

16

동우의료원의 핵심 부서 가운데 하나인 응급실은 그러나 역설적으로 동우의료원과 가장 거리를 두고 있는 공간이기도 하다. 동우의과대학 출신 의사들이 가는 곳마다 구렁이처럼 진을 치고 있는 다른 부서들과 달리 상대적으로 실력 있는 타 대학 출신들이 힘을 발휘하고 있는 곳이 바로 응급실이었기 때문이다. 조직 또한 별도의 독립된 체제로 편성이 되어 있어서 다른 부서의 간섭이 그만큼 덜했다. 지방 의대 출신의 최동찬이 동우의료원 응급실에 둥지를 틀 수 있었던 것도 이런 배경 때문이었다.

응급실의 터줏대감인 최동찬의 다혈질적인 성격은 병원 안에서뿐만 아니라 밖에서도 종종 문제가 되었다. 특히 아내와의 오랜 갈등은 그즈음 최동찬을 파멸 직전으로 몰아가고 있었다. 병원 직원들은 눈치채지 못했지만 최동찬은 아내와 별거 중이었다. 애정은 이미 식은 죽처럼 되어버렸고 하나밖에 없는 딸 율희를 위해 한 달에 한 번 만나 형식적인 식사를 하는 지경까지 이르고 말았다. 가운 대신 정장을 차려입고 딸과 아내 앞에 앉아 심각한 표정을 짓고 있는 오늘도 그런 날들 가운데 하나였다.

"어서 먹지 그래."

최동찬이 어색해하며 아내에게 권했다.

아내는 식사에 관심이 없다는 듯 휴대폰만 만지작거렸고, 딸 율희는 엄마 아빠 눈치를 보느라 음식을 먹는 둥 마는 둥 했다. 최동찬 역시 식욕이 돋지 않기는 마찬가지였다. 팔짱을 낀 채 도도하게 앉아 게임에 열중인 아내를 보자 최동찬은 속이 부글부글 끓었다.

“뭐라고 말 좀 해봐. 마네킹도 이보다는 낫겠다.”

참다못한 최동찬이 포크를 던지듯 내려놓았다.

“누군 좋아서 이러고 있는 줄 알아요?”

아내는 뽁뽁, 휴대폰 게임을 이어 갔다.

“도대체가 말이야. 대화가 통해야 말을 하지. 머리가 좋으면 뭐해, 인간이 되질 않았는데. 당신 그러고도 율희 엄마 자격이 있다고 생각해?”

“당신이 뭔데 자격 운운하는 거예요?”

아내가 지지 않고 맞받았다. 내심 참고 있었지만 최동찬의 아내는 아내대로 폭발 직전이었다. 지인의 소개로 만난 최동찬의 아내는 그와는 달리 셈이 빠른 여자로 글로벌 로펌 한국 지사의 변호사로 활동하고 있었다. 데이트 초기 남편의 화통한 성격에 반했던 그녀는 그러나 차츰 그와의 결혼생활에 절망하기 시작했다. 남편은 의사의 본분과 사명의 원리원칙에 집착했고 아내는 만사 집보다 병원을 우선하는 남편의 완고함에 염증을 느꼈다. 감정의 골은 서로 깊이 패여 갔다. 잦은 다툼에 지친 아내는 마침내 그만 각자의 길을 걷자고 요구했다.

“이혼이라니? 다른 건 몰라도 그건 안 돼.”

아내의 집요한 이혼 요구를 최동찬은 일언지하에 거절했다. 아내에게 정이 떨어졌기는 그 역시 마찬가지였다. 하지만 율희가 클 때까지만이라도 이혼을 미뤄야 한다는 게 최동찬의 마음이었다.

최동찬이 요지부동으로 나가자 아내는 태도를 바꾸어 별거를 요구했다. 딸을 생각해서 이혼만은 막고 싶었던 최동찬은 아내의 요구를 고심 끝에 들어주었다. 6개월 전부터 아내는 자신의 사무실 근처에 오피스텔을 얻고 딸 율희와 둘이서 생활해 왔다. 아내에겐 이미 정이 떨어졌지만 딸만은 어떻게 해서든 지켜내고 싶었다.

"사실 오늘 나 당신한테 할 얘기가 있어요."

율희가 화장실에 가자 아내가 목소릴 낮췄다.

"또 그 소릴 할 거면 당장 나가!"

"나, 이번에 미국 본사 지원했어요. 아마 조만간 발령이 날 거예요. 당신이 한 번만 자비를 베풀어 봐요. 돈도 집도 필요 없어요. 난 율희 하나면 돼요. 미국으로 건너가기 전에 깨끗하게 서류 정리하고 싶어요. 그러니까 도와……."

최동찬의 아내는 더는 말을 잇지 못했다. 최동찬의 두툼한 손이 날아와 뺨을 후려쳤기 때문이다.

"당신 아주 이기적인 여자군. 그럼 난 어떻게 할 건데? 율희가 당신 거야? 어쩌자고 한마디 상의도 없이 제멋대로 그런 결정을 한 거야?"

아내가 핸드백을 주워들며 소리를 빽 질렀다.

"사람 때리는 버릇은 여전하군. 당신의 의견 따윈 필요 없어. 서류 정리를 해 주건 안 해 주건 난 율희랑 이 지긋지긋한 나라를 떠날 테니까."

최동찬의 아내는 씩씩거리며 밖으로 나가버렸다. 최동찬이 미처 말릴 틈도 없이 그녀는 화장실로 달려가 율희의 손을 잡아끌고 패밀리 레스토랑 2층 출입문을 나섰다. 분을 못 이긴 최동찬이 밖으로 따라 나와 아내의 옷자락을 잡아당겼다.

"당신 정말 이따위로 행동할 거야? 엉?"

딱 달라붙는 가죽 바지에 오토바이를 타고 맞바람을 맞으며 달리다가 정지 신호에 걸려 횡단보도 앞에 정지한 동우의료원 응급실 간호사 민세가 최동찬의 가족을 발견한 건 그즈음이었다.

'어라, 최 선생님 아냐? 부부 싸움을 하는가 보네.'

싸움을 말릴까 하다가 민세는 주춤주춤 그만두었다. 이틀 만의 소중한 퇴근길이기도 했거니와 본래 부부 싸움을 칼로 물 베기란 말도 있지 않은가. 그 순간 앗, 하는 짧은 비명과 함께 여인의 몸이 쿵 하고 계단으로 쓰러지는 게 보였다. 여인은 서너 개의 계단을 구른 뒤 가슴을 부여잡은 채 다리를 버둥거렸다. 지켜보던 아이가 자지러지게 울음을 터뜨렸다. 동시에 방금 전까지 옥신각신 언성을 높이던 최동찬이 당황한 얼굴로 아내의 몸을 흔들기 시작했다. 더 생각할 겨를도 없이 민세는 핸들을 돌려 건너편 보행도로 위로 오토바이를 유턴시켰다. 최동찬의 아내는 이미 의식을 잃은 뒤였다.

"저리 비켜요. 제가 해볼게요."

은민세가 허둥거리며 아내의 뺨을 때리는 최동찬을 강하게 밀어냈다.

"난 의사야. 간호사 주제에 네가 뭔데……."

말은 그렇게 했지만 최동찬은 이미 의사라고 할 수 없었다. 명색이 응급의였지만 정작 아내의 급작스런 실신에는 얼이 빠진 채 이미 제정신, 제 페이스가 아니었다.

민세를 알아본 그가 주춤했다.

"심실성부정맥이에요. 3분 안에 조치하지 않으면 사망할 거예요."

"심실성부정맥? 무슨 헛소리야. 발을 헛디뎌 정신을 잃은 것뿐야!"

최동찬이 민세를 밀쳐내며 다시 제 아내의 턱을 흔들었다.

"최 선생님! 사모님은 갑자기 넘어진 뒤 가슴을 두 손으로 부여잡다가 의식을 잃었어요. 나이도 많지 않으니 심근경색은 아닐 테고, 이건 전형적인 심실성부정맥 증상이잖아요. 못 믿겠으면 당장 심장 박동부터 확인해 보세요."

최동찬이 아내의 목과 손목을 동시에 누르고 맥을 확인했다. 민세의 말대로 심실성부정맥이 틀림없었다. 신체가 급작스런 상황에 놓이게 되면 심장 전기 자극 시스템에 문제가 생기며 자극이 만들어지고, 자극이 전달되는 과정에서 맥이 불규칙해진다. 이런 경우 주어진 시간은 길어야 5분이다. 그대로 방치하면 뇌에 산소와 영양 공급이 끊겨 뇌사 상태에 빠질 수도 있다. 게다가 아내는 평소에 부정맥의 예비 증후인 약간의 고혈압 증상까지 있었으니 민세의 진단은 의심의 여지 없이 정확한 것이었다.

"제기랄! 빨리 구급차 불러!"

최동찬이 어찌할 바를 모르며 소리쳤다.

"선생님, 저 차들……."

민세가 러시아워 상태인 도로를 가리켰다.

"아아. 미치겠군!"

최동찬이 탄식하며 머리를 쥐어짰다. 그 순간 민세에게 번쩍 떠오르는 생각이 있었다. 전자 마취침과 전극도자제절제술! 전자 마취침은 책에서 이론으로만 배웠을 뿐 그것을 시행해 본 적은 없었다. 전극도자제절제술은 심장에 전기 자극을 주어 부정맥을 원래대로 돌려놓는 것으로 긴급 상황에서 사용하는 방법이었다. 전자 마취침과 전극도자제절제술을 적절히 혼합한다면 최동찬 아내의 맥을 정상으로 돌려놓을 수도 있다.

생각이 거기에 미쳤을 때 이미 민세는 두 손으로 최동찬 아내의 가슴을 풀어헤치고 있었다. 가슴이 드러나자 그녀의 머리에서 머리카락을 고정했던 핀을 찾아 한 손으로 부지런히 시멘트 바닥에 갈아 대기 시작했다. 지나가던 사람들이 하나둘 모여들고 누군가는 급히 119에 전화를 넣었다. 악! 지켜보던 사람들이 비명을 지르는 사이 민세는 거침없이 여인의 젖가슴 아래 살가죽에 뾰족하게 간 실핀을 찔러 넣었다. 이어 자신이 몰고 온 오토바이의 배터리에 선을 연결해 보려 했지만 전압도 마땅찮았고 연결할 배터리와 전극을 연결할 전선도 주위에 보이지 않았다.

민세는 막다른 길에 막힌 듯 당황한 표정을 지었다. 문득 그제야 정신을 차린 듯 최동찬이 허둥거리며 바로 옆 고깃집 앞으로 달려갔다. 그리고는 가게 앞에 세워 놓은 입간판에 시선이 멈췄다. 바람을 집어넣어 부풀리는 에어풍선 입간판이었다.

"여기, 어서!"

최동찬은 간판을 질질 끌어와 뒤집은 뒤 전기 배선이 들어 있는 바닥의 플라스틱 배전판을 발로 깨뜨렸다. 구경꾼의 수는 배로 늘어났다. 수십 명도 더 되는 사람들이 그들을 둘러쌌지만 민세와 최동찬이 무엇을 하는지 아는 사람은 없었다. 다들 여인의 가슴에 박힌 실핀의 용도를 이해하지 못한 채 멀뚱멀뚱 민세의 손만 쳐다봤다.

"뭘 망설이는 거예요?"

민세가 버럭 소리를 질렀다.

"최 선생님! 선생님이 못 하시면 사모님은 죽어요."

"아무리 생각해도 이건 미친 짓이야!"

전선 가닥을 뽑아든 최동찬의 두 손이 부들부들 떨렸다.

"벌써 3분이나 지났어요. 더 망설이면 늦어요."

"……."

"주세요, 그럼 제가 할게요."

한쪽으로 허물어지는 최동찬을 대신해 민세는 지체 없이 두 가닥의 암수 전극을 실핀으로 가져갔다. 파팍! 강한 불꽃이 살 타는 냄새를 피워 올렸다. 여인의 몸이 잠시 들썩하는 듯했으나 이내 사지를 힘없이 떨구었다. 민세는 2, 3초쯤 시간을 두었다가 다시 전선 가닥을 실핀으로 가져갔다. 팟, 하는 소리와 함께 형광등에 불이 들어오듯 여인이 컥, 하고 숨을 토했다. 최동찬의 딸 율희가 달려들어 엄마의 목을 끌어안으며 울부짖는 사이 민세는 입고 있던 가죽 재킷을 벗어 최동찬 아내의 드러난 가슴을 덮어 주었다.

구급차가 도착한 것은 그로부터 5분이나 더 지나서였다. 4시간이나 걸리는 긴 수술 끝에 최동찬의 아내는 죽을 고비를 넘겼다. 최동찬은 민세의 손을 잡고 진심으로 고마움을 표시했다. 민세의 빠른 판단력이 아니었다면 그는 아내를 잃을 뻔했다. 최동찬에게는 아내를, 딸 율희에게는 엄마를 되찾아 준 셈이었다. 민세는 수술 이후에도 계속 최동찬 아내의 병실을 드나들며 성심껏 예후를 살폈고, 딸 율희와도 놀아주는 등 최동찬과 그의 가족에게 살갑게 다가갔다.

한편 응급실 간호사 민세의 기상천외하고 독특한 응급처치술은 전설로 둔갑해 삽시간에 원내로 퍼져 나갔다. 그러나 소문은 받아들이는 사람에 따라 천차만별의 반응을 이끌어냈다. 결국 오래지 않아 반응은 부정적으로 바뀌었다. 간호사가 직분을 넘어서, 더구나 현장의 응급의를 제치고 의료 행위를 했다는 비난이 쏟아졌다. 그리고 그녀의 징계를 위한 윤리위원회가 열렸다. 자칫 해고로도 이어질 수 있는 상황이었다.

"웃기는 곳이네, 이곳은……."

소문을 접한 박훈이 내뱉듯 소리쳤다.

"사람 목숨을 살렸는데 규정을 따져서 책임을 묻다니."

"의외네요. 당신 같은 사람 입에서 그런 소리가 다 나오고."

옆에서 듣던 민수현이 비꼬았다.

"무슨 소립니까? 나도 의삽니다, 민 선생."

"하지만 돈 때문에 왔단 소문이 파다해요, 박 선생님."

"틀린 얘긴 아니지만 그래도 이번 건 좀 그렇잖소?"

민세는 사건의 시종을 밝히는 진술서를 자세히 써서 제출해야했다. 심장박동의 회복을 위한 응급처치라고는 하지만 환자의 가슴에 실핀을 꽂아 넣고 전류를 흐르게 한 그녀의 처치 행위는 간호사에게 규정된 의료 행위를 넘어선 것으로 해석될 수도 있었다. 가뜩이나 툭툭 튀는 행동으로 의사들에게 미움을 받던 그녀로서는 최대의 위기 상황이었다.

윤리위원회에 소환된 민세는 변명하지 않았다. 자신의 행동에 후회는 없으며 책임을 져야 한다면 모두 지겠다고 나섰다. 과연 그녀다운 대응이었다. 참고 진술인으로 들어온 최동찬만이 홀로 열심히 그녀를 변호했다. 그는 응급처치에 관한 법률을 들어 환자 생명의 위험이나 증상의 현저한 악화를 방지하기 위해 긴급히 필요로 하는 처치를 하게 되는 경우 설사 그것이 환자 생명을 담보로 한 처치라고 할지라도 면책받을 수 있다고 주장했다. 더구나 이 모든 행위의 시종에는 의사인 자신의 입회가 있었다는 사실도 빠뜨리지 않았다.

윤리위원회에 위원으로 들어온 각과 교수들의 의견도 팽팽하게 갈렸다. 민세 측에 동정하는 측도 있었지만 결과와 의도만을 두고 책임을 감면해 준다면, 앞으로 직무에 따라 규정된 의료 행위 질서가 무용지물이 될 것이라고 우려하는 측의 입장도 만만치 않았다. 그리고 시간이 갈수록 이번 일이 자칫 큰 의료사고로 이어졌을 수도 있다는 주장이 점점 더 설득력을 얻어 갔다. 간호사가 할 수 있는 것과 법적으로 보호받는 의료 행위인가라는 것은 별개의 문제였던 것이다. 이런 바람의 이면에는 민세를 쫓아내고 싶어 하는 응급실과 간호부의 입김이 남몰래 작용했다.

"차라리 우리가 떠안읍시다!"

"뭘 안아요? 당신 또 뭔가 발동한 건가요?"

"그 아가씨 우리가 데리고 오자고요! 다들 같이 일 안 한다는데 뭐 우리가 데려다 쓰죠. 솜씨도 괜찮은 것 같은데."

박훈은 가뜩이나 심란한 수현을 들쑤셨다.

"세이버 수술을 하려면 그 최동찬인가 하는 인간부터 움직여야 하는데, 보니까 그 아가씨를 우리 팀에 끌어들이면 녀석을 움직이기가 더 수월해질 것 같소."

수현은 어쭈 싶었다. 나름 머리가 비상하게 돌아가는군. 어느새 최동찬 가족과 민세가 가까이 지내는 모습을 눈여겨본 모양인가.

"그 작자 와이프랑 이혼이라도 하게 되면, 혹 압니까? 그 아가씨랑 정분이라도 날지, 그러지 말고 민 선생이 꼭 좀 도와주시오."

듣고 보니 충분히 일리가 있는 말이었다. 다음 날 수현은 윤리위원회에서 장황한 연설을 펼쳤다. 의료법을 위반한 행위는 엄정히 징계해야 하며 이 같은 무질서한 의료 행위는 반드시 현장에서 근절되어야 한다. 하지만 이번 경우는 환자의 목숨을 살리기 위해 자신의 생업과 직장마저 내던질 각오가 되었던 한 의료인의 갸륵하고 순수한 의도가 있었다. 동우의료원은 환자의 생명만을 최우선으로 삼는 히포크라테스의 순수한 정신으로 무장된 의사와 간호사들이 모인 집단이므로 이 같은 사건은 규정에 따른 심판과는 다른 차원에서 판단되어야 한다는 논리였다. 결국 민세에게 열흘 동안 정직 처분을 내린 뒤 중환자실로 올려보내는 것으로 사건이 일단락됐다.

그날 밤, 최동찬이 박훈이 머무는 세이버 수술팀 사무실을 찾아왔다.

"고맙다는 인사하러 온 거 아냐."

최동찬이 퀴퀴해 보이는 사무실을 휘둘러보며 말했다.

"고맙다는 말 듣고 싶어서 한 일은 아닌데."

박훈도 웃으며 맞받았다.

"이런 말 우습지만 잘 부탁하네."

"누구?"

"은민세 그 아가씨……, 잘 부탁한다고."

인사도 없이 돌아서는 최동찬의 넓은 등짝을 보며 박훈이 피식 웃음을 지었다. 일단 저 친구와의 사이에 놓인 큰 담 하나는 넘은 셈인가.

17

우여곡절 끝에 첫 세이버 수술의 날이 밝았다. 사실 수현은 며칠이라도 수술 일정을 늦추고 싶었다. 급하게 조합된 팀원들에 대해서 아직 확실히 믿음이 가지 않았기 때문이다. 노태수와 박훈 등을 상대로는 이들이 병원 내 최고의 인력들이라고 추켜세우며 안심을 시켰지만, 같이 작업을 해보지 않은 스태프가 대부분이었다. 그러나 문성주는 예정된 날짜를 밀어붙였다. 문성주로서는 어차피 모의 검증을 할 거면 빨리 해치우자는 심산이었다. 만에 하나 수술이 실패로 돌아가면 노태수 일당을 내치면 될 일이었다. 수술이 성공해도 노태수에게 돌아갈 파이는 거의 없었다.

수현이 급조해 만든, 어설픈 멤버로 엮인 세이버 수술팀을 둘러보는 노태수도 눈빛에서 불안한 기색을 떨치지는 못했다. 문성주의 언질 때문인지 몇몇 의사들이 증원되었다. 병원에서 주목받지 못했던, 실력을 알 수 없는 자들이다. 애초 계획은 이런 것이 아니었는데, 자칫 손발이 맞지 않으면 수술은 실패할 가능성이 높다. 오직 집도의 박훈을 믿는 수밖에 없었다. 그가 신들린 능력을 발휘해 주길 바랄

뿐이었다. 그나마 다행인 것은 제1조수가 흉부외과 에이스 민수현이라는 점이다. 박훈과 수현이 집도를 하고 자신이 옆에서 돕는다면 수술을 성공시킬 자신이 있었다. 수술실 환경도 19년 전과 많이 달라졌다. 하지만 예나 지금이나 마취가 여전히 발목을 잡게 되겠지.

"민 선생, 나랑 잠깐 얘기 좀 합시다."

수술 10분 전, 노태수가 수현을 조용히 불렀다.

수현이 의아해하며 노태수를 쳐다보았다. 무슨 훈계라도 늘어놓을 셈인가? 이 늙은인 지금껏 개인적으로 자신에게 한 번도 이야기를 건넨 적이 없었다. 수술에 대한 이야기라면 어제 저녁 수도 없이 토론을 하지 않았던가.

"저기 말일세……. 난, 난 민 선생의 양심을 믿네."

뜬금없다 싶은 소리였다.

"양심이라니요? 무슨 말씀이신지……."

'이 노인네, 나를 문성주와 한통속으로 보고 있어.'

"민 선생 부친께서 지켰던 의사로서의 양심 말일세."

수현은 자신의 귀를 의심했다.

"우리 아버지를 아세요?"

"물론이지! 자네 부친은 의사 중에서도 진짜 의사였으니까. 허니 지금 이 순간부터 이곳에서 내가 자네 스승인 문 교수와 벌이는 도박판 따위는 잊어 주게. 자네 부친이 그랬던 것처럼 오직 환자만, 환자의 생명만을 생각해 주게나."

수현은 노태수 입에서 아버지 소식을 듣자 새삼 아버지에 대한 기억에 사무친다. 아버지 역시 의사의 삶을 살아왔다. 그러나 수술실 의사와는 거리가 멀었다. 아버지는 젊은 날부터 무의촌과 변두리 판자촌을 전전하며 밑바닥에서 의술을 펼쳤다. 환자에게는 헌신하되 가족의 희생을 당연한 것으로 알았던 아버지, 어린 수현은 그런 아버지가 조금도 자랑스럽지 않았다. 수술이 급해 종합병원까지 환자를 데려갔지만 결국 종합병원 문턱 앞에서 돌아서곤 했던 아버지, 그런 아버지의 무력한 모습을 자주 보면서 수현에게 아버지는 꺼져가는 환자의 생명조차 감당치 못하는 무책임한 의사로 비춰질 뿐이었다. 수현이 악착같이 의대에 진학해 이 자리까지 오게 된 것도 어찌 보면 아버지에 대한 반항과 그런 아버지의 삶을 반복하지 않겠다는 오기 때문이었다. 어떠한 경우에도 아버지와 같이 무력한 의사가 되지 않으리라. 매번 아버지란 존재를 채찍으로 사용해 왔다.

수현은 가슴 깊숙이 한숨을 끌어내 내쉬었다. 이 중차대한 순간에 또다시 아버지인가. 언젠가 마음을 열어야 하지만 도무지 쉽지가 않다. 결정적으로 아버지와의 사이가 벌어지게 된 계기는 어머니의 죽음 때문이었다. 어머니가 뇌경색 진단을 받았을 때에도 아버지는 어머니 곁에 없었다. 어머니는 2년 뒤 급성뇌졸중으로 사망했다. 그날도 아버지는 전남의 한 섬에서 의료봉사를 하고 있었다. 아내가 죽었지만 태풍으로 배가 묶이면서 장례식조차 참석하지 못했다. 이후 수현은 아버지와 모든 연락을 끊고 서울로 올라왔다. 그런 아버지와 다시 만나기까지 참으로 많은 시간이 흘렀다. 다시 연락을 하게 된 것도 심장에 병을 얻은 아버지가 은퇴한 뒤 시골로 내려가 요양을 하게 된 뒤부터였다.

무영등이 해바라기처럼 환한 불을 밝혔다. 수술 예상 소요 시간은 5시간, 대동맥 판막과 심실의 혈전까지 제거해야 하는 대수술이었다. 개복, 삽관, 수술을 리드하는 박훈의 목소리는 마치 기계에 녹음된 음성처럼 아무런 감정도 없었다. 꿈틀거리는 대동맥과 대정맥에 삽관을 하고 심장으로 흘러들어오는 피를 몸 밖으로 우회시키는 것으로 본격적인 수술이 시작되었다. 이때 중요한 역할을 담당하는 기계가 인공심폐기였다. 인공심폐기는 혈액이 심장을 거치지 않고도 순환되도록 하는 장치로 혈액이 심장을 거치지 않게 되는 순간부터 수술에 필요한 시야가 확보된다. 사실 흉부외과 수술은 심폐기와 함께 발전해 왔다 해도 과언이 아니다. 심장과 폐의 역할을 겸하는 인공심폐기는 노태수가 첫 세이버 수술을 시행할 때보다 놀라울 정도로 성능이 향상되어 있었다.

갈비뼈 뒤에 숨은 심장은 세상에서 가장 완전무결한 심폐기다. 심장은 완벽하게 조화를 이루는 경계가 분명한 네 개의 방으로 이루어져 있다. 각각의 방을 지키는 문이 판막인데 심장의 피가 역류하지 못하도록 단단히 지지한다. 수술 중 판막이 손상을 입으면 이를 복구해 주어야 한다. 판막이 있기 때문에 혈액은 산소포화도가 높은 동맥혈을 운반하고 산소포화도가 낮은 정맥혈을 내보낼 수 있다. 환자의 몸에 연결된 정맥 라인은 혈액순환을 맞추고 심장으로 돌아오는 혈액을 받아 심폐기로 보내게 된다. 심폐기로 들어온 혈액은 폐의 역할을 하는 산화기를 거치면서 산소를 공급받고 이산화탄소를 제거해서 동맥 라인으로 돌아 나간다. 열 교환기를 통해 체온처럼 따스해진 피는 심장을 거치지 않고 온몸을 돌게 되는데, 심폐기가 환자의 심장을 대신하는 순간은 짧으면 짧을수록 좋다. 수술 스피드와 빠른 손놀림이 중요한 이유다. 시간이 길면 길수록 몸속을 빠져나온 혈액이 응고되거나 변성되는 부작용이 일어날 확률도 높아진다.

30분이 흘렀다. 모두 침을 삼키며 박훈의 손만 주시하고 있다. 메스를 쥐었다가 봉합사를 쥐었다가 심장 주변을 쉴 새 없이 오가는 박훈의 손은 잘 숙련된 피아니스트 같다. 참관실에서 지켜보는 문성주나 수술실 안에서 여차하면 참견을 하기 위해 대기 중인 노태수는 잔뜩 긴장한 채 몸을 웅크리고 있었다. 수술 전날, 전격 합류한 최동찬도 숨을 죽이고 있기는 마찬가지. 사실 박훈의 인간성에 매료되어 수술팀에 합류하기는 했지만 아직 박훈에 대해 어떤 것도 신뢰할 수 없는 그였다. 만약 602호 환자가 수술 중에 사망하기라도 하면 최동찬 역시 그 책임에서 자유로울 수 없게 된다. 수술에 참여한 의사들이나 보조 인력들, 참관자들까지 어느 누구도 안심할 수 없는 수술. 방법은 오로지 하나, 수술에 성공하는 것뿐. 만약 602호 환자가 기적처럼 생명을 건진다면 세이버 수술팀은 한결 단단해질 것이었다. 최동찬과 수현은 거의 동시에 그런 생각을 하고 있었다.

'저 남자, 전혀 다른 사람이 되어 있다.'

수현은 내심 감탄을 금치 못했다. 건들대며 복도를 돌아다니던 박훈이라는 인간은 어디에도 없었다. 환부를 쏘아보는 눈빛은 마치 먹이를 발견한 맹수처럼 날렵했다. 한순간도 환부에서 시선을 놓지 않았다. 자신이 덮친 조류의 날개와 깃털을 뽑아내고 생명의 상징인 심장에 다가가는 맹수처럼 박훈의 손은 완벽하게 리듬을 타고 있었다. 정교한 손놀림으로 좌심실 하단의 밤톨만 한 병변을 짚어내더니 노태수와 잠시 눈을 맞추고는 거침없이 메스를 들이밀었다. 그 작은 확인 동작은 스승에 대한 잠깐의 예우가 아니었을까. 수현으로선 도무지 이해할 수가 없었다. 움직이는 심장도 아니고 정지시켜 놓은 심장의 병변을 육안으로 구분해내다니. 저 남자에겐 어떤 특별한 비결이라도 있는 걸까.

문성주도 최동찬도 같은 생각을 하는 것 같았다. 그사이 박훈은 환부를 벌려 죽은 조직과 산 조직의 경계를 예리하게 관찰하고 있었다. 수술의 성패를 좌우할 수 있는 중요한 순간이다. 간호사가 건네주는 봉합사를 받아 든 박훈의 손이 벌어진 병변 안쪽 경계선을 쌈지봉합해 들어갔다. 쌈지봉합을 끝낸 뒤 봉합사를 당기자 조개가 입을 다물듯 상처가 한 점으로 조여지기 시작했다. 마치 코끼리 코의 흡착면을 정면에서 관찰했을 때와 비슷한 모양이었다. 그 부위에 첩포를 댄 뒤 다시 절개 부위를 봉합하기까지는 채 30분도 걸리지 않았다. 누구도 예상하지 못한 경이로운 스피드였다. 노태수만이 이 모든 일을 예감했다는 듯 빙그레 미소를 짓고 있을 뿐이었다.

"바티스타와 세이버는 궁극적으로 수술 방법이 같다. 하지만 단 두 가지 면에서 완전히 다른 수술이다. 세이버의 성공 관건은 심장의 기능을 원추형, 더 쉽게 말해서 도토리 모양으로 유지시켜 주는 데에 있다. 심장의 모양이 중요한 게 아니라 심장 안의 내부 근육들과 그 안을 흘러가는 혈액의 흐름이 원추형을 유지할 때 심장은 최고의 성능을 유지한다는 얘기다. 이때 중요한 것이 바로 심첨부(apex)다. 심첨부는 심장의 모든 수축 세포를 관장하는 중심 기점이다. 보통 심장의 하단부에 그 지점이 형성되지만, 사람마다 천차만별이며 그 존재 가능성조차 아직은 갑론을박 중이다. 병변을 짚어내는 능력도 중요하지만, 가상의 심첨부를 지정해 주는 일에 바로 수술의 성공 여부가 달려 있는 것이다. 팽이가 돌기 위해서는 반드시 꼭짓점이 중요하듯 심장도 마찬가지란 얘기야."

노태수는 박훈에게 이와 같은 이야기를 수도 없이 강조했다. 기존 의료계에서는 아직도 제대로 받아들여지지 않고 있는 이야기였다. 그러나 노태수는 19년 전 그 자신이 직접 심첨부의 중요성을 확인했다. 어떠한 경우에도 심첨부를 다치게 해서는 안 된다. 만약 심첨부에 병변에 생겼을 경우 새로운 심첨부를 만들어 주어야 한다. 그것은 결코 아무나 할 수 있는 수술이 아니었다. 세이버가 그 가능성에도 불구하고 일찌감치 의료 시장에서 사장되었던 이유다. 방법은 알지만 어떤 의사도 선뜻 그와 같은 수술을 성공시킬 자신이 없었던 것이다. 그런데 박훈이라는 저 사내는 특유의 천재성으로 단 한 번의 모의 수술도 없이 완벽하게 노태수 자신의 이론을 증명해내고 있었다.

19년 전, 노태수는 두 개의 심첨부를 주제로 논문 작업을 진행한 일이 있었다. 그가 판단하기엔 심장의 하단부에서 심첨부가 벨트처럼 심근육들을 조여 주고 있는 것은 너무도 분명했다. 단지 그것을 증명하려면 부속 연구에 많은 공을 들어야 했을 뿐이다. 그러나 그것 가지고 심장을 설명하기에는 뭔가 부족했다. 그때 노태수의 머리에 번개처럼 떠오른 것이 럭비공이었다. 럭비공은 양쪽에 두 개의 꼭짓점을 가지고 균형을 유지한다. 축구공과 달리 불규칙한 운동성을 가지고 튀어 오르는 이유도 두 개의 꼭짓점 때문이다. 심장의 상부에 가상의 심첨부를 설정하자 심장이 일으키는 불규칙한 여러 증상들이 놀랍게도 하나의 궤로 설명되는 것이 아닌가. 그러나 노태수는 섣불리 그런 이야기를 꺼내지 않았다.

당시만 해도 하나의 심첨부조차 제대로 연구되지 않은 시점이었다. 노태수는 오로지 자신의 머릿속에서만 아무도 하지 않는 연구를 진행해 나갔다. 세이버 수술의 성과를 바탕으로 두 개의 심장 추를 규명해내는 것, 노태수의 원대했던 그 꿈은 그러나 연이은 세이버 수술 실패와 동우에서의 축출이라는 불명예스러운 현실 앞에서 좌절의 길을 걷게 된다. 그렇게 빛바랜 노태수의 꿈이 박훈을 만나 다시 수면 위로 떠오른 것이다. 문성주 같은 날건달과의 한판 싸움은 아무래도 좋았다. 프로젝트가 무사히 끝나면 노태수는 박훈에게 자신의 손을 떠나버린 그 모든 것들을 전수할 생각이었다.

2시간이 조금 지났다. 빠르게 전개된 수술은 어느덧 후반부로 접어들고 있었다. 수술이 마냥 성공적으로 진행되었던 것만은 아니다. 가장 큰 위기는 마취의로 인해 찾아왔다. 급하게 수술실로 불려온 30대 후반의 마취의였다. 그는 박훈의 스피드를 따라잡지 못해 자주 허둥거렸다. 유능한 마취의일수록 알아서 마취심도를 조절하는데, 박훈은 초보 운전자 뒤에 따라붙은 운전자처럼 자주 제동을 걸어야 했다. 다행인 건 참관실에서 금봉현이 이 모든 장면을 여차하면 달려올 우군처럼 지켜보고 있었다는 점이다.

금봉현은 이틀 전 저녁 강현정으로부터 전화 한 통을 받았다. 강현정은 박훈이 자신을 찾아왔었음을 전하며 그날 병실에서 있었던 일들을 낱낱이 전해 주었다.

이야기가 끝나갈 무렵 금봉현은 재차 물었다.

"뭐라고? 그 녀석이 눈물을 흘렸다고?"

강현정이 차분하게 대답했다.

"그래요. 그분의 눈물은 진짜였어요. 진심으로 선생님과 내 이야기에 귀를 기울여 준 사람이죠. 아마도 선생님을 이해할 유일한 사람일 거예요."

"연극까지 할 줄 아는 약삭빠른 놈이군. 그놈 솜씨가 연극만큼이나 잘났는지 내 눈으로 한번 봐 두는 것도 나쁘진 않겠지."

수화기를 내려놓는 순간 금봉현은 자신도 눈물을 흘리지 않을 수 없었다. 박훈, 그 녀석은 단순히 스카우트를 위해 자신의 뒤를 밟아 온 것이 아니었다. 만약 그랬다면 몸이 아픈 강현정을 붙잡고 금봉현의 마음을 돌려 달라고 온갖 달콤한 수작을 벌였겠지. 그러나 그는 그렇게 하지 않았다. 그는 묵묵히 이야기를 들어주었고 강현정의 손을 잡아 주었고 그리고는 눈물로 화답했다. 그리고 어떤 부탁도 요구도 하지 않은 채 병실을 나섰다. 그런 사내라면 한 번쯤 손을 잡고 일을 해볼 수도 있지 않을까. 때가 되면 그를 돕고 싶다. 점심도 먹지 않고 일찌감치 참관실로 달려온 이유였다.

"곧 마무리한다."

저 남자 너무 빠르다. 수현은 아직 마음을 놓을 수가 없다.

현재까진 마치 세이버 수술팀의 첫 장도를 축하라도 하듯 모든 게 순조로웠다. 대동맥 판막과 심실에 고인 혈전을 제거하는 일 역시 최동찬의 깔끔한 실력 덕에 시간을 당길 수 있었다. 심장이 완전히 망가졌을 거라는 예상과 달리 막상 개흉을 하고 나니 환자의 상태가 좋았던 것도 수술의 성공 요인이었다. 병변 역시 필름으로 보던 것과 달리 크기가 크지 않았다. 병변에서 생긴 출혈로 인해 심실에 혈전이 고이면서 부가적인 합병증이 발생한 것이 가장 큰 문제였다. 좌심실이 안정되면서 심장 전체의 밸런스도 회복됐다. 집도의 박훈의 지휘에 따라 모두가 일사불란하게 움직인 결과였다.

하지만 아직 두 개의 관문이 남아 있었다.

"심혈류를 재개한다."

수술이 성공해도 심장이 뛰지 않으면 그 수술은 실패로 기록된다. 다양한 원인이 있는 만큼 심장을 되돌리는 일은 그만큼 숙련을 요구한다. 심장은 까다롭고 독특한 생명체다. 아무리 완벽한 처치를 한다고 해도 허락도 없이 자신을 주무르고 째고 꿰맨 인간의 손길을 거부하기 일쑤기 때문이다. 문제는 또 있다. 심장이 복구된다고 해도 의식이 돌아와야 비로소 그 수술은 성공으로 기록된다. 심장을 되돌리는 일은 담당의의 몫이지만 의식을 돌려주고 안 돌려주고는 인간의 영역이 아닌 신의 관할지다.

"체온 복구합니다. 34…… 35."

마취의의 목소리가 떨린다. 그도 긴장하고 있음인가?

"어떻게 된 거죠?"

36, 체온이 복구되었지만 심장은 요지부동이었다.

'아까부터 나를 짓누르던 불안의 정체가 이거였나?'

수현은 다리가 휘청거려 침대 모서리를 짚었다.

"우라질! 5초나 지났는데, 심장이……."

최동찬이 더 기다리지 못하고 탄식했다. 뇌는 인내심이 전혀 없는 놈이다. 길어야 5분, 그 안에 피가 통하지 않으면 영영 제 기능을 잃게 된다.

목덜미 뒤쪽, 참관실에서 웅성거리는 소리가 들렸다. 수현은 마스크를 조금 내리고 그쪽을 힐끗 보았다. 굳은 표정의 문성주가 손으로 간단한 수신호를 보내왔다. 사후 처리를 준비하라는 사인이겠지. 벌써 소문을 맡고 달려온 기자들도 있을 것이다. 수현은 머릿속에 해명할 말들을 준비해 본다. 수술은 성공했지만 환자의 상태가 워낙 좋지 않았다. 이건 어떨까? 완벽하게 처치를 끝냈지만 맥이 돌아오지 않았다. 결국 과거의 재판인가. 19년 전의 실패에서 한 발짝도 개선되지 못한 건가.

"인공 심폐기 재가동!"

박훈의 목소리에선 여전히 흔들림이 감지되지 않는다.

"뭘 하려고요? 설마?"

누가 말릴 사이도 없이 박훈은 다시 메스를 잡았다. 참관실을 나서던 문성주가 눈을 휘둥그레 뜨고 수현에게 손짓했다. 어서 말리라는 신호였다. 수현은 눈을 꾹 감았다. 마취의가 끙끙거리며 마취 팩을 갈아 끼웠다.

"해파린은 미량으로."

박훈은 손을 갈퀴처럼 심장으로 가져갔다. 손바닥 위에 심장을 완전히 올려놓은 형태가 되자 그는 부드럽게 그리고 아주 천천히 심장을 쥐어짜기 시작했다. 방금 병변을 잘라내고 봉합한 환자의 심장을 손으로 마사지하다니, 제정신인가. 자칫 꿰맨 자리가 터질 수 있었다. 사방으로 분수같은 핏줄기를 뿜을 것이다. 생각만 해도 아찔

했다. 그러나 박훈은 단순히 심장만 마사지하는 게 아니었다. 오른손으로 심장을 마사지하며 동시에 왼손으로 흉부 대동맥을 차단한 채 혈액의 강약을 조절하고 있었다. 마치 수압을 조절해 가며 화단에 물을 뿌리는 노련한 정원사 같다. 이렇게 하면 이완기 압이 높고 중심정맥의 압이 낮아 심장이 다시 뛸 확률이 그만큼 높아진다. 단, 좌심실 처지가 완벽하게 마무리되었을 때나 가능한 일이다.

"그만! 맥이 뜁니다."

심전도 기계를 살피던 마취의가 소리를 질렀다.

"다들 수고했어요. 그럼 뒤처리를 부탁합니다."

막판에 긴장이라도 한 걸까. 박훈의 목덜미에 땀이 묻어났다.

'정말 이 수술 성공한 건가?'

수현은 불과 몇 초 사이에 벌어진 대반전에 입을 다물지 못했다. 가슴을 덮는 최동찬의 표정도 같은 생각을 하는 것 같았다.

'믿을 수 없다. 단지 운만은 아니었어. 박훈 그 녀석은 이런 경우 어떻게 해야 심장을 다시 뛰게 하는지 정확히 알고 있는 것 같았어.'

참관실에서 지켜보던 금봉현 역시 놀라기는 마찬가지였다.

수술은 4시간여 만에 성공적으로 끝났다.

문성주는 별다른 언급 없이 참관실을 떴다. 곧바로 홍보팀 직원들이 달려왔고, 보도 자료를 작성한다고 한동안 소란을 피웠다. 동우의료원 전체가 세이버 수술 성공 이야기로 시끌시끌해졌다. 이로

써 노태수와 박훈은 분명한 존재감으로 동우에 안착할 수 있는 기반을 다진 셈인가. 그러나 수현은 속이 썩 유쾌하지 않았다. 박훈이 빠진다면 이 팀은 시체와 다름없다. 박훈은 열한 명의 축구 선수에 속해 있지 않았다. 그는 수비수였고 골키퍼였고 또한 예리한 공격수였다. 막연하게나마 첫 수술을 통해 박훈 없이도 수술할 수 있을 정도의 스킬을 얻어내길 원했던 그녀였다. 그러나 수술 속도도 속도거니와 박훈은 다른 의사들이 범접할 수 없는 먼 거리에서 홀로 싸웠다. 그건 수술과의 싸움이 아니라 그 자신이 지닌 어떤 목적과의 사투처럼 보였다.

"다들 수고가 많으셨습니다. 막상 수술이 성공하고 나니까 조금 허탈하네요. 오늘처럼만 해 주세요. 두 번째도 세 번째도 오늘처럼만 하면 절대 실패하지 않을 겁니다. 특히 오늘 박 선생 노고가 컸어요. 다 같이 건배!"

저녁을 겸한 회식 자리에서 의례적인 인사로 분위기를 띄웠으나 수현은 온몸이 녹초가 될 정도로 피곤했다. 며칠 습해진 날씨 때문인지 몸살 기운까지 겹쳐 오래 술자리에 남아 있을 수 없었다. 수술 후에 전화기를 확인했을 때 아버지로부터 두 통의 부재중 전화가 와 있었던 것도 수현의 마음을 불편하게 만들었다. 요즘 부쩍 아버지의 빈 전화가 잦아드는 느낌이다. 그러나 끝내 수현은 버튼을 누르지 않았다. 바쁜 일들이 정리되면 일간 차를 몰아 시골에 있는 아버지를 만나고 올 생각이었다.

일행들이 떠들썩하게 성공을 자축하고 있는 사이 수현은 슬그머니 일어날 궁리를 했다. 술을 마시지 않는 것으로 알려진 박훈도 오늘은 기분이 좋은지 거푸 동료들이 내미는 잔을 받고 있었다. 이미 취할 대로 취한 노태수는 혀가 꼬부라져 최동찬과 둘이서 심장을 두고 한바탕 토론을 벌였고, 실수가 잦았던 마취의는 밥을 먹고 바쁜 일이 있다며 일찌감치 자리를 떠버렸다. 응급실 소속으로 지원을 나왔던 4년 차 전문의 한 명과 심장내과 소속의 인턴 하나도 슬금슬금 빠져나갈 순간을 찾고 있었다. 수술을 도왔던 두 명의 간호사가 박훈 옆에 바싹 붙어 앉아 수다를 떠는 게 약간 눈에 거슬렸으나 수현은 화장실을 가는 척하며 그대로 자리에서 일어났다.

식당을 나와 수현은 지나가는 택시를 세웠다. 행선지는 한재준의 청담동 고급 빌라였다. 갓 샤워를 했는지 문을 열어 주는 한재준의 몸에서는 향긋한 비누 향이 났다.

"오늘 수술 들어간다더니 잘 됐어?"

한재준이 수건으로 머리를 말리며 물었다.

"지옥과 천당을 오가느라 진이 죄다 빠진걸요."

책상 위에 놓인 제과점 케이크를 발견하고 수현이 물었다.

"근데 웬 케이크? 오늘 누구 생일인가?"

"꼭 생일에만 먹나. 기념할 만한 날은 기념해야지."

"풋, 별걸 다 기념해 준다."

두 사람은 가볍게 와인을 마시며 동우의 첫 세이버 수술을 자축했다. 긴장이 풀린 수현은 몸 상태가 좋지 않음에도 약간 과음을 했다.

"인공 심폐기가 재가동될 땐 정말 내 심장이 멈추는 줄 알았다니까요. 문 교수의 똥 씹은 표정을 봤어야 하는데……."

"내 눈으로 못 봐서 믿을 수가 없군. 박훈이 그 녀석, 병원은커녕 변변한 보건소조차 없는 변방 중의 변방 북한에서 그런 스킬을 배워 왔다는 게 말야."

한재준은 노골적으로 수술 결과를 물어 왔고 수현은 박훈이라는 천재 외과의의 등장을 과장 섞인 시선으로 묘사해 주었다. 수현이 상황을 설명할 때마다 한재준의 입이 떡 벌어졌다. 한재준의 반응이 질투처럼 느껴져 수현은 이야기 중간중간 자주 웃음을 터뜨렸다. 남자들이란 그런 존재였다. 그건 동우에서도 마찬가지일 것이다. 천재의 등장이 모두에게 환영받을 일은 아닐 것이란 생각이 들었다.

어느 순간 한재준이 세심한 손길로 수현의 블라우스를 벗겨내고 있었다. 수현은 오랜만에 깊은 오르가즘을 느낀 뒤 잠으로 빠져들었다.

18

다음 날 수현은 상쾌한 상태에서 눈을 떴다.

몸살기도 가셨고 몸도 가벼웠다. 병원으로 돌아가 세이버 수술팀에 쏟아질 찬사를 생각하자 저절로 콧노래가 나왔다. 표현은 안 했지만 문성주 역시 기뻐하고 있을 것이다. 수술에 성공하고 매스컴을 장식할수록 덕을 보는 쪽은 그 자신일 테니까. 빠르면 오늘 아침 조간신문에서 동우의료원의 쾌거를 확인할 수 있을 테지. 저녁 9시 뉴스는 물론 각 신문의 토요판 특집에서도 비중 있게 다루어질 것이다. 인터뷰 준비도 해야 하고 홍보용 사진도 두어 장 찍어 놓는 게 좋겠어. 이래저래 할 일이 많은 하루가 될 것 같았다.

"급히 내 방으로 와!"

출근하자마자 득달같이 문성주에게서 전화가 왔다. 그러면 그렇지. 수현은 기분 좋게 문성주의 방을 노크했다. 그러나 전혀 예상하지 못했던 상황이 수현을 기다리고 있었다. 문성주가 성난 표정으로 조간신문 하나를 집어던졌다.

"도대체 이게 말이 되는 상황이야? 이게 우연인 것 같아?"

수현은 깜짝 놀라 신문을 주워 올렸다. '세계 첫 세이버 수술 성공', 놀랍게도 신문의 사회면을 장식하고 있는 기사의 주인공은 동우가 아닌 세종의료원이었다.

"이, 이게 어떻게 된 일이죠?"

"직접 읽어 봐!"

그러니까 동우에서 세이버 수술을 성공시키기 몇 시간 전, 세종에서도 똑같은 수술이 한재준이라는 젊은 흉부외과의에 의해 시도됐고, 6시간 만에 수술에 성공했다고 한다. 마치 미리 계획이라도 한 듯 동우보다 2시간 빨리 보도 자료가 뿌려졌고 첫 세이버 수술의 영광은 세종의 몫으로 돌아갔다. 간간이 동우의료원이 언급되기도 했으나, 어느 신문이고 첫 수술에 대한 영광은 세종의 몫이었다.

"이게 어떻게……."

수현은 두 다리의 힘이 풀리는 걸 느끼며 비틀거렸다. 한재준, 어제 저녁 케이크까지 갖다 놓고 이것저것 캐묻던 그의 느글느글한 얼굴이 눈앞을 스쳐 갔다. 결국 케이크는 자신의 업적을 축하하기 위한 페이크였단 말인가.

"다 끝났다! 팀 해산해."

"교수님!"

"선수를 빼앗겼는데 누구 좋은 일 시키려고?"

"비록 선수는 빼앗겼지만 세종에서 박훈 선생을 따라올 의사는 없어요. 장기적으로 보면 이 싸움은 우리가 이기는 싸움이에요."

수현은 약이 바싹 올랐다.

"꼴 보기 싫으니까 나가! 죽 쑤어 개 준 꼴이잖아."

수현은 군말 없이 물러 나왔다. 닭 쫓던 개라는 표현이 딱 들어맞았다. 하필 경쟁 병원인 세종이 세이버 수술을 성공시키다니. 게다가 집도의는 박훈이 아닌 약혼자 한재준! 굳이 듣지 않아도 감이 잡혔다. 다이아 반지 따위를 들이대 안심을 시켜가면서 한재준은 그녀를 이용하고 있었던 것이다. 아무리 생각해도 그렇게밖에 이해되지 않았다. 사실상 동우의료원의 상황을 알려준 이는 수현 자신이었다. 그녀를 통해 동우의 상황을 수집한 한재준은 동우가 선수를 치기 전에 적당한 환자를 구해 세이버 수술을 성공시킴으로써 개성의료센터 주축 병원 선정에서 앞서 갈 수 있게 일을 꾸민 것이다.

"나쁜 자식, 반드시 갚아 주겠어."

수현은 솟구치는 분을 겨우겨우 억누르며 세이버 수술팀 아지트로 향했다.

'뭐라고 위로를 한담.'

다른 팀원들도 신문을 보았을 것이었다. 팀의 해체 여부는 상층에서 결정을 하겠지만, 현재로선 팀의 존재가 위태롭게 된 게 사실이었다.

그러나 문을 열자 전혀 엉뚱한 상황이 수현을 기다리고 있었다.

"노 선생님이 실종된 모양이야."

전화를 걸고 있던 최동찬이 심각한 얼굴로 알려 주었다. 업적을 세종에 빼앗긴 일 따위는 그다지 중요하지 않다는 표정이었다.

"그럼 박 선생은?"

"노 선생을 모시러 집으로 갔지. 방금 통화했는데 집에도 들어오지 않았다는군. 휴대폰도 꺼져 있고."

"설마 무슨 일이 생긴 건 아니겠죠?"

"아직 더 기다려 봐야겠지. 어디 사우나 같은 데서 아직 자고 있을 지도 모르잖아."

진찰실로 걸음을 옮기며 수현은 머리가 하얗게 비는 것 같았다. 수술에 성공했다고 좋아한 게 불과 열 몇 시간 전이다. 그런데 기대했던 스포트라이트는 고사하고 한 달 동안 공을 들여온 세이버 수술팀이 존폐 위기에 몰려 있었으니. 거기에 세이버 수술팀의 운명을 손아귀에 쥔 노태수까지 말썽을 부릴 참인가.

노태수는 오후가 되도록 나타나지 않았다. 노태수가 실종되자 온갖 억측이 제기되었다. 오랫동안 준비해 온 세이버 수술을 세종에 빼앗기자 상심한 나머지 모습을 감추었을 거라는 추측에서부터 동우의료원 이사진과 맺어놓은 모종의 계약이 작용했을 거라는 추측까지, 온갖 음모론들이 난무한 채 하루가 흘러갔다.

겉으로 표현하지는 않았지만 박훈은 몸이 달았다. 모든 계약의 구심점인 노태수의 증발은 수술을 성공시켜 거액의 보수를 챙기고 그 돈으로 송채희를 구해 오겠다는 큰 꿈에 균열이 생겼음을 의미했다. 문성주는 좀 더 시간을 두고 기다려 보자는 입장이었고, 수현은 최동찬과 더불어 경찰에 실종 신고를 내고 근처 병원 응급실에 전화를 넣어 보는 등 바삐 움직이고 있었다. 그러나 이틀이 지나도 노태수의 흔적은 발견되지 않았고, 팀원들은 무기력한 시간을 보내야 했다.

사흘 뒤, 박훈은 병원을 나와 안산으로 가는 지하철에 몸을 실었다. 노태수가 어떤 이유에서인지 자신의 개인 병원에서 박훈을 기다리고 있을 것 같았다. 그러나 손잡이에 거미줄까지 쳐진 노태수의원 문은 굳게 닫혀 있었다. 필리핀 간호사의 글씨인지 아무렇게나 휘갈겨 쓴 문장으로 당분간 휴업을 하게 됐다는 안내문 한 장이 달랑 붙어 있었다. 불 꺼진 노태수의원을 바라보며 박훈은 망연자실했다. 특별히 가족이 있다거나 친척이 있지도 않은 혈혈단신이어서 마땅히 연락을 취해볼 곳도 없었다. 노태수, 그 괴짜 노인네는 마치 처음부터 존재하지 않았던 사람처럼 아무 흔적조차 남기지 않고 갑자기 박훈의 눈앞에서 훌쩍 사라져 버리고 만 것이었다.

19

보름 가까이 계속되던 궂은 비가 물러가자 후텁지근한 날씨가 이어졌다.

실종된 지 20일 가까이 지났지만 노태수의 행방은 여전히 안갯속이었다. 박훈을 제외하면 더는 노태수에게 신경을 쓰는 사람도 없었다. 다행스러운 일이라면 노태수가 불시에 빠져버린 세이버 수술팀이 아직 건재하다는 점이었다. 세종에게 뒤통수를 맞고, 팀을 해산하라 역정을 냈던 문성주도 그날 이후로는 어떤 언질도 하지 않았다. 병원 경영진의 입김이 작용한 때문이라고 수현은 막연히 짐작했을 뿐이다.

세종에게 뒤통수를 맞은 뒤, 문성주는 문성주대로 이사장 앞에 불려가 해명을 하느라 진땀을 뺐다. 직접 노태수를 섭외하며 공을 들였던 이사장은 당장 세종과 내통한 내부 직원을 찾아내라고 고함을 질렀다. 그러나 3일 뒤 상황이 반전되고 말았다. 세종의료원에서 세이버 수술을 받은 환자의 상태가 급속히 악화되어 재수술을 받게 되었는데, 그 사실이 일부 언론에 노출되면서 세종은 사면초가에 빠졌다. 자체적으로 소집된 윤리위원회에서도 환자의 몸 상태를 고려하지 않고 무리하게 수술 일정을 앞당겼다는 반성의 목소리가 연이었다. 결국 세이버 수술은 무기한 중지되었고, 사태의 책임을 떠맡은 세종의 RM(Risk Management) 센터장은 목이 달아났다. 게다가 언론담당 홍보팀장까지 지방으로 인사 조치되면서 겨우 일이 수습되었다.

동우의료원의 사정은 그 반대였다. 602호 코마 환자가 극적으로 회복되어 가족들 품으로 돌아가면서 그 사실은 지상파 방송사들의 저녁 메인 뉴스에까지 대대적으로 소개되었다. 경영진들로부터 하루 빨리 두 번째 수술을 준비하라는 압력을 받게 된 문성주는 오히려 표정 관리를 하느라 바쁠 지경이었다. 기자들이 내원할 때마다 그는 만사를 제쳐 두고 의국 곳곳을 안내하며 수술팀에게 돌아갈 스포트라이트를 제 몫으로 챙겼다. 눈엣가시였던 노태수까지 알아서 실종이 된 마당이라 문성주로서는 이보다 더 좋을 수 없는 상황이었다.

"두 번째 수술 준비는 어떻게 돼 가지?"

월요일 아침, 총 회진이 끝나자 문성주가 민수현을 불러 세웠다.

"옛, 뭐 말인가요?"

지난번 해체 이야기도 있었던 터라 수현은 짐짓 못 들은 척했다.

"세이버 수술 말이야. 기왕 시작한 거니까 쭉 밀어붙여야지. 세종에서 깽판 치기 전에 계속 성과를 내 보는 게 어때?"

"아, 당연히 그래야죠."

듣기에 따라 세이버 수술팀을 전격 지원하겠다는 말로도 들렸다.

"곧 인턴 선발 공고가 날 테니까 가급적이면 거기서 한두 명이라도 인재를 건져 보자. 어차피 지금 우리에게 필요한 건 이벤트니까. 그걸 잘 활용해야지."

수현은 이번에도 그 말이 지닌 의미를 파악하지 못했다.

'인턴과 이벤트라 무슨 상관이지?'

알았다고 고개를 숙이면서도 수현은 경계를 풀지 않았다.

나흘 뒤 동우의료원 홈페이지를 통해 인턴 선발 공고가 나갔다. 반응은 지난봄과 달리 매우 뜨거웠다. 동우의대뿐만 아니라 전국 각지에서 지원자들이 쇄도했다. 세이버 수술에 성공한 병원 흉부외과 팀을 부각시키면서 도전 정신을 테마로 내세운 것이 젊은 인턴들에게 어필한 결과였다. 장장 열흘에 걸쳐 3차의 관문을 모두 통과한 94명의 새 인턴을 바탕으로 전체 교육과 국별 교육이 실시되었고, 심장외과에도 네 명의 새로운 인턴이 배정됐다. 그들 가운데 특히 주목받는 이가 있었으니 바로 하영이었다.

하영은 후천성 청각 장애인이었다. 지방 의대를 나온 그녀는 우여곡절 끝에 의사면허시험에 합격했고, 바로 다음날 가족과 함께 제주도로 축하 여행을 떠났다. 그러나 해안도로에서 택시가 바다로 추락하는 사고를 당해 부모님은 죽었고, 그녀는 언니와 함께 택시 밖으로 튕겨져 중상을 입었다. 이날 사고로 윤하영은 청력의 80퍼센트 가까이를 상실했다. 보청기를 끼고도 상대의 입 모양을 확인하지 않으면 무슨 말을 하는지 알아듣지 못했다. 사고 당시 이빨로 혀를 깨무는 바람에 봉합 수술 이후 발음까지 부정확해졌다.

사실 하영은 동우의료원이 처음이 아니었다. 한 달 전 응급실에서 급히 인턴 인력을 모집한 적이 있는데 그때 면접을 보러 왔다가 청력 문제로 탈락한 적이 있었다. 박훈이 현관 근처에서 스쳐 가듯 채희를 닮은 하영을 목격한 것도 이날이었다. 사실 지난 몇 년간 하영은 전국 여러 종합 병원에 인턴 시험을 보러 다녔지만 번번이 청각장애 탓에 낙방의 고배를 마셔야 했다. 하지만 그녀는 포기하지 않았다. 돌아가신 부모님을 생각하면서 그럴수록 이를 더욱 악물었다. 그리고 이번에는 운이 좋았다. 그동안 하영의 최대 약점이었던 청각 장애가 오히려 인턴 선발에 합격하는 요인으로 작용했으니까. 부원장 문성주가 뒤로 손을 쓴 결과였다.

면접장에서 하영을 처음 본 날 문성주는 본능적으로 그림이 되겠다고 판단했다. 시선을 붙잡는 청순함도 그랬지만 청각 장애라는 핸디캡이 언론의 관심을 끌 수 있겠다는 판단에서였다. 세이버 수술이 성공할 때마다 언론은 이슈가 될 것이었다. 하영은 그럴 때를 대비한 일종의 마스코트였다. 청각 장애를 가진 의사가 어떤 제약도 받지 않고 마음껏 실력을 연마할 수 있는 동우의료원 흉부외과, 세이버 수술을 성공시키며 최근 언론의 주목을 받고 있는 동우의료원 흉부외과를 진두지휘하는 문성주 교수……. 그 생각을 할 때마다 문성주는 입을 벙긋거리며 기분 좋은 상상에 빠졌다.

이런 내막도 모른 채 하영은 장래에 대한 기대로 가슴이 한껏 부풀어 올랐다. 드디어 동우의료원에서 의사라는 내 꿈을 펼칠 수 있게 된 건가. 자신의 신체적 결함을 이해해 준 이곳 병원이 너무 고마울 뿐이었다. 하영은 그 누구보다도 야무진 의사가 되고 싶었다. 그래서 하늘의 부모님께 집도의로서 어떤 수술이든 당당하게 리드하는 자신을 보여 주고 싶었다. 그렇게 되기까지 어떤 고통도 이겨낼 준비가 되어 있었지만, 현실은 마냥 생각대로 흘러 주지 않았다. 하영을 의국에 들인 뒤 문성주는 개인 비서처럼 그녀를 부리기 시작했다. 수술실 접근은 얼씬도 못하게 막았을 뿐만 아니라 필요하지도 않은 문서 정리를 시킨답시고 하영을 연구실로 불러 하루 종일 곁에 두기도 했다.

"저를 수술실로 보내 주세요."

그러나 하영을 수술실로 보내는 문제는 본인 의사처럼 쉬운 게 아니었다. 문제는 역시나 의사소통이었다. 입 모양을 보아야 대화가 가능한 하영은 상대가 마스크를 착용하면 의사소통이 불가능했다. 간호사들조차 그녀를 외면하는 분위기였다. 괜히 환자를 맡겼다가 의료사고라도 나면 골치 아팠기 때문이다. 선후배 동료들과 간호사들, 심지어 환자들까지 그녀를 문성주가 이벤트를 위해 데려온 인턴 정도로 인식했다. 외부에서 의국에 취재라도 나오면 문성주는 항상 그녀의 존재를 자랑스레 떠벌리곤 했으니까.

박훈이 하영과 조우한 건 신관과 본관 사이, 간이 쉼터에 심어진 등나무들이 자주색 꽃잎을 주렁주렁 매달았던 어느 토요일 오후였다. 의국에 새 인턴이 몇 들어왔다는 소리를 들었지만 박훈은 딱히 관심을 두지 않았다. 당시 그는 새로 팀에 합류한 최동찬과 더불어 손이 빠른 간호사를 찾는 데 몰두하고 있었다. 사라진 노태수의 행방도 여전히 박훈의 마음을 불편하게 만들었다. 주말이면 버릇처럼 안산으로 달려가 노태수의원 앞을 서성이다가 돌아오는 것도 박훈의 주된 일거리였다.

그날 박훈은 신관 지하 1층에 마련된 의학도서실에 갔다가 채희를 닮은 하영과 다시 만났다. 한 달 전 신관 현관으로 굽어져 들어가는 그녀를 보았을 때, 박훈은 자신이 환영을 보거나 잠시 꿈을 꾼 거라고 생각했다. 그러나 결코 환영이 아니었다. 언제나 귀 뒤로 단정하게 넘기곤 하던 머리카락, 소처럼 커다랗게 슴벅이는 두 눈, 쌍꺼풀진 눈 밑으로 고르게 두드러진 애교살, 작지만 반듯한 코, 마른 몸매 때문인지 곧 허물어지기라도 할 것 같이 안쓰러워 보이는 걸음걸이, 그녀는 놀랍도록 채희와 닮아 있었다. 진짜 채희가 아니라면 쌍둥이 자매가 틀림없다는 생각이 들 정도였다.

박훈이 눈을 떼지 못하고 석상처럼 하영을 바라보자, 그 강한 시선을 느꼈는지 하영이 불편한 표정을 지으며 그를 돌아보았다. 박훈은 하영과 시선이 마주치자 당황하여 얼른 몸을 옆으로 돌렸다.

"아, 누, 누구시죠?"

상대가 안절부절못하며 자리에서 일어났다.

"저 혹시……, 날 기억하겠습니까?"

박훈은 저도 모르게 말끝이 올라갔다.

그녀가 박훈을 뚫어져라 쳐다보다가 겨우 대답했다.

"새로 온 인턴 윤하영입니다. 사람을 잘못, 본 것 같아요……."

박훈은 그제야 정신이 돌아왔다. 그녀는 심장 질환과 관련된 몇 권의 논문을 꺼내 놓고 뭔가를 부지런히 옮겨 적고 있었다. 가슴에 매달린 인턴 명찰은 너무도 분명하게 그녀가 채희가 아님을 증명하고 있었다.

"아, 역시 아니란 말인가……."

인정하고 싶지 않았지만 그녀는 채희를 닮은 여자에 불과했다.

"미안합니다. 내가 실수를 했어요. 정말 미안해요."

박훈은 급히 사과하고 도서관을 빠져나왔다.

그는 현관으로 나와 30분쯤 맥없이 앉아 있었다. 그런데 이번엔 그녀가 책과 논문을 손에 한가득 쌓아 올리고 낑낑거리며 올라오는 모습이 보였다. 하영이 막 신관과 본관을 잇는 구름다리 위로 올라설 때였다. 툭, 책과 책 사이에 끼어있던 작은 책 한 권이 바닥에 떨어졌다. 그러나 그녀는 책이 떨어지는 소리를 듣지 못했는지 계속 가던 걸음을 재촉했다.

박훈은 책을 주워들고 그녀를 쫓아갔다. 구름다리 한가운데서 박훈이 그녀를 불렀다.

"저기."

그녀는 대답하지 않았다.

"이봐요, 책이 떨어졌어요."

등을 툭 건드린 뒤에야 그녀가 깜짝 놀라며 돌아섰다.

"여기 책이 떨어졌군요."

상대가 상황을 이해하고 고개를 숙였다.

"고, 맙, 습니다."

그녀가 기어들어 가는 목소리로 대답했다.

하영이 다리를 다 건너가 본관 안으로 사라질 때까지 박훈은 다리 한가운데 얼어붙었다. 아무래도 말투가 어색하다. 인턴 중에 청각 장애인이 한 명 있다더니 저 여인인 모양이군. 하필이면 채희를 닮은 그녀가 청각 장애인이라니…….

박훈은 쓴웃음을 지으며 구름다리를 내려왔다. 그는 현관 앞 승차장에서 손님을 기다리던 택시에 곧바로 올라타더니 가리봉동으로 향했다. 리 씨를 만나 술이라도 한잔 들이키지 않으면 견딜 수 없을 것 같은 날이었다.

다음 날 박훈은 아지트로 들어서자마자 컴퓨터를 부팅시키고 수화와 관련된 자료를 모아 놓은 블로그를 들락거렸다. 그림으로 알기 쉽게 설명해 놓은 몇몇 손동작을 유심히 살펴보다가 청소 아줌마가 들어오자 화들짝 놀라 컴퓨터 화면을 꺼버리기도 했다.

의국에서 자신을 알아본 하영이 반갑게 인사를 건넸을 때 박훈의 대응은 유난히 무뚝뚝하고 냉랭했다. 남들이 보면 여자에 대해 데면데면한 평소 태도 탓이려니 생각했을 것이다. 그러나 사실은 그게 아니었다. 하영과 마주치는 박훈의 심장은 그 어느 때보다 뜨겁게 달구어졌다. 채희와는 다른 여자란 사실을 머리로는 인정하면서도 심장으로는 인정을 못 하는 인지 부조화. 그녀 앞에서 안절부절못하는 박훈의 이런 태도는 이내 예리한 수현의 시야에 걸려들고 말았다.

오후 늦게 갑자기 실려 온 부정맥 환자의 수술 때였다. 수현은 박훈에게 새로 개발된 고주파전극도자절제술로 부정맥을 시술하는 법을 가르쳐 주기 위해 함께 수술에 들어갔다. 고주파전극도자절제술의 시술법은 맥박이 정상보다 빠른 희귀성 빈맥과 일부 심실빈맥 치료에 쓰이는 전기침 요법으로, 특별히 고안된 전극도자를 절제하려는 부위에 놓고 고주파 전기로 심장 조직을 파괴해 심장의 이상 박동을 차단하는 최신 수술법이었다. 천재 소리를 듣는 박훈도 새 기계를 다루는 일은 아무래도 연습이 필요했다. 그런데 일이 되려고 그랬는지 때마침 새로 흉부외과에 배정된 인턴 하영이 그 장면을 보기 위해 참관실에 와 있었다. 박훈은 아닌 듯 그녀를 의식했다. 대퇴정맥을 통해 세 개의 전극도자를 삽입하고 가슴의 쇄골 하부에 한 개의 전극도자를 추가로 삽입하는 간단한 시술 도중 박훈은 두 번이나 침을 바닥에 떨어뜨렸다.

'이 남자, 혹시 하영이에게 다른 관심 있는 거 아닐까?'

수현은 괜한 질투가 일었다. 그리고 하필이면 그 상대가 청각 장애인이라니.

저 작자는 원래부터 성향이 특이한 인간인지도 몰라. 어떤 상황에서도 조직에 얽매이고 싶어 하지 않는 남자, 누구의 눈치도 보지 않고 할 말을 하는 남자, 그러면서도 수술실에 들어서면 야수처럼 두 눈이 빛나는 남자. 가끔 수현은 그의 눈동자 가득 담겨 있는 고독의 깊이를 언젠가 들춰내 보고 싶은 짓궂은 욕심이 들곤 해서 몇 번인가 깜짝깜짝 놀랜 적이 있었다. 특히 얼마 전부터 박훈을 두고 자주 마음의 갈등을 겪는 것 같아 그런 자신의 모습에 당황하던 터였다. 안 그래도 그런 마당에 요즈음 하영을 대하는 박훈의 예사롭지 않은 태도는 그녀로서 영 신경 쓰이고 거슬리는 바였다. 질투란 게 이런 느낌인 걸까. 그런데 그녀에겐 참 낯선 감정이었다.

며칠 후 문성주가 수현을 불러 새로운 지시를 내렸다. 하영을 세이버 수술팀에 공식 합류시키라는 명령이었다. 기껏 장애인 의사를 채용해 놓고 꾸어다 놓은 보릿자루처럼 마스코트로만 사용한다고 슬슬 비난이 일 무렵이었기에 문성주의 판단은 시기적절한 것이었다. 하영 본인에게도 이는 기다리던 뉴스가 될 것이었다. 그녀는 어떤 식으로든 흉부외과 의국 안에서 자신의 역할을 맡고 싶어 했고, 그것이 세간의 관심이 집중된 세이버 수술이라면 더할 나위 없이 좋았다. 그러나 수현의 생각은 달랐다.

"그럴 수 없습니다. 세이버 수술팀에 윤하영이 할 일은 없어요."

예상 밖의 저항에 문성주는 얼굴을 붉혔다.

"원래 그 동네 저런 친구들이 필요한 곳 아닌가? 원내에서 꼴통으로 소문난 최동찬에다가 마주쳐도 인사 한 번 않는 새터민 의사 녀석에 매사 도도한 수현이 너까지."

"교수님도 팀의 일원이라는 걸 잊지 마세요."

"흥. 그렇지. 그래, 맞아. 그러니까 난 그 애가 필요해."

"어떤 의미인가요?"

"네 말대로 윤하영이 세이버 수술팀에서 할 일은 없어. 그러니 수술실에 들일 필요도 없고. 아직도 내 얘길 이해 못 하겠니?"

"그럼 이름만 걸어 놓으란 얘기예요?"

문성주는 의미심장한 미소만 지었다.

"이제야 수현이 너와 말이 통하는구나."

"윤하영 선생에게 너무 잔인한 일이 될 텐데요."

"그거야 본인이 극복할 문제지. 안 그래? 이 정도도 큰 혜택이야."

죽이고 싶도록 얄미운 늙은이다. 막상 문성주로부터 노골적으로 그런 이야기를 듣자 수현은 빈정이 상한다. 예상대로 그녀는 소모품에 불과했다. 박훈의 운명도 마찬가지일 것이다. 동우의료원의 주가

가 치솟고 개성의료센터 주축 병원 결정이 끝나면 세이버 수술 따위는 언제든 폐기될 것이다. 그렇다면 그들은 무엇이란 말인가.

"그럼 명단에 올려놓겠습니다. 홍보실에도 알리고요."

수현은 순순히 문성주의 말에 복종했다.

점심을 같이 먹자는 문성주의 청을 선약으로 둘러대고 수현은 서둘러 응급실로 향했다. 최동찬을 만나 이 문제를 상의하고 싶어서였다.

벌써 에어컨이 가동 중인 로비는 한기가 느껴질 정도로 공기가 찼다. 로비와 달리 응급실은 입구부터 땀으로 푹 절어 있는 것 같았다. 어제 아내 문제로 잠을 한숨도 못 잔 데다가 출근하자마자 긴급 수술을 했다며 최동찬은 힘없이 중얼거렸다. 수현은 피곤해 보이는 최동찬을 신관 지하에 개업한 한식당으로 데리고 내려갔다.

"그래서 율희 문제는 아직도 결정이 안 났어요?"

최동찬은 거칠게 손을 내저었다.

"도대체 대화가 통해야지 원."

하영 이야기는 꺼내지도 못하고 대화가 엉뚱하게 흘러갔다.

"언니 몸은 괜찮고요?"

"그 여자 걱정할 때가 아닙니다. 내가 먼저 화병이 나서 죽게 생겼는데."

수술 후 집에서 요양하던 율희 엄마가 현업에 복귀했다는 이야기를 넌지시 전해 들은 게 보름 전이다. 긴급 심장 수술이라는 뜻하지 않은 난리를 겪었음에도 아내의 태도가 달라진 게 없다며 최동찬은 혀를 내둘렀다. 심장 수술이라는 고난을 부부가 함께하며 내심 재결합까지 기대했던 최동찬으로서는 히스테리를 부리다시피 계속되는 아내의 요구로 인해 어제도 밤새 전투 아닌 전투를 치렀다. 율희가 학교에 나가지 못하는 날이 며칠째 계속됐지만 두 부부의 상황은 좀체 나아지지 않았다.

"민 선생도 여자지만 난 말예요, 정말 여자들 마음을 이해할 수 없다니까. 자기랑 결혼해 달라고 매달릴 땐 언제고. 쓰면 뱉고 달면 삼키는 약도 아니고 이게 뭡니까?"

된장국에 밥을 뚝딱 말아 떠넘기며 최동찬이 중얼거렸다.

"답이 보이지 않네요. 그렇다고 도와줄 수도 없고……. 참, 얘기 들었어요? 인턴 윤하영을 세이버 수술팀에 전격 합류시킬 모양인데 어떻게 생각하세요?"

최동찬의 반응은 뜨뜻미지근했다.

"그래요? 그렇다면 잘 가르쳐야겠죠 뭐."

"아직 수술방에 들이진 않을 생각인가 봐요."

문성주의 속셈을 곧이곧대로 전할 수는 없었다.

"이해는 됩니다. 동정으로 해결할 문제가 아니니까."

매사 발끈하던 최동찬답지 않게 신중했다.

"수술실에서의 소통도 문제지만 박 선생이 마음에 더 걸려요. 박훈 그 사람, 혹시 윤하영에게 관심 있어 보이지 않아요?"

수현은 좀 짓궂은 표정을 지었다.

"그래요? 난 잘 모르겠던데……."

"이건 여자의 직감인데, 아무래도 두 사람이 같이 수술실에 드는 건 무리예요. 혹여라도 박훈 그 사람이 윤하영에게 마음 쓰다가 실수라도 하게 되면……."

"오히려 민 선생이 너무 마음 쓰다가 실수할 수도 있어요."

"농담 아니예요."

"민 선생답지 않은 괜한 걱정입니다. 내가 보기엔 너무 예민해진 것 같은데. 걱정 말고 당분간 지켜봅시다. 그나저나 우리 팀 모두 수화라도 좀 배워야 하는 거 아닌가요?"

최동찬의 반응은 의국 내 다른 직원들의 반응을 대변하는 것이기도 했다. 여자의 직감으로 볼 때 박훈은 하영과 있을 때면 자주 얼이 빠진 표정을 지었다. 개인적인 감정이 수술 중에도 어떤 식으로든 영향을 미칠 거라는 게 수현의 생각이었다. 그러나 수현의 판단과 달리 주위에서는 박훈을 향한 수현의 시선이 시샘에 사로잡혀 있는 것으로 해석될 여지가 충분했다. 솔직히 그녀 자신도 주변의 그런 시선에 대해 분명하게 반박할 자신이 없었다. 내심 여자로서 박훈에게 끌리는 감정이 전혀 없다고는 부정할 수 없었기 때문이다. 몇 번인가 박훈의 시선이 하영의 뒷모습에 사로잡혀 있는 것을 본 적이 있다. 저 남자가 예전에 저런 깊은 눈으로 누군가를 바라본 적이 있었던가.

그때마다 수현은 묘하게 기분이 언짢아졌다.

돌아가는 상황이야 어찌 됐든 박훈은 이 문제에 대해 어떤 반응도 내놓지 않았다. 사실 박훈은 수현의 관찰대로 심하게 흔들리고 있었다. 그래서 하영이 세이버 수술팀에 합류한다는 소식을 들었을 때 당장 수현을 찾아가 반대 의사를 전하고 싶었을 정도였다. 그녀를 가까이에 두고 함께 수술을 한다면 어떤 일이 벌어질까. 과연 수술방에서 흔들리지 않을 자신이 있을까. 외모만 같을 뿐 북에 남겨두고 온 채희와는 완전히 다른 여자다. 결코 바뀔 수는 없는 진실이다. 그럼에도 마음이 멋대로 움직이는 건 어쩔 수 없었다.

다음 날 수현은 하영에게 공식적으로 세이버 수술팀 합류 사실을 통보했다. 표정을 감추지 못하는 하영은 기뻐서 싱글벙글하였다.

"세이버 수술팀에 합류했다고 해서 수술방 안에까지 들어온다고 생각하면 큰 오산이에요."

수현은 종이에 또박또박 글씨를 써서 하영에게 보여 주었다. 난감한 상황이지만 하영에게 확실히 못을 박고 넘어가는 게 좋겠다고 생각했다.

"어어, 그럼 아닌가요?"

하영의 표정이 금세 실망으로 바뀌었다.

"이봐요, 윤하영 씨. 수술실은 생명을 다루는 곳이에요. 일을 배우는 것도 중요하지만, 조금이라도 실수가 있어선 안 되는 곳이라고요."

"그럼 뭘 하란 말인가요? 그냥 이름만 올려놓고?"

하영이 자신이 하고 싶은 말을 종이에 써서 수현의 눈앞에 당당하게 들이밀었다. 같은 방식으로 의사를 표현하겠다는 건가. 순진해 보이지만 때론 당돌하게 나오는 이 여자. 혹시 이런 점이 박훈의 마음을 사로잡은 건 아닐까.

"일을 배워요. 시간은 충분히 줄 테니까. 또 굳이 수술실에 들어가지 않아도 해야 할 일은 많으니까 수술실 밖에서 할 수 있는 일들을 찾아보고."

하영은 시무룩해져 돌아설 수밖에 없었다. 수현의 말이 일리가 없지 않았기에 더욱 속이 상했다.

'받아들이자.'

긴 복도를 돌아 나오며 하영은 입술을 깨문다. 밖으로 나가 하늘이라도 마음껏 바라봤으면. 그러나 창밖으로 보이는 하늘은 잔뜩 찌푸려져 있었다.

20

그 무렵 냉담하던 박훈과 윤하영이 가까워지는 계기가 생겼다.

하루는 본관 지하 식당에 빌붙어 사는 고양이 한 마리가 저녁 내내 울어 댔다. 흉부외과 가까운 곳이어서 의국원이라면 누구든 그 소리를 들을 수 있었다. 이튿날에도 같은 일이 반복되자 다들 고양이가 발정이 난 모양이라고 생각했다. 성질 급한 직원들은 참지 못하고 안전관리실에 전화를 걸어 고양이를 처리해 달라고 요구하기도 했다. 그러나 안전관리실 직원들이 다녀간 뒤에도 울음소리는 그치지 않았다.

박훈이 하영을 목격한 건 그 날 오후였다. 생명과학관 옆, 세이버수술팀 아지트로 가기 위해 걸음을 옮기던 박훈은 식당 뒤편에 쪼그리고 앉아 있던 하영을 발견하고 문득 걸음을 멈추었다. 등을 보이고 있었지만 단박에 그녀임을 알아볼 수 있었다. 무엇을 하는지 그녀는 좀처럼 앉은 자세를 풀지 않았다. 그냥 지나칠 수도 있었으나 발길이 쉽게 떨어지지가 않아 박훈은 자신도 모르는 사이 그쪽으로 걸어갔다. 뜻밖에도 하영은 고양이 한 마리를 가슴에 품은 채 몸을 쓰다듬고 있었다. 며칠 전부터 말썽을 피우던 그 고양이가 틀림없었다. 호기심이 생긴 박훈이 조심스럽게 물었다.

"여기서 뭘 하는 거지? 혹시 내가 도울 일이라도……."

박훈을 발견한 하영이 발딱 몸을 일으켜 수첩을 꺼내 뭐라고 적더니 박훈에게 내민다.

"아, 이 녀석이 많이 아픈 것 같아서요."

그녀가 박훈의 입 모양을 쳐다보며 가까스로 대답했다.

"고양이가 울면 발정이 난 거라고 하던데……."

박훈은 수첩을 꺼내 몇 글자 끼적였다.

"적지 않아도 돼요. 입 모양을 보면 얼추 알아듣거든요. 그러니까 고양이가 발정이 난 거냐고 물은 거죠? 하지만 벌써 3일째인걸요."

하영이 슬픈 얼굴을 지어 보였다.

"그럼 병이라도 걸렸단 얘기?"

"아, 맞아요. 비후형심장근육병증(비후성 심근증)이에요. 갑상선항진이나 고혈압과 관련 있는 고양이 질병이죠. 조기에만 발견하면 적절히 약을 처방해서 심장병의 진행을 느리게 진행시킬 수 있는데, 이 녀석은 이미 중증이에요."

"심장병……. 개흉도 안 해보고 어떻게 단정을 해?"

"이런 작은 동물들은 굳이 가슴을 열어 보지 않아도 알 수 있어요. 여기 손끝의 감각으로요. 심장에 손을 가져다 대면 움직임이 느껴져요. 녀석의 심장은 마치 자갈밭을 걸을 때처럼 진동이 불규칙해요. 목도 잔뜩 부어올라 있고요."

"손끝의 감각으로? 어떻게?"

"믿으실지 모르겠지만 귀가 들리지 않을수록 손의 감각이 예민해져요. 마치 청각 세포들이 손가락으로 이사라도 온 듯. 훗, 보세요, 여길. 사실 눈으로 보이는 것, 들리는 것이 세상의 전부는 아니잖아요? 병도 마찬가지예요. 느끼고자 하면 느껴져요."

박훈도 그녀의 말에 깊이 공감할 수 있었다. 평양의과대학 시절 그의 지도교수는 정년을 얼마 안 남기고 녹내장으로 시력을 잃은 사람이었다. 그래도 그는 매일같이 강단에 서서 학생들을 지도했다. 그는 손의 진맥만으로 환자의 몸속 장기의 이상 유무를 정확하게 짚어내곤 해서 당 간부들 사이에서도 신뢰가 높은 인물이었다. 그는 환부는 눈으로 보는 게 아니라 마음으로 읽어내는 것이라고 자주 강조했다. 요덕에서 환자를 상대로 실제 해부를 하기 전, 박훈은 손과 마음의 감각만으로 환부의 상태를 머리에 그리는 훈련을 반복했고, 그 예상은 거의 맞아떨어졌다.

"그럼, 지금은 고양이의 상태가 좋아졌단 건가? 단지 쓰다듬기만 했는데. 아까만 해도 시끄럽게 울어 대더니 왜 이렇게 조용하지?"

"지금 이 아인 자신이 보호받고 있다고 느끼고 있어요. 상처로 인한 고통 때문이 아니라 병이 나서 버려진 현실이 녀석을 힘들게 했던 거죠."

박훈은 머리를 한 대 얻어맞은 듯 멍해진 채 그 자리를 물러 나왔다. 불현듯 요덕에서 겪었던 일이 눈앞에 떠오른다. 어느 추운 겨울날 위생소로 다리가 부러진 고라니 한 마리가 음식을 찾아 내려온 적이 있었다. 송채희는 고라니를 위생소 창고에 꽁꽁 감춰 놓고 다친 다리를 치료했다. 행여 사람의 눈에 띄기라도 하면 그날 당장 취사실로 보내질 게 뻔했기 때문이다. 자신 몫의 음식을 먹이고 치료하기를 일주일, 다친 다리가 어느 정도 아물자 채희는 아무도 몰래 고라니를 산으로 보내 주었다.

아지트로 향하는 박훈의 발걸음이 심하게 흔들린다. 지금쯤 채희는, 아니 나의 아내는 무엇을 하고 있을까. 살아 있을까. 살아 있다면 그녀 역시 내 생각에 사무치려나. 부디 살아만 있어다오. 그곳이 지옥이어도 좋다. 살아만 있다면 반드시 너를 구하러 간다. 박훈은 어둑어둑해져 가는 북쪽 하늘을 바라보며 두 주먹을 꽉 쥐었다.

주변 사람들의 왜곡된 시선을 아는지 모르는지 하영은 매사에 티 없이 행동했다. 세이버 수술팀 합류가 공식적으로 결정된 뒤부터 2, 3일에 한 번씩 어김없이 아지트로 찾아와 얼굴을 내밀고 갔다. 그녀가 문을 열고 들어오면 사무실이 환해졌다. 냄새 나는 쓰레기통을 비우거나 책상에 걸레질하는 것도 그녀의 몫이다.

그러나 수술실에서의 소통 문제는 여전했다. 하영의 순수한 의욕과 달리 현실적으로 높은 벽들이 그녀를 연일 좌절시켰다. 민수현의 배려로 몇 번이나 가벼운 수술에 투입되었지만, 수술실 경험이 일천한 탓에 실수가 빈번했다. 수술방 밖에서야 수첩에 글을 써서 소통하는 필담이 가능하지만 막상 수술이 시작되면 필담은 어림도 없는 일이었다. 수화도 역시 마찬가지, 수술 도구가 쉴 새 없이 손에서 손으로 오가는 상황에서 의사소통을 위해 손 짬을 낸다는 것은 일 분 일 초가 아쉬운 수술 과정에서 매우 사치스러운, 또 불필요한 동작이기 때문이다. 결국 하영은 상대의 입 모양을 보고 추측하고 그 지시를 이행해야 하는데, 마스크로 집도의의 입이 가려진 경우 그녀는 상대의 의도를 전혀 읽어 내지 못했고 수현도 그녀를 포기할 수밖에 없었다.

점점 묻혀 가는 존재감 때문인지 불필요하게 수술실을 청소하거나 차트 정리에 매달리는 그녀를 보면서 박훈의 마음도 안쓰럽기는 마찬가지였다. 애초 수현의 생각대로 하영의 투입은 문성주의 과도한 오판이었다. 자신의 앞에 버티고 선 '현실'이라는 두꺼운 벽 앞에 하영은 점점 기가 죽었고 차츰 패닉 상태로 빠져들었다. 밀려드는 자괴감에 괜히 사람들을 피해 다니는 대인기피증까지 생겨버렸다.

당직을 제외한 흉부외과원 전체가 몰려간 회식 자리에서도 하영은 혼자였다. 고기 몇 점을 먹는 둥 마는 둥 하고서 그녀는 시무룩한 얼굴로 한구석에 숨어 있듯 앉아 있었다. 2차로 간 호프집에서도 마찬가지였다. 수현도 더는 그녀를 신경 쓰지 않았다. 사실상 수현은 두 번째 수술 일정이 잡히기 전에 하영을 세이버 수술팀에서 제외할 방법을 고심하고 있었다. 거리를 두고자 노력했지만 박훈은 그런 풍경을 가만히 보고만 있을 수 없었다. 3차로 들른 단란주점에서도 그녀는 존재감 없이 앉아 있었다. 술에 취한 의국원들이 둘 셋씩 어울려 춤을 추거나 목청을 돋우느라 정신이 없던 그 시각, 박훈은 슬그머니 하영을 스테이지 옆으로 불러냈다.

"자, 저 소리를 느껴 봐!"

영문을 모른 채 멀뚱히 서 있는 하영에게 박훈은 검은 스피커를 가리켰다. 박훈은 하영의 손을 시끄러운 음악이 쿵쾅거리는 스피커로 가져갔다.

"스피커에 손을 얹고 네 심장으로 비트를 느껴 보라고!"

"……?"

"난 윤하영이 훌륭한 의사가 될 것이라 믿는다. 윤하영은 다른 의사들이 따라갈 수 없는 제3의 감각을 가지고 있어. 바로 손이야. 의사일수록, 특히 심장을 다루는 흉부외과에서는 때론 눈보다 손의 판단력이 환자의 생명을 가를 수도 있지."

"……."

"좌심실 재건술의 핵심은 빠른 스피드와 정확한 판단력이니까."

"판, 판단력요?"

하영이 박훈의 귀에 대고 소곤거렸다.

"그렇다. 좌심실에 생긴 병변은 절대 눈으로 확인할 수 없어. 지난번 고양이를 촉진했던 것처럼 그 손으로 심장의 병변을 느껴야 해."

"하지만 전……."

"자 봐라. 이 시끄러운 곳에서 너만이 내 말을 똑똑히 알아듣고 있잖아. 너는 귀가 아닌 마음으로 내가 내는 소리를 듣고 있어. 심장도 마찬가지야."

"……."

하영이 어깨를 흔들며 울음을 터뜨렸다. 수현이 테이블 건너에서 이 장면을 지켜보고 있었지만 박훈은 신경 쓰지 않았다. 하영의 어깨에 손을 올리고 토닥이는 박훈의 손이 떨리고 있었다. 누군가 큰 소리로 불러 젖히는 「남행열차」가 스피커 가득 쿵쾅거리고 문성주를 중심으로 인턴들, 레지던트들과 전문의들이 어설프게 몸을 흔들며 고래고래 소리를 지를 때, 박훈은 하영의 어깨에서 손을 살며시 떼어내 소리 없이 주점 밖으로 나가버렸다. 수현이 뒤쫓아 나왔을 때 박훈은 시야에서 사라지고 없었다.

그날 밤 회식 이후 박훈과 하영은 급속도로 가까워졌다. 하영은 박훈으로부터 일주일에 두어 시간씩 외과 수술에 관한 개인 교습을 받았다. 외과의들의 독특한 행동 패턴을 통해 굳이 입 모양을 보지 않고도 다음 진행 절차를 미리 알 수 있는 방법을 집중적으로 훈련했다. 또 심장 전문의가 되고 싶다는 소망을 듣고는 실전에서 사용되는 중요한 심장 수술들을 자세히 가르쳐 주었다. 그뿐 아니라 자신이 경험으로 터득한 특별한 촉진의 비기까지 모두 전수했다. 영리한 그녀는 박훈의 가르침을 마치 스펀지처럼 흡수했다. 오랜 갈증을 단번에 해갈하려는 듯 주는 대로 빨아들였다. 그 시간은 하루 중 가장 그녀가 자신다워지는 시간이었고 행복에 젖는 시간이었다.

의기소침해 있던 전과 달리 자신감을 갖게 된 것도 박훈과의 교류 이후 나타난 현상이었다. 날이 거듭될수록 점차 자신감이 붙은 하영은 소극적이었던 이제까지와는 달리 의국의 대소사에도 적극 목소리를 내기 시작했다. 그 한 예가 의국 내에 장애인 환자들을 위한 보조 시설물 설치를 건의한 일이다. 건의를 받은 문성주는 곧 있을 보건복지부의 병원 시설물 실태 점검을 의식해 그녀의 의견을 적극 수용했다. 하지만 이러한 그녀의 열정이 동료 의사와 간호사들을 번거롭게 만드는 역효과를 가져왔다. 간호사들은 연일 신이 나서 회진을 따라다니는 하영을 보며 노골적으로 쑥덕거렸다.

"하영이 재 말예요. 아무대로 조금 몸을 낮추는 게 좋겠어요."

교습이 있던 날 아지트로 찾아온 수현이 박훈에게 넌지시 충고했다.

"왜? 왜 그래야 하지?"

박훈은 피곤하다는 듯 능청을 떨었다.

"글쎄. 뭐랄까. 조직이란 게 말도 많고 탈도 많은 곳이잖아요."

내일 개최 예정인 의국 회의에서 하영은 인턴들의 처우를 개선해 달라며 건의서를 낼 작정이었다. 눈코 뜰 새 없이 바쁜 다른 인턴들과 비교해서 어느 정도 특별 대우를 받고 있는 하영이었기에 수현은 하영의 건의서가 마음에 걸렸다. 어떤 결과가 뒤따를지 눈에 보이듯 뻔하다. 그러나 순진한 하영은 자신의 건의가 몰고 올 파장을 아는지 모르는지 원론적인 주장을 거듭해서 수현의 애를 먹였다.

"걱정이 돼서 하는 말이니 박 선생이 알아서 잘 설득해 줬으면 해요. 피기도 전에 꽃이 꺾이면 안 되잖아요."

박훈은 알았다고 고개를 끄덕이곤 저만치서 기다리던 하영에게 다가갔다.

박훈도 하영을 설득하는 데는 자신이 없었다. 한번 고집을 피우기 시작하면 여간해서 자신의 주장을 꺾지 않는 버릇까지 채희를 꼭 닮은 그녀다.

"왜요, 제 생각에 무슨 문제라도 있나요?"

박훈이 넌지시 수현의 뜻을 전하자 하영이 이해가 안 간다며 야무지게 입술을 비틀었다. 가로등이 쏟아지는 곳에 이르러 박훈이 또

박또박 발음했다.

"하영이 네 주장에 잘못은 없지만 이미 많은 사람들이 힘든 인턴 시절을 겪었잖아. 그들이 보기에 하영의 주장이 못마땅해 보일 수도 있다는 거야. 난 하영이 마음을 다칠까 봐 걱정이 돼서 그래."

하영이 박훈의 옆구리를 툭툭 건드렸다.

"이봐요, 박 선생님. 제가 왜 그걸 모르겠어요? 저는 다만 전처럼 되는 게 두려워요. 회의 시간에도 아무런 발언도 못하고 한쪽에 찌그러져 있어야 하는 그런 소속원이 되기 싫은 거예요. 누군가 제 말을 들어 주지 않아도 좋아요. 혹은 제 말을 듣고 비웃어도 좋아요. 다만 그들에게 제가 그들의 동료로서 여기 있다는 걸 알려 주고 싶어요."

그렇게 말하는 하영의 눈가에 어느새 작은 이슬이 맺혀 있었다.

박훈은 대답 대신 하영의 작은 손을 꼭 감싸 잡아 주었다.

21

인간의 생과 사가 수시로 엇갈리는 아주 특별한 장소.

그러나 병원도 결국 사람이 사는 곳이어서 온갖 인간 군상들이 얼굴을 맞대고 하루하루 드라마를 만들어 간다. 그들은 각자 자기 영역에서 살아남기 위해 치열하게 안간힘을 쓴다. 이들 중에서는 주류보다는 비주류의 길을 택한 채 주변 눈치 보지 않고 사는 최동찬이나 금봉현 같은 인간들도 존재하기 마련이다. 간호사 중에는 은민세가 그렇다. 인원 부족으로 늘 손이 달리는 응급실, 대개의 수술전문 간호사가 레지던트의 역할을 수행하는 것이 불문가지인 이곳에서 간호사 민세의 존재는 특히 눈에 띄었다.

"어우, 이게 누구야, 우리 또 만났네. 오늘은 더 멋진데?"

대부분의 의사가 출근하지 않은 일요일 아침, 응급실의 긴급 수술 요청을 받고 부랴부랴 불려 나온 박훈은 무람없이 말을 거는 이 젊은 간호사를 따뜻한 눈으로 바라보았다.

박훈은 전에도 두어 번 그녀와 마주친 적이 있었다. 짧게 자른 숏커트가 보이시한 매력을 풍기는 민세는 늘씬한 신장에 어울리는 멋진 신체 비율 탓에 간호사 복장을 하고 있어도 모델 같은 몸매가 그대로 드러나 가는 곳마다 남녀를 불문하고 시선을 끌어당겼다. 불량함과 섹시함을 동시에 지닌 그녀는 엄숙으로 무장한 동우의료원이 만들어낸 작은 뾰루지처럼 보였다. 하지만 최동찬 아내의 사건이 있기 전까지는 특별히 관심을 두지 않았던 여자였다.

"우리가 아는 사이던가?"

박훈은 알면서도 부러 물었다.

"그럼요. 지난번에 동찬 아저씨한테 맞아 요기 입술에 피 묻혔던 양반 아닌가! 흣, 제가 잘생긴 남자들은 절대로 안 잊어버리거든요."

박훈은 자신도 모르게 웃음을 터뜨렸다.

"재미있는 아가씨네. 그나저나 세이버 수술팀에 곧 그쪽이 합류한단 소리가 들리던데 우리 앞으로 잘해봅시다."

박훈이 시치미를 떼고 손을 내밀었다. 지금은 중환자실에 적을 두고 있지만 이미 그녀의 합류는 기정사실이었다.

"좋아요. 잘 해봐요. 그럼 나는 이만 실례."

바쁜 일이 있다며 민세는 3층에서 먼저 내렸다.

민세는 천부적인 수술감을 지닌 간호사로, 역량으로만 보자면 거짓말을 보태 10년 차 경력의 전문의와 맞먹을 정도였다. 그러나 보통을 뛰어넘는 능력은 어디서나 늘 그렇듯이 주변의 시기와 질투를 불러일으키기 마련이다. 그녀 역시 예외는 아니어서 동료 간호사들의 질투와 트집은 그녀를 자주 외톨이로 몰아갔다. 더군다나 그녀의 자유분방한 라이프스타일은 보수적인 병원 문화와 종종 충돌을 빚었고, 이는 자신을 궁지로 모는 결과를 낳았다. 잊을 만하면 튀어나오는 젊은 의사들과의 염문설과 소문으로만 떠도는 낙태설 같은 풍문이 대표적인 예다.

가는 곳마다 관능미를 발산하며 매사 자신감으로 똘똘 뭉쳐 있는 민세. 그녀에겐 결코 다른 이에게 털어놓을 수 없는 과거가 있었다. 아홉 살 되던 해, 놀이터에서 잘 알던 동네 아저씨에게 성폭행을 당했던 기억이 그것이다. 또래보다 성숙해 보이는 그녀의 육체가 화를 불렀다. 대개 성폭행을 당한 여자아이들은 성장 후에 극심한 성 혐오증을 겪거나 아니면 그 반대로 자포자기한 상태에서 문란한 성생활에 몰입하거나 하는 둘 중 하나의 경향을 보이는데 민세의 경우는 후자 쪽이었다.

내면의 상처를 치유받지 못한 채 성인이 된 그녀는 자신의 육체에 대한 자존감이 약했다. 그렇다고 범인에 대한 기억을 아주 잊어버린 것은 아니었다. 범인의 얼굴과 이름은 어른이 된 지금까지도 똑똑히 기억하고 있었다. 꿈에도 잊어 본 적 없는 세 글자, 박두순. 토요일 오후, 휴게실 소파에 앉아 자판기로 뽑은 커피 한 잔을 옆에 놓고 잠깐 휴식을 취하던 그녀가 신문에서 다시 그 이름을 발견했을 때, 그녀는 손을 부들부들 떨며 화장실로 달려가 먹은 점심을 죄다 게워야 했다.

'7세 여아 성폭행범 박두순 검거'.

마치 세월이 20여 년 전 그날로 후퇴해버린 것처럼 박두순의 얼굴이 신문 사회면 한쪽을 장식하고 있었다. 이번에도 여아 성폭행이었다.

"아악, 안 돼! 안 돼!"

민세는 화장실 벽을 두 손으로 쳐 가며 울부짖었다.

박두순은 이미 세 차례나 소아 성폭행으로 실형을 선고받은 전과자였다. 3년 전 출소한 그는 서울 외곽의 허름한 동네로 이사한 뒤 신발 가게를 운영하며 또다시 성폭행 사건을 저질렀다. 이번 희생자는 초등학교 1학년 여자아이였다. 아이는 자궁이 훼손되고 직장이 파열되는 중상을 입어 세종의료원 중환자실에서 총 10시간에 걸친 대수술을 받았다. 박두순 사건이 연일 언론의 헤드라인이 되면서 본의 아니게 세종의료원도 언론의 이목을 끌었다. 특히 이벤트가 있을 때마다 가리지 않고 나서서 팀을 지휘하는 한재준의 존재는 세이버 수술에 이어 또 한 번 언론에 회자됐다.

검거된 박두순은 순순히 범행을 시인했다. 60줄로 접어든 박두순은 흉악한 여아 연쇄 성폭행범이라고 믿어지지 않을 정도로 수수한 얼굴을 하고 있었다. 그런데 추가 여죄를 묻기 위해 검찰로 박두순을 송치하던 중 뜻밖의 사태가 발생했다. 이송 도중 박두순은 느닷없이 심장 발작을 일으켰고 무슨 운명의 장난인지 민세 그녀가 근무하는 이곳 동우의료원으로 이송된 것이다. 그리고 취재진들이 벌떼처럼 몰려들었다. 동우의료원 입장에선 이런 상황이 전혀 달갑지 않았다. 라이벌인 세종의료원이 성폭행 피해 어린이를 살려내 스포트라이트를 받은 게 그즈음이었다. 그런데 사형으로 다스려도 분이 안 풀릴 그 성폭행 범죄자를 이곳에서 살려내야 하다니, 아이러니라고 해도 너무 어처구니없는 상황이었다.

"누가 이따위 놈을 받았어? 적당히 핑계 대서 돌려보냈어야지."

문성주가 응급실로 전화를 걸어 한바탕 호통을 쳐 댔지만 이미 때는 늦어 있었다. 구급차를 뒤따르던 기자들에 의해 박두순이 동우의료원 응급실로 실려 갔다는 사실이 언론에 이미 노출된 탓이다. 박두순을 그냥 내치기엔 명분이 약했다.

그런데 상황은 더욱 극적으로 전개되기 시작했다. 박두순의 심장

발작은 단순한 쇼크가 아니었다. 박두순을 정밀 검사한 동우의료원은 그가 전형적인 좌심실 비대증 환자임을 밝혀냈다. 오랜 수감 생활로 자기 몸을 관리하지 못한 나머지 잠복해 있던 병이 증세를 드러낸 것이다. 세이버 수술을 포함한 심장 수술만이 박두순을 살려낼 수 있는 대안이었다. 그러나 병원 내부에서조차 논란이 끊이지 않았다. 박두순 같은 짐승을 굳이 살려내어 국민들의 공분을 사느니 적당히 조치를 취한 뒤 돌려보내자는 의견과 그래도 그가 환자인 이상 전력과 관계없이 환자로서 대우해야 한다는 의견이 맞선 것이다.

박두순의 가족들은 그가 치료받기를 강력히 희망했고, 고심 끝에 동우의 의료진은 수술 결정을 내렸다. 그리하여 중환자실에 누워 수술을 기다리는 박두순을 살피는 일이 민세에게 주어졌다. 매일같이 박두순의 바이탈을 체크하고 링거병을 갈아 끼우며 민세는 분노로 몸을 바들바들 떨었다. 누구에게도 말 못한 어두운 과거, 유년기에 겪었던 끔찍한 그 일! 잠든 박두순의 얼굴을 볼 때마다 민세는 과거의 유령이 튀어나오는 것 같아 견딜 수가 없었다. 무슨 운명의 장난인가. 아마 큰 이변이 없다면 이 끔찍한 범죄자는 박훈 팀이 집도하는 세이버 수술을 받고 무사히 걸어나갈 것이다. 감옥에서 몇 년을 썩은 뒤 또다시 사회로 나와 어린 여아에게 짐승 같은 짓을 자행하겠지.

'이런 암 덩어리 같은 자를 다시 살려 밖으로 내보낼 수는 없어.

좋은 방법이 없을까?'

목숨을 걸고라도 그렇게 되도록 두고 볼 수는 없었다. 마땅한 방법을 찾아야지. 약물을 과다 투여한다든지 박두순이 잠든 순간 목을 조른다든지, 늙고 나약해진 박두순을 제압할 방법은 얼마든지 있었다. 그러나 24시간 감시되는 CCTV를 바라보며 민세는 조용히 한숨을 내쉬곤 했다. 한낱 짐승만도 못한 인간에게 복수하기 위해 자신의 인생을 몽땅 바칠 수는 없는 일이다. 그러나 수술 중에 박두순을 자연스럽게 죽게 할 수만 있다면? 그렇게만 할 수 있다면 아무도 다치지 않고 복수를 할 수 있게 되지 않을까. 그것은 단순한 복수가 아니라 미래의 범죄를 막는 정의로운 복수였다.

민세의 갈등과는 별개로 세이버 수술팀의 시계는 다시 돌기 시작했다. 상대는 60대 남자. 적정 체중에 비흡연자, 급격히 비대해진 심각한 확장형 심근증의 소유자. 흉부 뢴트겐, CT 등을 종합하여 판정한 결과 심장 기능은 3도. 확장된 좌심실 길이는 35밀리미터, 다행인건 아직 별다른 합병증이 발견되지 않았다는 점이다. 그러나 노태수가 없어서일까. 수술 환자의 상태로 봐서는 성공률이 높아 보이는 케이스임에도 박훈은 조심스러웠다. 그는 특히 마취의를 마음에 걸려 했다. 지난번 실수를 연발한 마취의 대신 새 마취의 한 사람이 긴급 투입되었지만 믿음이 가지 않기는 마찬가지다.

더구나 박훈을 불편하게 만든 것은 참관실 밖에 빼곡히 대기 중인 기자들이었다. 병원 밖에서 지켜보는 전 국민의 눈을 대변하고 있기라도 한 듯 하나같이 입을 모아 수술 중에 환자가 죽기를 바라고 있는 것처럼 보였다. 성공을 하든 실패를 하든 독이 든 잔이었다. 민세의 갈등과는 별개로 세이버 수술팀의 시계는 다시 돌기 시작했다. 성공한다 해도 여론의 뭇매를 피할 수는 없었다. 한 여성 단체가 주관한 시위대가 병원 밖에서 피켓을 세우고 목청을 높이던 것을 출근길에 보았던 터였다. 패배를 기원하는 응원단으로 꽉 찬 적진 한가운데서 경기하는 축구팀 주장의 심정이었다.

"계란 맞을 준비 단단히 해야겠는데요?"

수술실로 들어서며 민수현이 농담을 던졌다.

"덤벼 봅시다. 살려 놔야 죽이든가 말든가 결정할 것 아뇨."

의협심 많은 최동찬도 오늘은 방향을 못 잡고 있었다.

"그런데 컴퓨터 게임도 아니고……. 밖에 있는 저치들 죄다 몰아내고 우리끼리 수술을 하면 안 되겠습니까?"

최동찬이 문성주와 일부 병원 인사들을 턱으로 가리켰다.

"아뇨. 오히려 잘됐어요. 오늘 같은 날 확실하게 우리 실력을 보여줍시다. 환자를 반드시 살려내서 법의 심판을 받도록 합시다."

수현이 리더답게 눈을 찡긋했다.

"마취 들어갑니다."

마취의가 준비된 앰플을 자르고 주사기로 빨아들였다. 동시에 민세가 박두순의 입에 산소마스크를 씌웠다. 전신 마취가 시도되는 동안 삽관과 인공 심폐기 점검 같은 단순한 일들이 어제 저녁 컨퍼런

스에서 미리 예행된 대로 한 치의 오차 없이 이어졌다. 마취가 시작된 박두순은 누런 갈비뼈를 드러낸 채 죽은 사람처럼 누워 있었다. 심박이 정지되면 일순간이지만 그는 죽음을 경험하게 될 것이다. 잠이 든 아이처럼, 세상에서 가장 편안한 얼굴로 누운 박두순을 보며 민세는 치미는 구토를 겨우 참았다.

"집도 개시!"

긴장감이 흐르는 가운데 박훈은 위치를 잡고 선 동료들을 빠르게 훑었다. 제1조수 수현, 제2조수 최동찬, 3년 차 보조의 하나, 보조인 턴 하영, 마취의 둘, 기계 담당 하나, 간호사 둘, 완벽하지는 않지만 최선의 팀이었다. 두 번, 세 번, 세이버 수술이 거듭 성공해 나간다면 이들은 지금과 달리 최고의 팀으로 거듭나게 되겠지. 그러기 위해선 단 한 번의 실수도 용납되지 않는다. 반드시 너를 살린다. 죄를 묻는 것은 내가 아니니까. 가슴을 가르기도 전에 어제 저녁부터 수도 없이 그려온 심장의 이미지들이 펄떡펄떡 살아서 꿈틀거리기 시작했다. 이제 여덟 번 남은 건가.

"소독!"

"메스!"

허공에서 대기 중이던 메스가 박두순의 앞가슴 중앙을 겨누며 천천히 내려왔다. 풀숲에 엎드려 먹이를 기다려 온 살모사처럼, 메스는 가볍고 정확하게 살을 가르고 근육과 지방을 베어 나간다. 쿠퍼, 스트라이커, 개흉기 장착, 트랙을 도는 장거리 경주자들처럼 저마다 맡은 영역에서 부지런히 손을 놀린다. 차트를 걸고 비상 라인을 점검하는 등 수술 잡무를 맡은 윤하영을 제외하면 다들 긴장한 눈치다. 마침내 가슴이 열리고 연한 비린내와 함께 심장이 저녁 일몰처럼 조용히 시야로 떠오른다. 이것이었나. 악마의 숨이 시작되는 곳, 지켜보는 민세의 눈이 조용히 빛났다.

"심장정지액 주입 준비."

수술실 공기가 덩달아 숨을 죽인다.

"어떡하든 살고 싶다는 신호인가?"

심장을 만지던 박훈의 손이 문득 멈춰 선다.

"병변이 시각으로 구별되는 특이한 케이스군. 여기, 늘어진 변성 부위 중앙에 심첨부가 놓여 있다. 병변을 잘라내면 가상의 심첨부를 세워야 한다. 기존 심첨부를 대신할 최적의 장소를 찾아내는 게 이번 수술의 포인트가 될 것이다. 인공 심폐."

펄떡거리는 심장이 조용히 움직임을 멈춘다. 메스는 이미 적진 깊숙이 돌격한 채다. 한순간도 놓치지 않겠다는 듯 3년 차 전문의의 눈은 깜박임조차 잊었다. 병변은 아마추어가 보기에도 쉽게 알아볼 수 있었다. 그것은 마치 무른 토마토처럼 미세한 냄새를 풍기며 매달려 있었다. 심장에 생긴 혹 같다. 하지만 심첨부는 아무리 눈을 씻고 찾아봐도 알아낼 도리가 없었다. 외형으로 심장의 근육을 조율하는 심첨부를 확인하는 것은 불가능하기 때문이다. 그러나 박훈은 그 지점을 이미 확인한 것이 분명했다.

"놀랍도록 빠르다."

심장을 눈으로 확인하고 병변을 짚어내기까지 경험 많은 의사라 할지라도 최소 몇 분의 시간을 흘려보내기 마련이다. 그만큼 수술 부위를 확정하는 작업은 어렵다. 그러나 박훈은 다르다. 눈으로 심장을 확인함과 동시에 수술 부위를 곧바로 확정하고 메스가 후속 조치를 취했다. 박훈이라는 사내는 병변을 정확히 잘라내고 심첨부까지 만들어 주어야 하는 이 고난이도의 수술을 맹장 수술보다 더 가볍게 여기는 것 같았다.

"조직 경계 확정. 첩포 부착."

민세가 민첩한 동작으로 봉합사를 바늘에 끼워 건넸다. 겉으로는 태연함을 가장하고 있었지만 시간이 갈수록 그녀의 속은 까맣게 타들어 갔다. 채 1시간도 지나지 않았는데 수술은 벌써 중반부. 수술은 처음부터 지금까지 한 치의 오차도 없이 물 흐르듯이 순조롭게 진행되고 있다. 예상대로 자신이 끼어들 틈은 어디에도 존재하지 않았다. 더구나 모든 수술 과정이 카메라를 통해 참관실로 생중계되고 있는 마당이다. 마취나 기계 담당 쪽에서 실수를 하지 않는 한 박두순은 살아날 것이다. 저 붉은 심장이 다시 뛰도록 방치해선 안 된다. 악의 씨앗을 어떡하든 잘라내 버려야 해.

수현의 목소리가 정적을 끊는다.

"봉합 완료. 심혈류 재개."

민세는 넋을 잃고 피가 돌기 시작하는 심장을 바라본다.

'아름답다.'

혈류가 돌아오자 잿빛으로 죽어가던 심장이 붉게 꿈틀거렸다. 민세는 그 순간 자신도 모르게 아름답다는 생각을 했다. 원수의 심장도 이렇게 아름다울 수가 있나. 이것이 생명의 힘일까. 민세는 혼란스러웠다. 기계적으로 손을 놀리면서도 마음은 안절부절못했다. 이제 심장이 뛰기만 하면 모든 게 완벽해지겠지. 희대의 여아 성폭행범 박두순은 그렇게 눈을 뜨게 될 것이다. 뜨거운 심장의 지원을 받으며 또다시 범행 대상 여아들을 물색하고 다니겠지. 30도, 32도, 죽음의 먼 안쪽으로부터 체온이 돌아온다. 좁은 혈관을 타고 꿈틀거리며 생명을 실어 오는 소리, 툭, 마침내 심장이 박동을 시작한다.

"심장 복구! 몇 시간이나 지났지?"

멀뚱히 섰던 하영이 대답한다.

"2시간 42분."

시계를 흘깃 쳐다보는 박훈의 입가에 희미하게 미소가 걸린다. 우려와 달리 만족스러운 수술이었다. 환자가 의식만 차린다면 수술은 완벽한 성공이 되는 셈이었다. 교체된 마취의가 무난한 수준인 반면 수술 간호사로 그날 처음 박훈과 손을 맞추는 민세의 실력은 단연 발군이었다. 마치 박훈과 처음이 아닌 것처럼 착착 호흡을 맞추어 가면서 그의 빠른 수술 속도를 이내 따라 붙었다. 또 어느 때는 박훈보다 앞서 갈 때도 있었다. 수술이 진행되어 갈수록 박훈은 자신이 그녀에게 가졌던 첫인상이 틀렸음을 자인해야만 했다.

처음 민세를 보았을 때 박훈은 그녀 주변에 음산하게 엎드린 음기를 읽어냈다. 그리고 그건 그녀의 태생적인 거라고 판단했었다. 그래서 혹시나 그녀가 팀원들과 문제를 일이키지 않을까 걱정이 되었던 것이다. 그러나 최동찬의 생각은 달랐다. 사고뭉치끼리 통하는 데가 있었던 건지 최동찬은 그저 속는 셈 치고 민세를 한번 믿어 보라고 박훈에게 적극 추천했다.

'금봉현의 마음만 얻는다면 열 번의 수술도 무리가 아니야.'

박훈이 그렇게 희망적인 생각을 이어 나갈 무렵이었다. 삐! 요란한 경고음과 함께 갑자기 환자의 바이탈이 추락하기 시작했다. 수술 내내 침착을 유지하던 수현과 최동찬이 허둥거리며 기계 쪽으로 달려갔다.

'또 마취인가?'

수술에 하자가 없는 이상 기계 쪽이 아니면 마취 문제였다. 아니나 다를까. 사색이 된 마취의가 보였다. 걱정하던 곳에서 기어이 일이 터진 것이다. 그러나 마취약이나 수술을 도와주는 복잡한 기계들은 박훈의 능력 밖이었다. 이 상태가 3분 이상 지속되면 박두순은 뇌에 치명적인 상처를 입게 될 것이다. 세이버 수술은 실패로 기록되고 팀도 해체되겠지. 내일 아침 뉴스를 떠올리며 박훈은 흥분한 동료들을 얼른 진정시켰다.

"마취약이 부작용을 일으킨 것 같군. 최동찬은 마취의를 도와 부작용 여부를 점검하고 나머지는 만약의 사태에 대비해서 강심제와 카운터 쇼크를 준비한다."

마취팩을 걸었다 뺐다 하며 마취의들이 우왕좌왕할 무렵 참관실 밖에서 숨죽인 채 이 광경을 지켜보는 사람이 있었다. 그는 바로 응급실 마취의 금봉현이었다. 그는 일주일 전 돈가방을 들고 찾아온 제약사 네베로스의 설 부장을 떠올렸다. 설 부장은 금봉현에게 세이버 수술팀에 합류할 것을 요청했다. 네베로스가 심혈을 기울여 개발한 마취 신약을 세간의 이목이 집중된 세이버 수술에 사용하여 홍보 효과를 보려는 계략이었다. 그러나 그 약은 아직 안전성 검증이 완전히 끝나지 않은 상태였다. 금봉현은 단박에 그 제안을 거절했고 뿔이 난 설 부장은 마취의가 한두 명이냐는 표정으로 씩씩거리며 돌아갔다. 그래 봤자 좋을 것 하나도 없다는 협박과 함께.

'저 멍청한 마취의 녀석이 설 부장의 수작에 걸려든 게로군!'

금봉현은 이미 참관실을 빠져나와 어디론가 달려가고 있었다.

한편 이 어수선한 상황 속에서 문성주는 수술의 실패를 직감했다. 조사를 더 해봐야 알겠지만 수술을 성공시켜 놓고 고작 마취 문제로 환자를 사망하게 했다면 세간의 조롱거리가 될 게 뻔했다. 그것만은 막아야 한다. 문성주는 황급히 인터폰으로 수현을 호출했다. 그녀를 대동하고 기자들에게 수술 결과를 브리핑할 생각이었다.

"수술은 분명히 성공했어요."

수현이 울컥해서 대답했다.

"그래, 나도 안다. 수술은 완벽했지. 그러나 환자는 사망했다. 원래부터 심장이 좋지 않았잖아. 최선을 다했지만 어쩔 수 없었다는 거, 그래 바로 그게 답이다."

"잠깐만 기다려!"

그 순간 낯선 소리가 인터폰으로 비집고 들어왔다. 문성주는 깜짝 놀라 앞을 바라보았다. 꾀죄죄한 몰골로 문을 차고 들어온 사람은 조금 전까지 참관실 한쪽에 조용히 앉아 있던 금봉현이었다. 금봉현은 양팔로 지탱하고 있던 박스를 수술실 바닥으로 집어 던지며 허둥거리는 마취의들을 밀어내고 있었다.

"저 새끼는 뭐야? 아직 징계도 안 풀린 놈이?"

문성주는 기가 차서 소리를 빽 질렀다. 그 순간 놀라운 일이 벌어졌다. 눈 깜짝할 사이 금봉현은 자신이 가지고 온 마취팩들로 기존의 마취팩을 죄다 교체해 나갔다. 그러자 마치 기적처럼 환자의 바이탈이 모두 정상으로 돌아왔다. 분을 이기지 못한 최동찬이 수석마취의의 뺨을 후려치는 걸 목격한 뒤에야 문성주는 저 아래에서 돌아가는 상황이 어림 잡혔다. 그리고 그렇게 박두순은 살아났다. 희대의 성폭행범 박두순. 죽을 운명이었던 그는 이렇게 우여곡절을 겪으며 독하게 새 생명을 피워 올리고 있었다.

실패 일보 전까지 몰렸던 박두순의 세이버 수술은 구원투수의 극적인 등장과 활약 덕분에 성공적으로 마무리되었다. 금봉현의 활약은 자신에게 덧씌워져 있던 좋지 않은 시선들을 털어내는 계기로 작용했다. 금봉현은 세이버 수술팀 전격 합류를 선언했고 수현도 이를 흔쾌히 수락했다. 의외로 문성주도 가타부타 별말이 없었다. 그러나 수술이 성공했다고 해서 수술 중 환자가 사망할 뻔했던 사태까지 덮어진 것은 아니었다. 병원 내 리스크 관리팀이 가동되어 마취의는 물론 세이버 수술팀 멤버들까지 차례로 조사를 받았다. 누가 봐도 마취의의 실수였지만 네베로스와 끈끈히 유대 관계를 맺고 있는 병원 측에선 그 사실을 덮을 새로운 희생양이 필요했다. 그 레이더에 걸려든 게 하필 민세였다.

누가 어디서 어떻게 들춰냈는지 모르겠지만 그즈음 민세를 둘러싼 이상한 소문이 돌기 시작했다. 어렸을 때 박두순에게 성폭행을 당한 그녀가 박두순을 살해하기 위해 세이버 수술팀에 자원했다는 소문이었다. 민세는 과거 그 일로 몇 차례 정신과 상담을 받은 적이 있었는데, 누군가 그때의 기록을 은밀히 들춰낸 것이다.

그런데 정작 당사자인 민세의 반응은 차분했다. 회복실에 옮겨진 박두순의 회복 속도를 체크하며 묵묵히 제 일만 할 뿐 아무런 해명도 하지 않았다. 평소 민세를 좋지 않게 여기던 간호사 하나가 가십거리를 주로 싣는 한 주간지에 그 일을 제보하면서 일은 더욱 확대되어 나갔다. 주간지가 특종이랍시고 터트린 성폭행범 '박두순과 담당 간호사, 그 숨겨진 히스토리'라는 그럴듯한 제목의 글은 인터넷 공간을 통해 확산을 거듭하며 새로운 이슈로 떠올랐다.

일이 커지자 문성주는 수현을 불러 불미스러운 이슈의 중심에 선 민세를 수술팀에서 빼라고 지시했다. 하지만 이미 민세의 실력과 솜씨를 경험한 박훈은 이를 반대했다. 만약 세간의 소문이 사실이라면 민세가 마취의와 짜고 어떤 계략을 꾸몄을 수도 있었다. 하지만 증거는 없다. 민세 문제라기보다는 마취의와 제약사 네베로스가 관여되어 있다는 금봉현의 주장이 더 설득력 있게 들렸다. 더구나 그녀는 마취의 금봉현과 더불어 세이버 수술을 보조할 수 있는 거의 유일한 존재였다.

아지트에 모인 세이버 수술팀은 격론 끝에 민세를 불러 소문의 진위를 확인해 보자는 쪽으로 결론을 모았다.

그날 저녁 수현은 사람을 보내 민세를 자신의 방으로 불렀다.

"우리 처음부터 다시 얘기해요. 털고 갈 것은 털고 가야 하니까. 난 민세 씨가 수술 당시 어떤 감정이었는지 알고 싶어요. 솔직하게 말해 줘요. 그 대답에 여러 사람의 운명이 달려 있어요."

잠깐 침묵하던 민세가 입을 열었다.

"무슨 대답이 듣고 싶으세요? 원하시는 대로 읊어 드리죠."

"기분 나쁜 것 알아요. 우린 단지 오해가 풀고 가자는 거예요."

"콕 찍어 물으셔도 돼요. 제가 박두순에게 복수라도 하기 위해 수술팀에 들어왔단 말이 듣고 싶으신 거잖아요."

"난 그게 아니라……."

"그 대답을 원하면 그게 답인 거예요. 다른 사람에게 피해가 된다면 제가 이 자리를 물러나면 되고요."

민세의 눈에 눈물이 고였다.

"이봐요, 민세 씨. 무슨 일인지 사실대로 말을 해야……."

민세는 더 듣지 않고 방을 나섰다. 어차피 병원 분위기를 파악한 그녀였다. 선택의 여지는 없었다. 자신이 사표를 쓰면 깨끗이 해결될 문제였다.

다음 날, 간호부장에게 시원하게 사표를 던진 민세는 마지막으로 박두순의 상태를 체크하러 회복실로 향했다. 세상 돌아가는 사정을 전혀 모르는 박두순은 수술을 잘해 주어서 고맙다며 그녀의 손을 잡았다. 민세의 입가에 쓴웃음이 새어 나왔다. 손을 잡고 놓지 않는 박두순을 그녀는 세차게 뿌리쳤다. 박두순이 멍한 눈을 소처럼 끔벅이며 그녀를 쳐다보았다.

"이 개자식아, 잘 들어!"

울부짖는 민세의 얼굴이 눈물로 번들거렸다.

"넌 내 얼굴을 잊었겠지만 난 한 번도 너를 잊지 않았어. 동네 놀이터에서 네놈에게 끌려가 자궁이 찢어지며 울부짖었지. 그때 내 나이가 몇 살이었는지 알아? 불과 아홉 살이었어. 그날 넌 사람을 죽이고 꿈까지 죽인 거야!"

민세의 절규에 박두순은 아무 말도 못하고 눈만 껌뻑거리며 그녀를 두려운 듯 쳐다보았다. 과거 자신이 그녀에게 저질렀던 그 몹쓸

참혹한 죄과를 조금이라도 기억하고 있을까.

"난, 난……."

박두순이 다음 말을 잇지 못하고 머뭇거렸다.

"닥쳐! 개자식아. 생각 같아서는 네놈을 이 자리에서 갈기갈기 찢어 죽이고 싶어. 하지만 그렇게 되면 나도 너처럼 개만도 못한 년이 되겠지."

민세는 쓰고 있던 캡을 벗어 박두순의 얼굴에 내동댕이쳤다. 휘청거리며 회복실을 빠져나와 비상구 계단으로 뛰어갔다. 누군가 어깨를 붙잡았지만 눈물이 앞을 가려 보이지가 않았다. 비상구 층계참에 쪼그리고 앉아 민세는 엉엉 소리 내어 울었다. 누구에게도 속 시원히 털어놓을 수 없었던 악몽 같았던 기억이 새록새록 온몸의 감각을 건드리며 올라왔다. 민세는 세상이 너무 잔인하다고 생각했다. 놈이 고맙다는 말만 하지 않았어도 이처럼 눈물이 나지는 않을 것이다.

"괜찮아?"

비상구 문이 열리고 무거운 발소리가 다가왔다. 사내는 민세 앞에 무릎을 꿇고 앉아 가만히 어깨를 토닥여 주었다. 최동찬이었다. 최동찬은 환자의 예후를 살피러 왔다가 우연히 민세와 박두순의 대화를 엿듣게 되었다.

"마음껏 울어라, 은민세. 여기선 아무래도 괜찮다. 소문에 신경 쓸 필요도 없다. 네겐 아무런 잘못도 없으니까."

따스한 위로를 받자 민세는 더욱 어깨를 들먹였다.

"간호부에 얘기할 테니까 오늘은 그냥 퇴근해. 그리고 집에 가서 마음껏 울어. 시간 괜찮으면 저녁에 잠깐 나를 보고. 마침 할 얘기도 있고."

"칫, 멋있는 척하기는, 울긴 누가 운다고 그래?"

"우는 게 아님 웃는 건가."

"그래, 너무 기뻐서 눈물이 나. 내 일은 내가 알아서 할 테니 그만 가 봐요. 이런 데 둘이 있어 봤자 서로 소문만 이상하게 나."

"오우, 그런 걸 다 신경 쓰다니. 해가 서쪽에서 뜨겠다."

그날 저녁 민세와 최동찬은 병원에서 멀리 떨어진 시내 한 호프집에서 다시 만났다.

민세는 청바지에 흰 티를 걸친 채 힘없이 약속 장소에 나왔다. 최동찬은 민세가 자리에 앉자마자 사표를 되돌리라고 설득했다. 수현과 간호부장에게도 며칠 말미를 줘야 한다고 강력하게 이야기를 해 놓은 상태였다. 피해자인 민세에게 과거의 기억을 돌이키는 일이 얼마나 잔인한 짓인지 최동찬을 잘 알고 있었다.

민세 역시 세이버 수술팀에 대한 미련이 아직 남아 있었다. 팀원들의 일사불란한 움직임과 리더의 빠른 손놀림. 수술실에 있을 때 가장 큰 존재감을 발하는 그녀였다. 어디에 가서 또다시 그런 팀을 만날 수 있을까. 사표를 내고 제일 많이 고민한 게 그 점이다.

"고마워요. 형이 그렇게 얘기해주니까 위로가 좀 되네."

그녀는 병원 밖에서 최동찬을 만나면 언제인가부터 형이라고 불렀다.

"형? 그 말 들을 때마다 난 왠지 불편한데."

"새삼스레 뭐가?"

"치마 걸친 녀석한텐 형이란 소리 듣는 거 난 딱 질색이거든. 오빠면 몰라도."

"칫, 나 오늘 바지야. 청바지."

민세가 청바지가 꽉 끼는 긴 다리를 최동찬 쪽으로 쭉 뻗어 내보였다.

"자식, 좋아. 암튼 그럼 너 마음 되돌리겠단 얘기지?"

"그건 조금 더 생각해 볼 문제구요, 의사 아저씨."

"임마, 까불지 말고! 병원엔 다 얘기해 놨으니 다시 사람을 불러 고문하는 일 따윈 없을 거야. 신경 쓰지 말고 쭉 하고 싶은 일을 해."

두 사람은 잔을 부딪치며 건배했다.

"근데 형 상황은 괜찮은 거예요?"

"뭐가?"

"언니 말이에요."

"나야 뭐. 그대로지 뭐. 더 나아질 게 있나?"

최동찬이 민세의 남은 맥주를 뺏어 제 잔에 붓더니 벌컥벌컥 들이켰다.

그즈음 그의 상황은 최악으로 치닫고 있었다. 아내는 사실상 율희를 데리고 미국으로 떠나겠다며 최후통첩을 보내왔다. 도장을 찍어 달라는 아내의 요구는 집요했고, 그러면 그럴수록 최동찬은 술에 의지하는 날이 많았다. 대개의 경우 술친구는 민세였다.

"아이를 포기하지 마요, 끝까지 싸워요. 까짓거 내가 율희 키워줄까?"

"뭐?"

"못 할 것도 없지. 짠 하고 앞치마 두르고 아침마다 찌개 끓여 올리고."

"별소릴 다 한다."

"쿡, 난 아무래도 안 되겠지?"

뜻밖의 응원에 최동찬은 가슴이 뭉클해졌다.

"모두 나한테 양보하라고 하는데, 오직 민세 너만 내 심정을 이해해주는구만. 그래, 난 끝까지 양보하지 않을 거다. 자식은 양보하거나 그러는 거 아닌 존재잖아. 맞지?"

저녁을 넘어 어둠이 깊어 갔지만 그날 밤 두 사람의 대화는 그칠 줄을 몰랐다. 함께 두 남녀의 사이도 깊어져 갔다.

22

긴급 환자 내원. 간호사의 짧은 메시지를 받고 당직 중이던 최동찬은 기계처럼 몸을 일으켰다. 새벽 4시다. 의자에 기대 잠깐 졸았던 것인데 어느새 시간이 1시간이나 흘러 있었다. 최동찬은 서둘러 응급실로 달려갔다. 환자는 좌심실 비대증을 앓아 왔다는 초등학생 환자였다. 자정부터 흉통을 호소하다가 의식불명에 빠졌다는 가족들의 설명이었다. 잠을 자는 줄 알았다가 뒤늦게 부랴부랴 병원으로 데려온 것이다. 최동찬은 가능한 응급조치를 모두 취한 뒤 아침 일찍 세이버 수술팀에게 이 사실을 알렸다.

"당장 환자 부모를 만나보고 수술 준비해."

문성주는 바로 세이버 수술을 지시했다. 세이버 수술이 두 차례 연이어 성공하자 병원 내에서 알게 모르게 문성주의 주가도 상승한 상태다. 언론의 단독 인터뷰도 여러 차례 있었다. 문성주는 가급적 세이버 수술팀에 대한 찬사를 뒤로하고 수술의 공과를 자신의 것으로 돌렸다. 노태수가 불시에 이탈한 이상 세이버 수술팀의 최종 수장은 누가 봐도 문성주였다. 이대로 계속 세이버 수술이 성공해 주기만 한다면, 굳이 열 번일 필요도 없었다. 몇 차례만 더 주목을 끈다면 그것으로 목적은 달성될 것이었다.

"빠르면 빠를수록 좋겠는데, 오늘이라도 당장 집도를 하죠."

아침부터 소집된 세이버 수술팀의 긴급 컨퍼런스. 차트를 들여다보던 박훈이 내린 결론이었다. 선천적으로 좌심실 비대증을 앓아 왔다고 하지만 검사 결과가 보여 주는 차트들은 최악이었다. 좌심실은 누가 바람이라도 불어넣은 것처럼 잔뜩 부풀어 있었었고, 합병증까지 의심되는 상황이었다. 당장이라도 수술을 하지 않으면 환자는 생명을 잃을 수도 있다. 아이 특유의 생명력이 가까스로 의식을 붙잡고 있을 뿐이었다.

"그런데 심각한 문제가 생겼어요."

민수현이었다.

"방금 부모님을 만나 상황을 설명했는데, 절대로 수술에 응할 수 없대요."

"뭐야, 애를 그냥 죽이겠다는 건가?"

최동찬이 발끈했다.

"여호와의 증인 신도예요."

"큭, 수술은 물 건너갔군."

구석에 앉아 있던 금봉현이 자조적으로 말을 뱉었다.

환자의 부모는 새벽부터 유난을 떨었다. 사소한 검사에도 일일이 동행을 요구해서 간호사들을 피곤하게 만들었다. 아침에 수현이 찾아갔을 때에도 그들의 뜻은 완고했다. 수현의 거듭된 설득도 종교적 신념 앞에서는 어쩔 수가 없었다. 자식의 목숨을 잃을 위험이 있다고 설득했지만, 종교라는 장벽 앞에서 수현은 발걸음을 돌려야했다. 초등학교 교사인 부부는 수술을 하지 않아도 그들의 신이 아이의 생명을 알아서 도와줄 거라는 강한 믿음을 갖고 있었다. 부모는 무수혈 수술을 원했고, 소식을 전해 들은 문성주는 당장 환자를 퇴원시키라고 역정을 내기에 이르렀다.

"여호와의 증인? 흥, 생명 앞에서도 원칙만 내세우겠단 건가."

최동찬만이 홀로 반대 의견을 냈다.

"최 선생 혼자 마음대로 수술이 가능할 것 같아요?"

수현이 짜증을 얹어 물었다.

"그럼, 환자가 죽을 걸 뻔히 알면서도 포기하자고? 그게 당신들 생각이야?"

최동찬이 큰 덩치로 좌중을 둘러보며 위압적으로 말했다.

"그러지만 말고 방법이 있음 얘길 해봐요."

"방법? 그건 지금부터 찾아봐야지. 박 선생 의견은 어때?"

최동찬은 박훈이 자신과 같은 의견일 거라고 믿는 듯했다.

"아무래도 민 선생 말이……. 괜히 무리한 수술을 하다가 실수라도 생기면 팀 전체에 영향을 미칠 테니 이쯤해서 물러섭시다."

박훈은 복잡한 표정을 지으며 자리를 피하려 했다.

"이봐, 박 선생. 자네 그게 진심이야? 자네까지 왜 그래?"

최동찬이 박훈의 한쪽 어깻죽지를 붙잡았다.

"세이버 수술은 한두 번으로 끝낼 이벤트가 아니니까."

박훈은 더 듣지 않고 슬그머니 나가버렸다.

"흥, 다들 웃기는군. 실패가 두려운 게 아니고? 이번 기회에 분명히 말해 두지. 정 수술을 못하겠다면 난 이 팀에서 나가겠소. 무수혈 수술이든 뭐든 시작도 않고 포기하는 건 용납이 안 되니까. 난 사람을 살리러 이 팀에 들어왔지, 기록을 세우자고 들어온 게 아니란 말야."

최동찬이 문을 걷어차며 나가버리고, 다른 팀원들도 슬금슬금 자리를 떠버렸다. 상황을 완전히 파악하지 못한 윤하영만이 눈을 멀뚱거리며 자리를 지키고 있을 뿐이었다.

'탈레반 같은 인간. 애초부터 팀워크를 헤치는 저런 인간은 제외시켰어야 했어.'

수현은 난감해진 기분을 겨우 추슬렀다. 일평생 무의촌에서 가난한 환자라면 불 섶이라도 뛰어들던 부친이 최동찬의 고집스런 얼굴 위에 겹쳐졌다. 외골수에 괴짜인 둘은 묘하게 닮은 구석이 있었다. 세상을 구원할 것처럼 이야기하지만 결국은 가까운 사람들의 희생을 담보로 살아가는 이기적인 인간들.

박훈이 최동찬의 의견에 동조하지 않은 건 다행이자 또한 뜻밖이었다. 그도 매번 복잡한 계산을 하고 있는 걸까. 아니면 나처럼 수술이 절대로 실패해서는 안 되는 절체절명의 이유라도 있는 걸까. 두 번의 수술 성공 이후, 수현은 확실히 마음을 굳혔다. 문성주도 박훈도 아닌 자신을 위한 세이버 수술을 만들어 가자고. 따라서 수술에 대한 갈증은 그녀 역시 박훈이나 문성주 못지 않았다. 문제는 괜한 정의감에 사로잡혀 공적인 일과 사적인 일을 구분하지 못하는 최동찬 같은 미련 곰탱이였다.

최동찬이 다시 아지트에 모습을 드러낸 건 늦은 저녁이었다.

박훈은 아지트에 틀어박혀 원내 도서관에서 빌려 온 무수혈 수술에 대한 자료를 훑고 있었다. 성공 확률만 있다면 수술을 피할 이유가 없었다. 북한에 있을 때 무수혈 수술은 일상적인 것에 속했다. 하지만 수술 과정에서 숱한 환자들이 소모품처럼 죽어 나갔다. 사람의 생명이라고는 볼 수 없는 마루타 같은 환자들이었다. 그래서 박훈은 가능성을 위해 조금이라도 더 자료를 찾아보고 싶었다. 실패가 허락되지 않는 완벽한 수술. 그 방법만 찾는다면 피할 이유가 없는 수술이기도 했다.

"나를 도와줘. 진심으로 하는 부탁이야."

최동찬은 발정난 소처럼 날뛰던 아까와 달리 태도가 누그러져 있었다.

"도둑 수술이라도 할 참이쇼? 나야 상관없지만 그러다 모든 걸 잃을 수도 있을 텐데. 더구나 무수혈 수술은 살인 행위나 마찬가지라고. 전쟁터에서나 하는."

환자를 살리고자 하는 최동찬의 진심이 와 닿지 않는 것은 아니지만, 동정에 휩쓸려 더 큰 목적을 망치고 싶은 마음 따윈 조금도 없었다.

"그 말, 충분히 동의해. 하지만 내가 포기하면 저 아이는 죽어."

"최 선생 고집이 저 아이를 지금 당장 죽게 만들 수도 있어요. 아이의 생명을 젊은 혈기에만 걸어 보자는 건지 모르지만 난 이런 도박 따윈 딱 질색이오."

"난 도박을 하자는 게 아니야. 내 믿음에 걸어 보려는 거지. 아이를 살릴 수 있다는 믿음. 자네가 도와준다면 난 그 믿음을 실현할 수 있네."

"최 선생은 정말 알 수 없는 사람이오. 자기 몸 중한 줄도 알아야지."

머리를 좌우로 흔들면서도 박훈은 가슴 속이 뜨겁게 달궈짐을 느꼈다. 사내들끼리 느낄 수 있는 이토록 진한 감정의 전이, 참으로 오랜만에 느껴보는 감정이다. 이런 감정을 느끼게 해 준 최동찬이 박훈은 한없이 고마웠다. 그러나 최동찬, 당신은 그걸 알아야 해. 아이의 목숨 하나 살리는 걸로 정의로움을 실현하고 싶겠지만, 지옥보다 못한 곳에서 삶과 죽음의 경계를 넘어 보지 않은 넌 아직 삶과 죽음을 말할 자격이 없다는 것을.

"좋아. 내가 돕는다고 칩시다. 수술은 어디서 하고? 또 마취는? 간호사는? 수술 돕다가 이 병원에서 쫓겨나는 사람들은, 전부 최 선생이 책임이라도 질 테요?"

"자네 말뜻을 내가 왜 모르겠나. 하지만 당장 죽어 가는 아이의 생명보다 더 소중한 건 없다는 게 내 생각이네. 자네만 도와준다면 금 선생과 은민세도 설득을 해보지. 수술실이야 응급 환자 수술용으로 적당히 세팅 예약을 해 놓으면 될 테고."

"민 선생은?"

"글쎄, 민 선생이 반대해도 어쩔 수 없어."

"정 그렇다면 민 선생은 이 수술에서 빼지. 그게 서로를 위해 좋겠군요. 수술 결정을 받아들일 위치도 아니고."

박훈의 생각과는 다르게 말이 흘러가버린다.

"그럼 찬성하는 건가?"

"아이를 꼭 살릴 각오가 돼 있다면……."

"좋아, 난 다른 사람들을 더 설득을 해보겠네. 시간이 없으니."

기분 좋게 일어서는 최동찬을 바라보며 박훈은 어깨가 무거워진다.

'성공 이외엔 답이 없는 수술이 되겠군.'

최동찬의 노력에 힘입어 팀원들은 도둑 수술을 하기로 어렵사리 의견을 모았다. 수현에겐 철저히 비밀에 부치기로 합의를 보았다. 자칫 잘못하면 문성주에게 그 사실이 알려져 도둑 수술 자체가 원천 봉쇄당할 수도 있었다.

팀원들은 초저녁부터 부산하게 움직였다. 문성주와 수현이 퇴근한 직후, 최동찬은 응급수술이 예상되는 심장내과 환자 핑계를 대며 수술실 하나를 세팅해 놓도록 요청했다. 금봉현과 하영, 민세 모두 이런저런 핑계를 대고 각자의 스케줄을 비웠다.

밤 9시가 되자 팀원들이 속속 수술실에 모습을 드러냈다. 수술실 문이 굳게 닫히고 외부로 나가는 조명도 모두 차단됐다. 내과의 최동찬, 마취의 금봉현, 어시스턴트 하영, 수술 간호사 민세. 가뜩이나 고난이도 소아심장 수술에 무수혈로 진행되는 비팅 하트(Beating-heart) 수술! 세 번째 세이버 수술이 그렇게 도둑질처럼 시작됐다.

정해진 시간은 1시간 30분이다. 박훈은 마음속 타이머에 90분이라는 숫자를 미리 입력해 놓았다. 그 안에 끝마쳐야 한다. 비록 2차 감염으로 환자가 죽긴 했지만 요덕에 있을 때 1시간 안에 수술을 끝낸 적도 있다. 작고 사소한 혈관이라도 실수로 건드려서는 안 된다. 가능한 혈액을 묽게 만들어 부득이한 출혈로 인한 데미지도 최소화해 주어야 했다. 금봉현이 알아서 척척 해 줄 문제이기에 박훈은 마음이 놓였다. 하지만 막상 메스를 들고 나니 예상외로 수현의 빈자리가 컸다. 최동찬과 둘이서 수술을 마치기엔 확실히 역부족이었다. 시간만 주어진다면 문제가 없지만 최소 2시간 안에 끝내야 하는 수술이다. 하영이 도와주긴 했어도 수술 간호사 민세의 반도 미치지 못하는 실력이었다. 수현의 공백이란 예상보다 컸다.

'돌발 상황만 벌어지지 않는다면…….'

아이의 자그마한 심장을 부지런히 오가며 박훈은 예상 가능한 리스크를 미리미리 머리에 그려 본다. 자신의 가슴이 열린 줄도 모른 채 아이는 깊이 잠들어 있다. 마취 과정에서 환자들은 꿈을 꾸기도 하지만 대부분 깨어났을 때 기억하지 못한다. 그들 부모에게 이 아이는 어떤 아들이었을까. 부모의 말대로 아이의 생명을 관장하는 제3의 손길이 존재할까? 존재한다면 이 아이를 살려다오. 시련이라는 명목으로 아이와 그의 부모를 괴롭히지 말고 부디 아이를 건강하게 부모에게 돌려보내 다오.

수술 개시 1시간, 수술은 어느덧 종반을 향해 가고 있었다. 관상동맥을 우회하고 심첨부를 보존한 채 확장된 환부를 잘라내고 첩포를 대 쌈지봉합으로 묶었다. 봉합사를 리드미컬하게 움직이는 박훈의 손길과 뒤처리를 하는 최동찬의 손길이 마치 쌍으로 악기를 연주하듯 리듬을 타고 있을 때였다. 수술을 숨죽이며 지켜보던 민세가 갑자기 악, 하고 탄식을 뱉었다. 동시에 모든 바이탈이 갑자기 추락하기 시작했다. 아이의 심장과 연결된 미세 혈관들이 더 이상 비팅 하트 상태를 견디지 못하고 한꺼번에 터져버린 것이다. 최초 진원지는 좌전하행동맥 쪽이었다.

"아아아. 당장, 수혈이 필요해요."

핀셋으로 출혈부를 누르며 민세가 소리쳤다. 둑이 무너지듯 순식간에 심장 주변이 피바다가 되자 팀원들은 눈에 띄게 허둥거렸다. 민세가 필사적으로 지혈하는 사이 급한 대로 하영이 석션기로 피를 빨아냈다. 최동찬 역시 여차하면 혈액을 가지러 나갈 태세였다. 그 상황에서도 박훈은 꿈쩍도 하지 않고 70밀리미터 가까이 되는 봉합을 마무리했다. 사실 박훈으로서도 달리 방법이 없었다. 기왕 수혈이 필요해진 마당이라면 환부라도 서둘러 봉합을 해 놓고 시작하자는 게 그의 생각이었다.

"늦기 전에 수혈로 갑시다."

최동찬이 다급하게 소리쳤다.

"혈액을 가져오면 기록이 남고, 그럼 환자의 부모가 알게 돼요."

민세가 냉정하게 대답했다.

"민세 말이 맞아. 이대로 환자가 죽으면 수술을 하다가 죽은 게 되지만 혈액을 쓰면 얘기가 달라지지. 도둑 수술 정도야 워낙 긴급한 상황이었다고 둘러대면 어떻게 넘어가겠지만 혈액은 어쩔 거야? 자칫 잘못하면 소송에 휘말릴 수도 있어."

"그럼 환자를 죽도록 두잔 얘긴가?"

최동찬이 버럭 소리를 질렀다.

"갑시다! 우린 이미 강을 건넜어요."

팀원들이 우왕좌왕할 때 박훈이 정리를 하고 나섰다. 박훈의 표정만 뚫어져라 쳐다보고 있던 하영이 이내 상황을 파악하고 급히 수술 장갑을 벗었다. 혈액 저장실까지의 거리는 200미터, 전속력으로 달려간다 해도 수속을 밟으려면 최소 10분 이상이 소요된다. 아무리 빨라도 20분, 그동안 어떻게든 환자의 맥을 붙잡고 있어야 했다. 이럴 줄 알았다면 미리 혈액을 준비해 놓는 건데. 그러나 이미 후회는 필요 없었다. 주어진 조건 속에서 어떻게든 소년을 살려서 부모에게 돌려보내야 마땅했다.

"마감 시간은 15분이다. 15분 안에 돌아와야 해."

금봉현이 뛰어 나가는 하영의 등에 대고 소리쳤다. 하영은 새삼 놀란 토끼처럼 움찔하며 수술실 문 앞으로 뛰어갔다. 그런데 하영이 채 수술실 문을 열기도 전에 밖에서부터 누군가 발길질로 수술실 문을 뻥 차고 들어왔다. 뜻밖에도 상대는 퇴근한 줄로 알았던 수현이었다. 수현이 라면 박스 크기의 박스 하나를 끙끙거리며 내려놓았다. 박스에서 쏟아져 나온 것은 꽃처럼 붉은 혈액팩이었다.

"민 선생님. 이게 다 뭐예요?"

민세는 놀랄 사이도 없이 혈액팩부터 걸었다.

"뭐긴 뭐예요. 피지."

그로부터 몇 시간 전 아무것도 모르는 척 병원을 나섰지만 수현은 이미 눈치를 채고 있었다. 퇴근 인사를 건네는 하영은 여느 때와는 달리 허둥거리는 느낌이었고, 최동찬도 그답지 않게 오늘 약속이 있냐는 둥 불필요한 질문을 던졌다. 그녀는 퇴근하는 척 주차장으로 내려갔다가 수술실에 전화를 걸어 최동찬이 밤 9시에 수술방 하나를 잡아 놓았다는 사실을 확인했다. 하지만 그녀는 그대로 퇴근해 버렸다. 괜히 끼어들었다가 잘못되면 그녀까지 책임 범위에 들게 되기 때문이었다. 그러나 집으로 돌아와 밥을 먹으려다가 갑자기 생각이 바뀌고 말았다. 자신의 운명을 걸고 아이 하나를 살리기 위해 사투를 벌일 동료들을 생각하자 밥이 넘어가지 않았다. 그녀는 즉시 집을 나와 다른 종합병원에 근무하는 대학 동기에게 도움을 요청했고, 내일 그만큼 돌려준다는 약속하에 혈액을 빌려 올 수 있었다.

"내 얼굴에 뭐라도 묻었습니까? 빨리 하던 일들 계속하세요."

수현은 놀란 팀원들을 휘둘러보며 일갈했다.

"여, 여긴 어떻게 알고 왔소?"

박훈이 혈액 튜브를 연결하려는 민세를 제지하며 물었다.

"지금 그게 중요한가요? 더 중요한 건 빠른 결정이에요. 당장 혈액 연결해요. 모든 책임은 내가 집니다."

"왜, 당신 명령을 들어야 하지?"

"당신에게 이런 결정을 맡기고 싶지 않아서예요. 당신에게 이 수술이 중요하듯이 내게도 중요한 수술이니까."

박훈이 짐짓 수현을 떠보았다.

"아이 부모가 알면 소송감인데 그래도 감당할 수 있나?"

"그런 일이 과연 한 사람의 생명보다 중요할까요? 이 혈액팩은 우리 동우의료원 기록에는 없는 겁니다. 밖에서 제가 따로 구해 온 거예요. 때문에 여기 계신 분들만 침묵을 약속해 주시면 환자의 수혈은 아무도 모르는 일이 됩니다."

수현이 마지막으로 일갈했다.

"자, 아이를 살리고 싶은 분만 남고 내 결정에 동의하지 않는 분은 모두 나가 주세요."

금봉현이 씩 웃으며 동의를 표시했다.

"난 찬성, 뭣들하고 있어. 벌써 10분 지났어."

수혈을 주장하던 민세 대신 반대하던 금봉현이 먼저 나서서 혈액팩을 걸었다. 수술실에 든 모든 이들이 암묵적으로 수현의 결정에 동의했다. 환자의 종교적 신념을 지켜 주는 것도 중요하지만 생명을 건지는 것이 먼저라는 생각이 앞섰다. 그리고 다들 침묵했다. 그 상황에서는 누구든 침묵만이 답이었던 것이다. 혈액이 걸리자 터진 미세 혈관 따위는 더 이상 문제가 되지 않았다. 박훈과 최동찬이 마치 경쟁이라도 하듯 혈관을 복구했다. 그 사이 민세는 바닥에 고여 있던 혈액들을 빠르게 제거했다. 심장이 제 위치에 자리를 잡자 박훈은 절개해 벌려 놓았던 흉골을 조심스레 닫았다.

"마지막 봉합은 윤하영 선생이 한다."

박훈이 턱으로 하영을 가리켰다.

"제가요?"

대답이 너무 커서 누군가 참지 못하고 쿡, 웃음을 터뜨렸다.

"그렇다. 예전 우리 어머니는 요리는 못 했지만 바느질 하나는 일품인 분이었지. 우린 모두 하영의 바느질 솜씨를 보고 싶다."

대답을 이해했는지 하영이 꼼꼼하게 가슴을 봉합해 나갔다.

긴박했던 세 번째 세이버 수술은 그렇게 저물어 갔다.

수술을 성공리에 마쳤지만 수현은 한 번만 더 이따위 도둑 수술을 저지르면 절대 좌시하지 않겠다는 경고를 수술팀 전체에 내려보냈다. 문성주와 환자 가족에게는 간밤에 긴급 상황이 발생해서 수술을 할 수밖에 없었노라고 설명했다. 수술이 성공적으로 마무리된

터라 환자 가족은 특별히 문제 삼지 않았다. 더구나 그들이 원하는 대로 무수혈 수술이었으니 오히려 허리를 숙여 감사를 표했다. 수술팀 앞으로 30만 원이 넘는 중국 요리가 배달되어 수술팀 전원이 아지트에 모여 꾸역꾸역 요리를 먹어 치우느라 땀을 뺀 것도 세 번째 세이버 수술이 남긴 추억 가운데 하나였다.

노발대발할 줄 알았던 문성주도 수술 성공 여부만 짧게 묻고 더는 이 문제를 거론하지 않았다. 그녀로서는 세종의료원을 저만치 따돌리고 세 번이나 세이버 수술이 성공한 터라 특별히 문제 삼을 이유가 없었던 것이다. 더구나 소식을 듣고 달려온 기자들에게 오전 내내 행복한 웃음을 지어야 했으니……. 점심시간이 끝나 갈 무렵 불현듯 아지트에 나타나 문밖에 지저분하게 널린 중국집 그릇을 가리키며 위생이 개판이라고 잔소리를 늘어놓고 간 게 다였다.

23

좌회전 신호를 넣다가 엉겁결에 차를 멈춘다. 저만치 낯익은 뒷모습 하나. 여름 내내 뜨겁게 견디던 플라타너스가 넓적한 이파리들을 뚝뚝 떨구어 놓은 병원 근처 골목길이다. 낡은 청바지 주머니에 손을 집어넣은 채 천천히 걷고 있는 익숙한 사내, 박훈이다. 여름내 머리를 깎지 않아 장발이 다 된 머리를 이따금 손으로 쓸어 넘기며 사내는 생각에 잠겼다가 걷다가를 반복한다. 경적을 울릴까 하다가 수현은 조금 더 지켜보기로 했다. 사색을 방해하고 싶지 않았던 탓이다.

풍경이 바뀌고 박훈은 초등학교 앞 문방구 근처에 서 있었다. 박훈은 문방구 앞에 붙어 앉아 게임에 열중인 아이들을 느긋하게 바라보았다. 출근 20분 전인데도 박훈은 꼼짝도 하지 않았다. 하긴 저 사내에겐 정해진 출근 시간 같은 것은 없었다. 산책이라도 나온 걸까. 다시 걷던 그가 걸음을 멈춘 곳은 길가 복권판매소 앞이다. 그곳이 최종 목적지이기라도 했다는 듯 성큼 안으로 들어갔다. 설마 복권이라도 사는 거야? 설마는 사실이었다. 박훈은 5분쯤 지나 작은 종이 몇 장을 소중하게 어루만지며 가게를 나왔다. 박훈이 용지를 주머니에 집어넣으며 행복한 미소를 짓는 모습을 확인한 뒤 수현은 차를 출발시킨다.

"정말 돈에 환장한 모양이군."

한재준은 어제도 음성사서함에 목소리를 남겼다. 그날 이후 수현은 매몰차게 한재준을 멀리해 왔다. 그래서일까. 요즘 들어 그 빈자리에 자꾸만 박훈이 들어와 머문다. 식당에 가서 밥을 먹을 때도, 출퇴근길 거리에서, 병원 복도에서, 박훈은 자주 레이더에 잡혔다. 수현은 고개를 젓는다. 한재준에 비하면 초라하기 그지없는 사내다. 가진 것이라곤 수술 성공에 대한 이상할 정도의 집착뿐, 부모도 형제도 없이 고아나 다름없는 남자. 과연 그를 사랑할 수 있을까. 복권이나 사 들고 좋아하는 저 사내를 사랑할 수 있을까.

끊임없는 자문이 여기까지 이르자 민수현은 문득 걸음을 멈추고 대답에 골몰했다.

'과연 저런 치와 사랑이란 게 가능한 것일까?'

한바탕 심호흡을 한 뒤 그녀는 스스로에게 다시 물었다. 잠시 뒤 그녀의 고개가 가로저어졌다. 아직은 아니란 내면의 응답이었다.

'정말 바보 같은 생각이야.'

오전 11시, 수현은 응급실에서 다시 박훈을 만났다. 세이버 수술 일정이 없는 날 박훈은 아지트와 응급실을 오가며 시간을 보냈다. 동우의과대학교 출신들이 포진한 여타 의국과 달리 응급실에는 다른 대학 출신들이 상대적으로 많았고, 박훈에 대한 예우도 호의적이었다. 수현이 응급실을 찾았을 때 박훈은 복통을 호소하는 노인 환자의 배를 정성껏 쓰다듬어 주고 있었다. 복통이 가시자 환자는 박훈의 손을 붙잡고 이런저런 하소연을 늘어놓기 시작했다. 박훈은 귀찮은 내색 없이 노인의 이야기를 끝까지 들어 주고 있었다. 그 장면을 보자 수현은 자신도 모르게 가슴이 뭉클해졌다.

"킬킬킬."

뒤쪽에서 들리는 웃음소리에 수현은 화들짝 몸을 일으켰다.

"민 선생, 여기서 뭐 하쇼?"

금봉현이 장난스레 그녀를 쳐다보고 있었다.

"아, 뭘 좀 가지러 왔다가."

수현은 얼굴이 붉어져 급히 집무실로 돌아왔다.

'오늘은 무슨 일이 있어도 아버지와 통화를 해보자.'

몇 번이나 망설이던 끝에 수현은 휴대폰 버튼을 꾹꾹 눌렀다. 아버지에게 전화를 걸기는 얼추 1년여 만이다. 그동안 서너 차례 전화가 걸려 왔지만 늘 바쁘다며 전화를 끊고는 했었다. 정말로 바빴던 것은 아니다. 아버지와 통화를 한다는 사실이 여전히 서먹했기 때문이다. 그만큼 그들 부녀는 먼 거리를 공전하고 있었다. 아버지가 엄마의 죽음만 지켜 주었어도……. 그 생각을 할 때마다 수현은 차가워지는 자신을 발견한다. 아무리 노력해도 결코 용서되지 않는 사람, 타인이 아니지만 그렇다고 가족이라 부를 수도 없는 존재, 그게 수현에게 있어 아버지란 존재였다.

'들에 일하러 나가신 거겠지.'

신호가 열 번이나 가도 아버지는 전화를 받지 않았다. 매번 이런 식이다. 통화는 아득하게 어긋나 저물어 가고 전화기에 찍힌 서로의 번호를 통해 그저 안부나 확인하는 사이가 되어버린 아버지. 수현은 쓴 침을 삼키며 가만히 눈을 감는다. 이번 주말엔 무슨 수를 써서라도 시간을 내야겠다고 결심을 해본다. 무얼 사갈까? 아버지가 어떤 음식을 좋아했는지조차 생각이 나지 않는다. 가족이 상 앞에 둘러앉아 밥을 먹어 본 기억조차 가물가물하다. 이번에 화해를 하지 않으면 더는 기회가 없을지도 몰라. 부모란 존재가 언제까지 기다려 주지 않는다는 걸 환자들을 통해 수도 없이 보아 왔으니까.

그러나 수현의 이런 마음과 달리 아버지와의 재회는 뜻밖의 장소에서 이루어졌다.

아버지에게서 비로소 전화가 걸려온 것은 수현이 급성심근경색 환자에 대한 응급처치를 마치고 돌아온 직후였다. 그 전에 이미 네 통이나 부재중 전화 메시지가 찍혀있었다. 아버지에게 무슨 일이라도 생긴 건 아닐까. 그녀는 불길한 예감에 사로잡혀 전화기의 버튼을 꾹꾹 눌렀다. 뜻밖에도 아버지는 그녀와 매우 가까운 곳에 있었다.

아버지는 힘없는 목소리로 자신이 동우의료원에 와 있음을 알렸다. 동우라면 내가 근무하는 여기를 말함인가. 아버지가 나를 놀리려고 작정이라도 한 건가. 놀란 수현은 한달음에 입원실로 달려갔다. 아버지는 신관 7층에 새로 마련된 6인용 입원실 창가 침대에 비스듬히 누워 있었다.

"아, 아버지……."

병실에 누운 아버지를 보자 수현은 할 말을 잃었다. 누군가 꾸민 만우절 이벤트가 아닌 현실이었다. 해쓱한 모습의 아버지는 정말로 많이 아파 보였다.

"갑자기 이런 모습으로 나타나서 미안하구나. 서울에 있는 큰 병원으로 옮겨서 검사를 받는다고 해서 설마 설마 했는데 하필이면 네가 일하는 곳이지 뭐냐? 다른 사람들에게 폐를 끼칠 수 있으니 내가 입원했다는 건 비밀로 하렴."

아버지가 힘없는 목소리로 어렵게 말을 뱉었다. 어정쩡하게 선 자세로 아버지의 한쪽 손을 잡은 수현은 눈물을 몰래 훔쳤다. 떨리는 손으로 아버지의 마른 장작 같은 손목을 잡아 보았다. 흰 머리가 듬성듬성 자란 머리카락에 턱과 이마에는 검버섯, 이 모습이 내 아버지였나. 살집이 많던 턱도 날렵해져서 입이 합죽이처럼 두드러져 있었다. 수많은 환자를 무감각하게 바라보고 살아온 그녀였다. 무심코 지나칠 수 있는 그저 그런 사연을 지닌 환자들, 그 익명들 가운데 하나가 불쑥 손을 내민 것 같았다.

"이게 어떻게 된 거예요. 갑자기……."

"보이는 그대로다. 내 심장이 늘어났다는구나."

아버지는 이곳 병원에 오기까지의 자초지종을 설명했다. 아버지는 동우의료원의 지방 자매 병원에서부터 옮겨져 왔다고 했다. 그제야 수현은 그날 오전 응급실로부터 걸려왔던 전화가 바로 아버지의 이송이었음을 깨달았다.

아버지는 심장에 이상이 생긴 뒤 의료계에서 완전히 은퇴했다. 그날 이후, 검사를 받아 보라는 주변의 권유도 뿌리치고 자연치유를 통해 병과 싸워왔지만 이미 두 차례나 심장 이상으로 응급실에 실려 갔던 경력이 있었다. 어제 새벽도 그런 날들 가운데 하나였다. 검사 결과 심실비대증으로 결론이 났고 담당 의사는 세이버 수술 소견과 함께 수현의 아버지를 협력 관계에 있는 서울 동우의료원으로 긴급 이송한 것이었다.

아버지의 꽉 다문 입가의 수많은 주름은 많은 세월 망설였을 이야기들을 잔뜩 머금고 있었다. 가족을 떠나 외지를 떠돌다가 병을 얻어 돌아온 아버지의 심정은 도무지 어떤 것일까. 수현은 도무지 그 깊이가 헤아려지지 않았다.

"괜찮다고 하셨잖아요. 시골서 조금 요양을 하면 된다고……."

"병이란 게 늘 그런 법이다. 인간이 어찌 병을 알겠냐."

"진작 사실대로 말씀하시지."

그러나 수현은 아버지가 원망스러우면서도 미안하기만 하다. 진작 아버지를 자주 찾아뵈었더라면 이런 일을 막을 수 있지 않을까. 병을 숨긴 채 혼자 끙끙 앓았을 아버지 생각을 하니 가슴이 저리고 마음이 아팠다.

"나는 괜찮으니 너무 염려 마라. 사람이 언젠가는 가야 하는 인생 아니냐. 난 두려움 같은 거 없다. 다만 네게 혹여 폐라도 끼칠까 그게 걱정이다."

아버지는 눈을 질끈 감았다.

"폐 얼마든지 끼쳐도 돼요. 아버지잖아요. 그리고 이곳으로 오길 잘하셨어요. 아버지 병 고칠 수 있는 병이에요."

세이버 수술팀의 면면들이 수현에게 자신감을 불어넣어 주었다.

"괜찮다. 내가 내 병을 모르겠냐."

아버지의 체념한 얼굴을 보자 수현은 더욱 오기가 생겼다.

“아뇨. 그렇지 않아요. 아버지는 내가 집도해요. 꼭 살릴 거예요.”

뜨거운 햇살이 창문에 반사되었다가 공기 중으로 흩어져 나갔다. 에어컨이 가동되지만 실내 역시 후텁지근하지는 마찬가지다.

“우선 1인실로 옮겨 드릴게요.”

수현은 다른 환자들과 같이 누워 있는 아버지가 못마땅하다.

“아니라니까. 네게 부담을 지우고 싶지 않아. 정 그러면 나는 병원을 나가겠다.”

아버지가 팔을 저으며 만류했다.

“아버지 따님이 이 병원 흉부외과에서 조교수 자리에 있어요. 그러니까 아버지가 특별한 대우를 받는다고 해서 하등 이상할 게 없어요.”

“그럴수록 나는 다른 환자들과 같은 처우를 받고 싶다.”

수현은 알았다며 아버지를 진정시키고 병실을 나왔다. 병으로 몸이 쇠약해졌지만 고집불통인 성격은 여전하다. 절대로 꺾일 고집이 아니란 걸 수현은 누구보다 잘 알고 있었다. 당장 차트부터 살펴봐야지. 검사를 더 해봐야 알겠지만 심장비대증이 분명하다면 심장이식 수술과 세이버 수술 이외에는 다른 방법이 없다. 그렇다면 네 번째 세이버 수술인가. 하필이면 내 아버지로? 뒷목이 뻐근하게 아파온다. 너무 생각에 몰두한 때문인가, 방을 나와 코너를 돌다가 이쪽으로 오던 박훈과 어깨가 부딪히는 것도 몰랐다.

"어이쿠, 민 선생이 신관 병동엔 어쩐 일로?"

박훈이 특유의 능청스런 목소리로 물었다.

"그러는 박 선생은요?"

"아, 나, 난 심근비대증 환자가 한 명 실려 왔다고 해서 상태를 보러 왔는데, 가만있어 보자, 여긴가?"

그렇다면 이 사람도 아버지를 보러 온 건가?

"민 선생이 먼저 선수를 친 모양이네. 상태가 좀 어떻고?"

"아직은 잘 모르겠어요. 검사를 해봐야……."

수현은 눈에 띄게 당황하며 급히 모퉁이를 돌아갔다.

"민 선생, 안색이 왜 그래? 어디 아픈가?"

수현은 대답하지 않고 엘리베이터 앞으로 갔다. 하필 이럴 때 저 사람을 만나다니. 수현은 생각할수록 당황스러웠다. 아버지 문제를 팀원들에게 오픈할 건지 말아야 할 건지 아직 마음의 결정을 못 내린 상태다. 만약 수현의 아버지란 것이 알려지면 수술에서 제외될 게 뻔하다. 자신의 가족에 메스를 들이대면서 완벽하게 냉정을 유지할 의사는 세상에 없으니까. 그러나 수현의 이런 고민은 엉뚱한 방향으로 흘러가 버린다. 이튿날, 검사 결과를 받아 든 문성주가 수술을 반대하고 나섰기 때문이다.

"이제 겨우 세 번 성공했어. 최소한 다섯 번은 해야지."

오후 3시에 열린 세이버 수술팀의 긴급 회의. 전에 없이 회의장에 나타난 문성주는 수술 불가를 지시했다. 기왕이면 실패가 예상되는 환자를 제외해 세이버 수술의 성공률을 높이자는 계산이었다. 환자가 고령인 데다가 앞에서 수술했던 환자들과 달리 심장 상태가 최악이었다. 모든 검사 지표가 심장 기능 정지에 준하는 4도를 나타냈다. 혹처럼 늘어진 좌심실은 재건 불가로 보였다. 맥도 약했고, 당뇨 증세까지 있었다. 결과적으로 수술을 이겨낼 만한 체력이 아니라는 것이 가장 큰 문제였다.

문성주가 리스크를 직접 관리하게 된 것은 병원 경영진의 새로운 지시 때문이었다. 세종과의 경쟁에서 확실한 우위를 다질 때까지 최대한 세이버 수술을 이벤트로 활용할 것, 적어도 다섯 번은 성공시킬 것. 노태수와 맺은 약속은 그 이후에 해결 방법을 찾자는 게 경영진의 의중이었다. 당황한 수현이 조심스레 덧붙여 보았다.

"그래도 조금 지켜볼 필요는 있을 것 같습니다. 환자는 오랫동안 혼자 생활해 왔기에 심신이 미약한 상태거든요. 입원실에서 안정을 찾으며 균형 잡인 식단으로 몸을 만들면 수술 요건이 호전될 수도 있다고 여겨집니다."

최동찬이 울컥해서 수현을 거들고 나섰다.

"뭐야 다들, 설마 꼼수나 부리자는 건 아니겠죠? 적당한 환자를 골라 수술을 성공시키고 신문 지면이나 장식할 생각이라면 나는 이 팀을 나갈 겁니다."

최동찬의 으름장에 아무도 이의를 제기하지 않았다.

사실 차트를 분석해 본 수현의 생각도 문성주와 다르지 않았다.

수술을 해도 성공할 가망이 희박했던 것이다. 무리하게 수술을 추진한다면 분명 팀원들에게 해가 될 것이었다. 수현은 박훈도 같은 생각을 하고 있을 거라도 짐작해 본다. 하지만 이번엔 아버지였다. 균형 잡힌 판단이 유지되지 않았다. 비록 실패가 예정된 수술이라고 해도 1퍼센트의 가능성만 있다면 수술을 진행하고 싶었다.

"수술을 해보겠다? 너무 자신만만한 것 아닌가? 언제까지 좋은 운이 계속되진 않아. 때론 리스크를 관리하는 게 현명한 처사지. 박 선생 의견은?"

적당히 물러날 줄 알았던 문성주가 깐깐하게 물고 늘어졌다.

"민 선생 말대로 조금 지켜보고……."

박훈은 언제나처럼 표정을 드러내지 않았다.

수현은 다리가 후들거려서 금방이라도 주저앉을 것만 같았다. 저 가망 없는 환자가 아버지라고 사실대로 말을 해야 하나. 내 아버지인 것을 알면 저들은 수술을 거부하지 못하겠지. 하지만 그러면 문제가 더 커질 것이다. 냉정을 잃게 된다는 건 개인에게도 팀에도 좋은 일이 아니라는 걸 그녀는 잘 알고 있었다.

"자네들 생각이 그렇다면 며칠 지켜보지. 3일, 어떤가?"

다행히 문성주는 그쯤에서 물러나 주었다.

문성주가 나가자마자 수현은 휘청거리며 회의실을 나섰다. 사무적이라고 느껴질 정도로 매사 정확하고 분명하던 수현의 행동이 이상했는지, 윤하영이 재빨리 뒤를 따라 나왔다. 그러나 수현은 걱정하지 말라며 그녀를 뿌리치고 건물을 나가버렸다. 썰렁해진 분위기 속에서, 뭐가 짚이는 것이 있기라도 한지 금봉현만이 혼자 중얼중얼 염불을 늘어놓았다.

그 시각 이미 회의실을 빠져나와 부지런히 수현을 좇고 있는 사람이 있었다. 박훈은 수현이 방금 사라진 병실 앞에 조용히 멈춰 섰다.

907호실에 입원 중인 심장비대증 환자의 이름은 민동수다. 어제 수현이 다녀간 뒤 무심코 환자의 이름을 확인하던 박훈은 환자와 그녀가 묘하게 닮았다는 생각을 떨치지 못했다. 갸름한 얼굴에 진한 눈썹, 약간 튀어나온 이마까지 수현과 환자는 판박이였다. 그러나 속단할 수는 없는 문제여서 환자에게 이것저것 신상을 캐물었지만 특별히 알아낸 건 없었다.

박훈은 숨을 죽이고 방금 수현이 들어간 병실로 귀를 가져갔다. 그녀 말투는 쾌활하고 힘이 넘치던 평소와 달리 풀이 죽어 있었다.

"수술하면 완치될 수 있대요."

박훈은 고개를 끄덕였다. 저 여잔 수술을 하고 싶은 게로군.

"그렇담 다행이구나. 얼마나 있어야 하냐?"

안에서 들려오는 수현의 목소리는 침착했다.

"돈 걱정은 하지 마세요. 아무렴 아빠 병원비 하나 어떻게 하지 못하겠어요? 근데 바로 수술이 어렵다나 봐요. 오늘부터 뭐든 잘 드시고 수술에 견디도록 몸을 좀 만들어야 해요. 아직 밖엔 더우니까 나가지 마시고, 오후에 다시 들를게요."

"나는 괜찮대도."

"알아요. 아버지가 얼마나 괜찮은지. 그러니 이제부터 괜한 고집 부리기 없기예요. 참, 내일부터 2인실로 옮길 거예요. 특실은 아버지가 거부할 테니까 그쯤에서 타협해요."

돌아서는 수현을 아버지가 불렀다.

"얘야, 난 말이다……. 난 내 병을 잘 안다. 그 병이 어떤 병이란 것도. 또 네가 한다는 세이버 수술도 알고 있다. 그게 얼마나 생존율이 낮은 방법인지, 난 말이다, 난 이렇게 너랑 함께 있을 수 있어서 좋구나. 이제 됐다. 그럼 된 거다."

수현은 더 듣지 않고 방을 나와버렸다. 병실 문을 닫자마자 앞이 뿌옇게 흐려졌다. 앞을 막아선 박훈을 보자 그녀는 더 버티지 못하고 무너져 내렸다.

"아버지……."

그녀는 어린아이처럼 박훈의 가슴에 기대 흐느꼈다. 며칠 동안 애써 눌러 참았던 눈물이 한꺼번에 터져버린 것이다. 박훈은 수현이 마음껏 울도록 어깨를 빌려 주고 한동안 등을 토닥여 주었다.

'하필 민 선생의 아버지라니.'

박훈은 엑스레이 상에 나타났던 환자의 심장을 머릿속에 떠올리며 고민에 빠졌다. 아무리 운이 좋아도 실패할 확률이 높은 수술이었다. 모른 척 넘어갔어야 하는데 공연히 끼어든 건가……. 지금이라도 돌아서서 냉정하게 가버리면 그만이다. 열 번의 수술 성공, 그건 어떤 조건과도 타협할 수 없는 생의 모든 희망이었다.

다친 새처럼 들먹이는 수현을 보듬는 박훈의 마음이 무거워져만 갔다.

소설

북의

北醫

북에 두고 온 사랑하는 여인을 위해 메스를 잡은 천재 탈북 외과의 박훈. 하지만 끝내 마주하게 된 잔인한 현실 앞에 놓인 두 사람, 그들의 냉정하지만 애절한 갈등이 시작된다.

〈2권에서 계속〉

의학감수 변천성
연세대학교 원주세브란스기독병원 흉부외과

KI신서 5588
소설 북의 1

1판 1쇄 발행 2014년 5월 13일
1판 4쇄 발행 2014년 7월 30일

지은이 최지영
펴낸이 김영곤 **펴낸곳** (주)북이십일 21세기북스
부사장 임병주 **이사** 이유남
미디어콘텐츠기획실장 윤군석
책임편집 정지은 **디자인 표지** 디자인원 **본문** 윤인아
영업본부장 안형태 **영업** 권장규 정병철
출판등록 2000년 5월 6일 제10-1965호
주소 (413-120) 경기도 파주시 회동길 201(문발동)
대표전화 031-955-2100 **팩스** 031-955-2151 **이메일** book21@book21.co.kr
홈페이지 www.book21.com **블로그** b.book21.com
트위터 @21cbook **페이스북** facebook.com/21cbook

ISBN 978-89-509-5530-4 03810
책값은 뒤표지에 있습니다.